GW01336164

L'AUTOMNE A PÉKIN

BORIS VIAN

L'AUTOMNE
A PÉKIN

suivi de

AVANT DE RELIRE « L'AUTOMNE A PÉKIN »

par

François Caradec

FRANCE LOISIRS
123, boulevard de Grenelle, Paris

Édition du Club France Loisirs, Paris,
avec l'autorisation des Éditions de Minuit

© 1956, by Les Éditions de Minuit
7, rue Bernard-Palissy - 75006 Paris
Tous droits réservés pour tous pays

ISBN 2-7242-2780-8

A

Les personnes qui n'ont pas étudié la question sont sujettes à se laisser induire en erreur...
Lord RAGLAN, *Le Tabou de l'inceste*, Payot, 1935, p. 145.

1

Amadis Dudu suivait sans conviction la ruelle étroite qui constituait le plus long des raccourcis permettant d'atteindre l'arrêt de l'autobus 975. Tous les jours, il devait donner trois tickets et demi, car il descendait en marche avant sa station, et il tâta sa poche de gilet pour voir s'il lui en restait. Oui. Il vit un oiseau, penché sur un tas d'ordures, qui donnait du bec dans trois boîtes de conserve vides et réussissait à jouer le début des « Bateliers de la Volga » ; et il s'arrêta, mais l'oiseau fit une fausse note et s'envola, furieux, grommelant, entre ses demi-becs, des sales mots en oiseau. Amadis Dudu reprit sa route en chantant la suite ; mais il fit aussi une fausse note et se mit à jurer.

Il y avait du soleil, pas beaucoup, mais juste devant lui, et le bout de la ruelle luisait doucement, car le pavé était gras ; il ne pouvait pas le voir parce qu'elle tournait deux fois, à droite, puis à gauche. Des femmes aux gros désirs mous apparaissaient sur le pas des portes, leur peignoir ouvert sur un grand manque de vertu, et vidaient leur poubelle devant elles ; puis, elles tapèrent toutes ensemble sur le fond des boîtes à ordures, en faisant des roulements, et comme d'habitude, Amadis se mit à marcher au pas. C'est pour cela qu'il préférait passer par la ruelle. Ça lui rappelait le temps de son service militaire avec les Amerlauds, quand on bouffait du pineute beutteure dans des boîtes en fer-blanc, comme celles de l'oiseau mais plus grandes. Les ordures tombaient en faisant des nuages de poussière ; il aimait ça parce que cela rendait le soleil visible. D'après l'ombre de la lanterne rouge du grand six, où vivaient des agents de police camouflés (c'était en réalité un commissariat ; et, pour dérouter les soupçons, le bordel voisin portait une lanterne bleue), il s'approchait, environ, de huit heures vingt-neuf. Il lui restait une minute pour atteindre l'arrêt ; ça représentait exactement soixante pas d'une seconde, mais Amadis en faisait cinq toutes les quatre secondes et le calcul trop compliqué se dissolvit dans sa tête ; il fut, normalement, par la suite, expulsé par ses urines, en faisant toc sur la porcelaine. Mais longtemps après.

Devant l'arrêt du 975, il y avait déjà cinq personnes et elles montèrent toutes dans le premier 975 qui vint à passer, mais le contrôleur refusa l'entrée à Dudu. Bien que celui-ci lui tendît un bout de papier dont la simple considération prouvait qu'il était bien le sixième, l'autobus ne pouvait disposer que de cinq places et le lui fit voir en pétant quatre fois pour démarrer. Il fila doucement et son arrière traînait par terre, allumant des gerbes d'étincelles aux bosses rondes des pavés ; certains conducteurs y collaient des pierres à briquet pour que ce soit plus joli (c'étaient toujours les conducteurs de l'autobus qui venait derrière).

Un second 975 s'arrêta sous le nez d'Amadis. Il était très chargé et soufflait vert. Il en descendit une grosse femme et une pioche à gâteau portée par un petit monsieur presque mort. Amadis Dudu s'agrippa à la barre verticale et tendit son ticket, mais le receveur lui tapa sur les doigts avec sa pince à cartes.

— Lâchez ça ! lui dit-il.
— Mais il est descendu trois personnes ! protesta Amadis.
— Ils étaient en surcharge, dit l'employé d'un ton confi-

dentiel, et il cligna de l'œil avec une mimique dégoûtante.
— Ce n'est pas vrai ! protesta Amadis.
— Si, dit l'employé, et il sauta très haut pour atteindre le cordon, auquel il se tint pour faire un demi-rétablissement et montrer son derrière à Amadis. Le conducteur démarra car il avait senti la traction de la ficelle rose attachée à son oreille.
Amadis regarda sa montre et fit « Bouh ! » pour que l'aiguille recule, mais seule l'aiguille des secondes se mit à tourner à l'envers ; les autres continuèrent dans le même sens et cela ne changeait rien. Il était debout au milieu de la rue et regardait disparaître le 975, lorsqu'un troisième arriva, et son pare-chocs l'atteignit juste sur les fesses. Il tomba et le conducteur avança pour se mettre juste au-dessus de lui et ouvrit le robinet d'eau chaude qui se mit à arroser le cou d'Amadis. Pendant ce temps-là, les deux personnes qui tenaient les numéros suivants montèrent, et lorsqu'il se releva, le 975 filait devant lui. Il avait le cou tout rouge et se sentait en colère ; il serait sûrement en retard. Il arriva, pendant ce temps, quatre autres personnes qui prirent des numéros en appuyant sur le levier. La cinquième, un gros jeune homme, reçut, en plus, le petit jet de parfum que la compagnie offrait en prime toutes les cent personnes ; il s'en fut droit devant lui en hurlant, car c'était de l'alcool presque pur, et, dans l'œil, cela fait très mal. Un 975 qui passait dans l'autre sens l'écrasa complaisamment pour mettre fin à ses souffrances, et l'on vit qu'il venait de manger des fraises.
Il en arriva un quatrième avec quelques places et une femme qui était là depuis moins longtemps qu'Amadis tendit son numéro. Le receveur appela à voix haute.
— Un million cinq cent six mille neuf cent trois !
— J'ai le neuf cent !...
— Bon, dit le receveur, le un et de deux ?
— J'ai le quatre, dit un monsieur.
— Nous avons le cinq et le six, dirent les deux autres personnes.
Amadis était déjà monté, mais la poigne du receveur le saisit au collet.
— Vous l'avez ramassé par terre, hein ? Descendez !

— On l'a vu ! braillèrent les autres. Il était sous l'autobus.

Le receveur gonfla sa poitrine, et précipita Amadis en bas de la plate-forme, en lui perçant l'épaule gauche d'un regard de mépris. Amadis se mit à sauter sur place de douleur. Les quatre personnes montèrent, et l'autobus s'en alla en se courbant, car il se sentait un peu honteux.

Le cinquième passa plein, et tous les voyageurs tirèrent la langue à Amadis et aux autres qui attendaient là. Même le receveur cracha vers lui, mais la vitesse mal acquise ne profita pas au crachat, qui n'arriva pas à retomber par terre. Amadis tenta de l'écraser au vol, d'une chiquenaude, et le manqua. Il transpirait, parce que, vraiment, tout ça l'avait mis dans un état de fureur terrible, et quand il eut raté le sixième et le septième, il se décida à partir à pied. Il tâcherait de le prendre à l'arrêt suivant, où plus de gens descendaient habituellement.

Il partit en marchant de travers exprès, pour que l'on voie bien qu'il était en colère. Il devait faire à peu près quatre cents mètres, et, pendant ce temps-là, d'autres 975 le dépassèrent, presque vides. Quand il atteignit enfin la boutique verte, dix mètres avant l'arrêt, il déboucha, juste devant lui, d'une porte cochère, sept jeunes curés et douze enfants des écoles qui portaient des oriflammes idolâtriques et des rubans de couleurs. Ils se rangèrent autour de l'arrêt et les curés mirent deux lance-hosties en batterie, pour ôter aux passants l'envie d'attendre le 975. Amadis Dudu cherchait à se rappeler le mot de passe, mais des tas d'années s'étaient écoulées depuis le catéchisme, et il ne put retrouver le mot. Il essaya de se rapprocher en marchant à reculons, et reçut dans le dos une hostie enroulée, lancée avec une telle force qu'il eut la respiration coupée et se mit à tousser. Les curés riaient et s'affairaient autour des lance-hosties qui crachaient sans arrêt des projectiles. Il passa deux 975 et les gosses occupèrent presque toutes les places vides. Dans le second il y en avait encore, mais un des curés resta sur la plate-forme et l'empêcha de monter ; et quand il se retourna pour prendre un numéro, six personnes attendaient déjà, et il fut découragé. Il courut alors de toute sa vitesse pour joindre

l'arrêt suivant. Loin devant, il apercevait l'arrière du 975 et les gerbes d'étincelles, et il se plaqua au sol, car le curé braquait le lance-hosties dans sa direction. Il entendit l'hostie passer au-dessus de lui en faisant un bruit de soie qu'on brûle, et elle roula dans le ruisseau.
Amadis se releva tout souillé. Il hésitait presque à se rendre à son bureau dans cet état de saleté, mais que dirait l'horloge pointeuse ? Il avait mal au couturier droit, et tenta de se planter une épingle dans la joue pour faire passer la douleur ; l'étude de l'acupuncture dans les ouvrages du Dr Bottine de Mourant était un de ses passe-temps ; par malheur, il ne visa pas bien et se guérit d'une néphrite du mollet qu'il n'avait pas encore attrapée, ce qui le retarda. Quand il parvint à l'arrêt d'après, il y avait encore plein de gens, et ils formaient un mur hostile autour de la boîte à numéros.
Amadis Dudu resta à distance respectueuse et profita de ce moment de tranquillité pour tenter de raisonner posément :
- D'une part, s'il avançait encore d'un arrêt, ce ne serait plus la peine de prendre l'autobus, car il serait tellement en retard que.
- D'autre part, s'il reculait, il recommencerait à trouver des curés.
- De troisième part, il voulait prendre l'autobus.
Il ricana très fort, car, pour ne rien brusquer il avait, exprès, omis de faire un raisonnement logique, et reprit sa route vers l'arrêt suivant. Il allait encore plus de travers qu'avant, et il était évident que sa colère n'avait que crû.
Le 975 lui ronfla à l'oreille au moment où il atteignait presque le poteau, où personne n'attendait, et il leva le bras, mais trop tard ; le conducteur ne le vit point et dépassa la pancarte métallique en appuyant joyeusement sur sa petite pédale à vitesse.
— Oh ! merde ! dit Amadis Dudu.
— C'est vrai, appuya un monsieur qui arrivait derrière lui.
— Vous croyez qu'ils ne le font pas exprès ! continua Amadis indigné.
— Ah ! Ah ! dit l'homme. Ils le feraient exprès ?
— J'en suis persuadé ! dit Amadis.

— Du fond du cœur ? demanda le monsieur.
— En mon âme et conscience.
— Et vous en jureriez ?
— Peste boufre ! Certes ! dit Amadis. Foutre d'âne ! Oui, que j'en jurerais. Et, merde, maintenant !
— Jurez voir ? dit le monsieur.
— Je jure ! dit Amadis, et il cracha dans la main du monsieur qui venait de l'avancer vers ses lèvres.
— Cochon ! lui dit le monsieur. Vous avez dit du mal du conducteur du 975. Je vous dresse une contravention.
— Ah, oui ? dit Amadis.
La moutarde ne faisait pas de vieux os sous ses pieds.
— Je suis assermenté, dit l'homme, et il ramena en avant la visière de sa casquette retournée jusqu'ici. C'était un inspecteur de 975.

Amadis jeta un vif regard à droite puis à gauche, et, entendant le bruit caractéristique, s'élança pour sauter dans un nouveau 975 qui rampait à côté de lui. Il retomba de telle sorte qu'il creva la plate-forme arrière et s'enfonça de plusieurs décimètres dans la chaussée. Il eut juste le temps de baisser la tête ; l'arrière de l'autobus le survola une fraction de seconde. L'inspecteur l'extirpa du trou et lui fit payer la contravention, et, pendant ce temps-là, il rata deux autres voitures ; ce que voyant, il se rua en avant pour arriver à l'arrêt d'après, et ceci paraît anormal, et pourtant c'est.

Il l'atteignit sans encombre, mais se rendit compte que son bureau n'était plus qu'à trois cents mètres ; monter en autobus pour ça...

Alors il traversa la rue et fit le chemin en sens inverse, sur le trottoir, pour le prendre d'un endroit où cela vaudrait la peine.

2

Il parvint assez vite au point d'où il partait tous les matins et décida de continuer, car il connaissait mal cette partie du parcours. Il lui semblait y avoir matière à observations pertinentes de ce côté de la ville. Il ne perdait pas de vue son objectif immédiat, prendre l'autobus, mais voulait utiliser à son avantage les fâcheux contretemps dont il se trouvait l'objet depuis le début de la journée. Le parcours du 975 s'étirait sur une grande longueur de rue et des choses plus qu'intéressantes apparaissaient tour à tour à la vue d'Amadis. Mais sa colère ne s'apaisait point. Il comptait les arbres, en se trompant régulièrement, pour faire baisser sa tension artérielle qu'il sentait près du point critique, et tapotait sur sa cuisse gauche des marches militaires à la mode afin de scander sa promenade. Et il aperçut une grande place entourée de bâtiments datant du Moyen Âge, mais qui avaient vieilli depuis ; c'était le terminus du 975. Il se sentit ragaillardi, et, avec une légèreté de pendule, s'élança sur la marche de l'embarcadère ; un employé coupa la corde qui retenait encore la machine ; Amadis sentit celle-ci se mettre en route.

En se retournant, il vit l'employé recevoir en pleine figure l'extrémité de la corde et un lambeau de son nez s'envola dans un jaillissement de pétales d'acarus.

Le moteur ronronnait régulièrement car on venait de lui donner une pleine assiettée d'arêtes de poisson-chat ; Amadis, assis dans le coin arrière droit, jouissait de la voiture pour lui tout seul. Sur la plate-forme, le receveur tournait machinalement sa mécanique à cochonner les tickets, qu'il venait d'embrayer sur la boîte à musique de l'intérieur, et la mélopée berçait Amadis. Il sentait vrombir la carcasse lorsque l'arrière effleurait les pavés et le crépitement des étincelles accompagnait la petite musique monotone. Les boutiques se succédaient dans un chatoiement de couleurs brillantes ; il se plaisait à entrevoir son reflet dans les grandes glaces des devantures, mais rougit quand il le vit profiter de sa position commode pour dérober des choses qui étaient en vitrine, et se tourna de l'autre côté.

Il ne s'étonnait pas de ce que le conducteur n'eût point encore arrêté le véhicule : à cette heure de la matinée, personne ne se rend plus à son bureau. Le receveur s'endormit et glissa sur la plate-forme, où il chercha, dans son sommeil, une position plus commode. Amadis se sentait gagné par une espèce de somnolence hardie qui s'infiltrait en lui comme un poisson ravageur. Il récupéra ses jambes, étendues devant lui, et les posa sur la banquette en face. Les arbres brillaient au soleil, comme les boutiques ; leurs feuilles fraîches frottaient le toit de l'autobus, et faisaient le même bruit que les plantes marines sur la coque d'un petit bateau. Le roulis de l'autobus berçait Amadis ; cela ne s'arrêtait toujours pas ; il reconnut qu'il avait dépassé son bureau juste au moment de perdre conscience et cette ultime constatation le troubla à peine.

Lorsque Amadis se réveilla, ils roulaient toujours. Il faisait beaucoup moins clair, dehors, et il regarda la route. Aux deux canaux d'eau grise qui la bordaient, il reconnut la Nationale d'Embarquement et contempla quelque temps le spectacle. Il se demandait si le nombre de tickets qui lui restait serait suffisant pour lui permettre de payer sa place. Il tourna la tête et regarda le receveur. Dérangé par un rêve érotique de grand format, l'homme s'agitait en tous sens et finit par s'enrouler en spirale autour du pilier nickelé supportant le toit. Cependant il n'interrompit pas son sommeil. Amadis pensa que la vie de receveur devait être bien fatigante et se leva pour se dérouiller les jambes. Il supposa que l'autobus ne s'était point arrêté en route, car il ne vit aucun voyageur. Il avait largement la place de déambuler à son aise. Il alla d'arrière en avant, puis revint en arrière, et le bruit qu'il fit en descendant la marche réveilla le receveur ; ce dernier s'agenouilla brusquement et tourna la manivelle de sa mécanique avec furie, en visant et en faisant panpanpan avec sa bouche.

Amadis lui tapa sur l'épaule et le receveur le mitrailla à bout portant, alors il fit pouce ; heureusement, c'était pour jouer. L'homme se frottait les yeux et se mit debout.

— Où est-ce qu'on va ? demanda Amadis.

Le receveur, qui se nommait Denis, eut un geste d'ignorance.

— On peut pas savoir, répondit-il. C'est le machiniste 21.239 et il est fou.

— Alors ? dit Amadis.

— Alors, on ne sait jamais comment ça finit avec lui. Per-

sonne ne monte dans cette voiture-là, d'habitude. Au fait, comment êtes-vous monté ?
— Comme tout le monde, dit Amadis.
— Je sais, expliqua le receveur. J'étais un peu endormi ce matin.
— Vous ne m'avez pas vu ? dit Amadis.
— Avec ce conducteur, c'est ennuyeux, poursuivit le receveur, parce qu'on ne peut rien dire, il ne comprend pas. Il est idiot, en plus, il faut reconnaître.
— Je le plains, dit Amadis. C'est une catastrophe.
— Sûrement, dit le receveur. Voilà un homme qui pourrait pêcher à la ligne, et qu'est-ce qu'il fait ?...
— Il conduit un autobus, constata Amadis.
— Voilà ! dit le receveur. Vous n'êtes pas bête, non plus.
— Qu'est-ce qui l'a rendu fou ?
— Je ne sais pas. Je tombe toujours avec des conducteurs fous. Vous trouvez ça drôle ?
— Fichtre non !
— C'est la Compagnie, dit le receveur. D'ailleurs ils sont tous fous à la Compagnie.
— Vous tenez bien le coup, dit Amadis.
— Oh moi, expliqua le receveur, ce n'est pas pareil. Vous comprenez, je ne suis pas fou.
Il s'esclaffa si abondamment qu'il perdit le souffle. Amadis fut un peu inquiet en le voyant rouler par terre, devenir violet, tout blanc, et se raidir, mais il se rassura vite en voyant que c'était de la frime : l'autre clignait de l'œil ; sur un œil révulsé, cela fait très joli. Au bout de quelques minutes, le receveur se releva.
— Je suis un marrant, dit-il.
— Ça ne m'étonne pas, répondit Amadis.
— Il y en a, ils sont tristes, mais pas moi. Sans ça, allez rester avec un type comme ce machiniste !
— Quelle route est-ce ?
Le receveur le regarda d'un air soupçonneux.
— Vous l'avez bien reconnue, non ? C'est la Nationale d'Embarquement. Il la prend une fois sur trois.
— Où est-ce qu'on arrive ?

— C'est ça, dit le receveur, je cause, je suis gentil, je fais le con, et puis vous m'achetez.
— Mais je ne vous achète pas du tout, dit Amadis.
— Premièrement, dit le receveur, si vous n'aviez pas reconnu la route, vous m'auriez demandé tout de suite où on était. Ipso facto.
Amadis ne dit rien et le receveur continua.
— Deuxièmement, puisque vous l'avez reconnue, vous savez où elle va... et troisièmement vous n'avez pas de billet.
Il se mit à rire avec une application visible. Amadis était mal à l'aise. Effectivement, il n'avait pas de billet.
— Vous en vendez, dit-il.
— Pardon, dit le receveur. J'en vends, mais pour le parcours normal. Minute.
— Alors, qu'est-ce que je peux faire ? dit Amadis.
— Oh rien.
— Mais il me faut un billet.
— Vous me le paierez après, dit le receveur. Peut-être qu'il va nous flanquer dans le canal, hein ? Alors, autant garder votre argent.
Amadis n'insista pas et s'efforça de changer le sujet de la conversation.
— Est-ce que vous avez une idée de la chose pourquoi on appelle cette route la Nationale d'Embarquement ?
Il hésitait à dire le nom de la route et à revenir là-dessus, car il avait peur que le receveur ne se mît en colère de nouveau. Ce dernier regarda ses pieds d'un air triste et ses deux bras retombèrent le long de son corps. Il les y laissa.
— Vous ne savez pas ? insista Amadis.
— Ça va vous embêter si je réponds, murmura le receveur.
— Mais non, dit Amadis, encourageant.
— Eh bien ! j'en sais rien de rien. Mais là, rien, alors. Parce que personne ne peut dire qu'il y ait une possibilité de s'embarquer en prenant cette route-là.
— Où est-ce qu'elle passe ?
— Regardez, dit le receveur.
Amadis vit venir un grand poteau qui soutenait une pan-

carte de tôle émaillée. Des lettres blanches dessinaient lisiblement le nom de l'Exopotamie, avec une flèche et un nombre de mesures.
— C'est là qu'on va ? dit-il. On peut donc y arriver par terre ?
— Bien sûr, dit le receveur. Il suffit de faire le tour et de ne pas avoir les foies.
— Pourquoi ?
— Parce qu'on se fait drôlement engueuler en revenant. C'est pas vous qui payez l'essence, hein ?
— D'après vous, dit Amadis, à quelle allure on va ?
— Oh, dit le receveur, on y sera demain matin.

3

A peu près vers cinq heures du matin, Amadis Dudu eut l'idée de se réveiller, et bien lui en prit ; ceci lui permit de constater qu'il était horriblement mal installé et que son dos le faisait grandement souffrir. Il sentait sa bouche consistante, comme lorsqu'on ne s'est pas lavé les dents. Il se dressa, fit quelques mouvements pour se remettre les membres en place, et procéda à sa toilette intime en s'efforçant de ne pas tomber dans le champ de visée du receveur. Celui-ci, couché entre deux banquettes, rêvassait en tournant sa boîte à musique. Il faisait grand jour. Les pneus dentelés chantaient sur le revêtement comme autant de toupies de Nürnberg sur des postes de téessef. Le moteur vrombissait à un régime invariable, sûr d'avoir son assiette de poisson quand il le faudrait. Amadis se livra à des exercices de saut en longueur pour s'occuper, et son dernier élan le fit atterrir droit sur le ventre du receveur ; il rebondit avec tant de force que sa tête bossela le plafond de la voiture ; il retomba mollement à cheval sur un des accoudoirs des banquettes : ce dernier mouvement l'obligeait à lever très haut la jambe côté banquette tandis que l'autre pouvait s'allonger dans le couloir. Juste à ce moment, il vit dehors une nouvelle pancarte : Exopotamie, deux mesures, et il se rua sur la sonnette qu'il pressa une fois, mais longuement ; l'autobus ralentit et s'arrêta sur le bord de la route. Le receveur s'était redressé et se tenait négligemment à la place réservée au receveur, arrière gauche près du cordon, mais son ventre douloureux lui faisait perdre de la dignité. Amadis parcourut le couloir, plein d'aisance, et sauta légèrement en bas de l'autobus. Il se trouva nez à nez avec le machiniste ; ce dernier venait de quitter son siège et s'approchait pour voir ce qui se passait. Il apostropha Amadis.

— Quelqu'un s'est enfin décidé à sonner ! C'est pas trop tôt !

— Oui, dit Amadis. Ça fait un bout de chemin.

— Enfin, quoi, mince ! dit le conducteur. Toutes les fois que je prends un 975, personne ne se décide à sonner, et d'habitude, je reviens sans m'arrêter une seule fois. Vous appelez ça un métier ?

Le receveur cligna de l'œil derrière le dos du machiniste, et se tapa le front pour signifier à Amadis l'inutilité d'une discussion.

— Les voyageurs oublient peut-être, dit Amadis, car l'autre attendait une réponse.

Le conducteur ricana.

— Vous voyez bien que non, puisque vous avez sonné. L'ennui...

Il se pencha vers Amadis. Le receveur comprit qu'il était de trop et s'éloigna sans affectation.

— ... c'est ce receveur, expliqua le conducteur.

— Ah ! dit Amadis.

— Il aime pas les voyageurs. Alors, il s'arrange pour qu'on parte sans voyageurs et il ne sonne jamais. Je le sais bien.

— C'est vrai, dit Amadis.

— Il est fou, vous comprenez, dit le machiniste.

— C'est ça... murmura Amadis. Je le trouvais bizarre.

— Ils sont tous fous à la Compagnie.

— Ça ne m'étonne pas !

— Moi, dit le conducteur, je les possède. Au pays des aveugles, les borgnes sont rois. Vous avez un couteau ?

— J'ai un canif.

— Prêtez.

Amadis le lui tendit, et l'autre ouvrit la grande lame qu'il se planta dans l'œil avec énergie. Puis il tourna. Il souffrait beaucoup et criait très fort. Amadis prit peur et s'enfuit, les coudes collés au torse, en levant les genoux aussi haut qu'il pouvait : ce n'était pas le moment de négliger une occasion de faire sa culture physique. Il dépassa quelques touffes de scrub spinifex, se retourna et regarda. Le conducteur repliait le canif et le mit dans sa poche. De la place d'Amadis, on voyait que le sang ne coulait plus. Il avait opéré très proprement et portait déjà un bandeau noir sur l'œil. Le receveur, dans la voiture, allait de long en long le long du couloir, et, à travers les glaces, Amadis le vit consulter sa montre. Le conducteur se réinstalla sur son siège. Le receveur attendit quelques instants, regarda sa montre une seconde fois, et tira sur le cordon plusieurs coups de suite ; son collègue comprit que c'était complet, et la lourde voiture repartit dans un bruit progressivement croissant ; Amadis vit les étincelles et le bruit diminua, s'atténua, disparut ; au même moment, il cessa de voir l'autobus, et il était venu en Exopotamie sans dépenser un seul ticket.

Il reprit sa marche. Il ne voulait pas s'attarder, car le receveur se raviserait peut-être, et il désirait garder son argent.

B

> *Un capitaine de gendarmerie se glisse dans la pièce, pâle comme un mort (il craignait de recevoir une balle).*
> Maurice LAPORTE, *Histoire de l'Okhrana*, Payot, 1935, p. 105.

1

Claude Léon entendit à bâbord la sonnerie de trompette réveille-matin et se réveilla pour l'écouter avec plus d'attention. Ceci fait, il se rendormit, machinalement et rouvrit les yeux, sans le faire exprès, cinq minutes plus tard. Il regarda le cadran phosphorescent du réveil, constata qu'il était l'heure, et rejeta la couverture ; affectueuse, elle remonta aussitôt le long de ses jambes et s'entortilla autour de lui. Il faisait noir, on ne distinguait pas encore le triangle lumineux de la fenêtre. Claude caressa la couverture qui cessa de s'agiter et consentit à le laisser se lever. Il s'assit donc sur le rebord du lit, étendit le bras gauche pour allumer la lampe du chevet, se rendit compte, une fois de plus, qu'elle était à sa droite, étendit le bras droit et se cogna, comme tous les matins, sur le bois du lit.

— Je finirai par le scier, murmura-t-il entre ses dents.

Ces dernières s'écartèrent à l'improviste et sa voix résonna brusquement dans la pièce.

— Zut ! pensa-t-il. Je vais réveiller la maison.

Mais, en prêtant l'oreille il perçut la cadence régulière, la respiration souple et posée des planchers et des murs et se rasséréna. On commençait à entrevoir les lignes grises du jour autour des rideaux... Dehors, c'était la lueur pâle de l'hiver matin. Claude Léon poussa un soupir et ses pieds cherchèrent ses pantoufles sur la descente de lit. Il se mit debout avec effort. Le sommeil ne s'échappait qu'à regret de tous ses pores dilatés, en faisant un bruit très doux, comme une souris qui rêve. Il gagna la porte, et, avant de manœuvrer l'interrupteur, se tourna vers l'armoire. Il avait éteint brusquement la veille, juste en faisant une grimace devant la glace, et voulait la revoir avant d'aller à son bureau. Il alluma d'un seul coup. Sa figure d'hier était encore là. Il rit tout haut en la voyant, puis elle se dissipa à la lumière, et le miroir refléta le Léon du nouveau matin, qui lui tourna le dos pour aller se raser. Il se dépêchait pour arriver au bureau avant son chef.

2

Par chance, il habitait tout près de la Compagnie. L'hiver, par chance. L'été, c'était trop court. Il avait juste trois cents mètres à faire dans l'avenue Jacques-Lemarchand, contrôleur des contributions de 1857 à 1870, héroïque défenseur, à lui tout seul, d'une barricade contre les Prussiens. Ils l'avaient eu, en fin de compte, car ils étaient arrivés de l'autre côté : le pauvre, coincé contre sa barricade trop haute, et qui défiait l'escalade, s'était tiré deux balles de chassepot dans la bouche, et le recul lui avait arraché, de surcroît, le bras droit. Claude Léon s'intéressait énormément à la petite histoire, et, dans le tiroir de son bureau, il dissimulait les œuvres complètes du Dr Cabanès, reliées de toile noire, en forme de livres de comptes.

Le froid faisait cliqueter des glaçons rouges sur le bord des trottoirs et les femmes repliaient les jambes sous leurs courtes jupes de futaine. Claude, en passant, dit « Bonjour » au concierge et s'approcha timidement de l'ascenseur Roux-Conciliabuzier devant la grille duquel attendaient déjà trois dactylos et un comptable, qu'il salua d'un geste réservé et collectif.

3

— Bonjour, Léon, dit son chef en ouvrant la porte.
Claude sursauta et fit une grosse tache.
— Bonjour, monsieur Saknussem, balbutia-t-il.
— Maladroit ! gronda l'autre. Toujours des taches !...
— Excusez-moi, monsieur Saknussem, dit Claude... mais...
— Effacez ça !... dit Saknussem.
Claude se pencha sur la tache et se mit à la lécher avec application. L'encre était rance et sentait le phoque.
Saknussem paraissait d'humeur joviale.
— Alors, dit-il, vous avez vu les journaux ? Les conformistes nous préparent de beaux jours, hein ?...
— Heu... oui... monsieur, murmura Claude.
— Ces salauds-là, dit son chef. Ah... il est temps qu'on fasse attention... Et ils sont tous armés, vous savez.
— Ah... dit Claude.
— On l'a bien vu, au Libérationnement, dit Saknussem. Ils emmenaient les armes par camions entiers. Et naturellement, les honnêtes gens comme vous et moi n'ont pas d'armes.
— Bien sûr... dit Claude.
— Vous n'en avez pas, vous ?
— Non, monsieur Saknussem, dit Claude.
— Vous pourriez me procurer un revolver ? demanda Saknussem de but en blanc.
— C'est que... dit Claude, peut-être par le beau-frère de ma logeuse... Je ne sais pas... heu...
— Parfait, dit son chef. Je compte sur vous, hein ? Pas trop cher, non plus, et des cartouches, hein ? Ces salauds de conformistes... C'est qu'il faut se méfier, hein ?
— Certainement, dit Claude.
— Merci, Léon. Je compte sur vous. Quand pouvez-vous me l'amener ?
— Il faut que je demande, dit Claude.

— Bien sûr... Prenez votre temps... Si vous voulez partir un peu plus tôt...
— Oh non... dit Claude. Ce n'est pas la peine.
— Bon, dit Saknussem. Et puis, attention aux taches, hein ? Soignez votre travail, que diable, on ne vous paye pas pour ne rien faire...
— Je ferai attention, monsieur Saknussem, promit Claude.
— Et soyez à l'heure, conclut son chef. Hier, vous aviez six minutes de retard.
— Mais j'étais quand même neuf minutes en avance... dit Claude.
— Oui, dit Saknussem, mais d'habitude, vous arrivez un quart d'heure en avance. Faites un effort, sacré nom.
Il quitta la pièce et referma la porte. Claude, très ému, reprit sa plume. Comme ses mains tremblaient, il fit une seconde tache. Elle était énorme. Elle avait la forme d'une figure ricanante et un goût de pétrole lampant.

4

Il achevait de dîner. Le fromage, dont il ne restait qu'un gros morceau, grouillait paresseusement dans l'assiette mauve à trous mauves. Il se versa, pour terminer, un plein verre de lithinés au caramel et l'écouta descendre le long de son œsophage. Les petites bulles qui remontaient le courant faisaient un bruit métallique en éclatant dans son pharynx. Il se leva pour répondre au coup de sonnette que l'on venait de frapper à la porte. C'était le beau-frère de la logeuse qui entrait.
— Bonjour, monsieur, dit cet homme, dont le sourire honnête et le poil roux trahissaient les origines carthaginoises.
— Bonjour, monsieur, répondit Claude.
— Je vous apporte la chose, dit l'homme.
Il s'appelait Gean.
— Ah oui... dit Claude. Le...
— C'est ça... dit Gean.

Et il le tira de sa poche.

C'était un joli égalisateur à dix coups, de la marque Walter et du modèle ppk, avec un chargeur dont le pied, garni d'ébonite, s'adaptait avec exactitude aux deux plaques striées dès qu'on y met la main.

— Bonne fabrication, dit Claude.
— Canon fixe, dit l'autre. Grande précision.
— Oui, dit Claude. Visée commode.
— Bien en main, ajouta Gean.
— Arme bien conçue, dit Claude en visant un pot de fleurs qui s'écarta de la ligne de mire.
— Excellente arme, dit Gean. Trois mille cinq.
— C'est un peu beaucoup, dit Claude. Ce n'est pas pour moi. Bien sûr, je pense que ça les vaut, mais la personne ne veut pas dépasser trois mille.
— Je ne peux pas vous le laisser à moins, dit Gean. C'est ce qu'il me coûte.
— Je sais bien, dit Claude. C'est très cher.
— Ce n'est pas cher, dit Gean.
— Je veux dire, les armes sont chères, dit Claude.
— Ah ça, oui, dit Gean, un pistolet comme ça, ce n'est pas facile à trouver.
— Certainement, dit Claude.
— Trois mille cinq dernier prix, dit Gean.

Saknussem ne dépasserait pas trois mille. En économisant un ressemelage, Claude pourrait mettre cinq cents francs de sa poche.

— Peut-être qu'il ne neigera plus, dit Claude.
— Peut-être, dit Gean.
— Un ressemelage, dit Claude, on peut s'en passer.
— Voire, dit Gean. On est en hiver.
— Je vous laisse le second chargeur pour le même prix, dit Gean.
— C'est aimable à vous, dit Claude.

Il mangerait un peu moins pendant cinq ou six jours, et ça rattraperait les cinq cents francs. Saknussem l'apprendrait peut-être par hasard.

— Je vous remercie, dit Gean.
— C'est moi, dit Claude, et il le reconduisit à la porte.

— Vous aurez là une bonne arme, conclut Gean, et il s'en alla.
— Ce n'est pas pour moi, lui rappela Claude, et l'autre descendit l'escalier.
Claude referma la porte et revint à la table. L'égalisateur noir et froid n'avait encore rien dit ; il reposait lourdement près du fromage qui, effrayé, s'éloignait de toute sa vitesse, sans oser, toutefois, quitter son assiette nourricière. Le cœur de Claude battait un peu plus que de coutume. Il prit l'objet triste et le tourna dans ses mains. Il se sentait fort jusqu'au bout des ongles, derrière sa porte fermée. Mais il faudrait sortir et l'apporter à Saknussem. Et c'était interdit d'avoir un revolver sur soi dans la rue. Il le reposa sur la table, et, dans le silence, prêta l'oreille, se demandant si les voisins n'avaient rien entendu de sa conversation avec Gean.

5

Il le sentait le long de sa cuisse, lourd et glacé comme une bête morte. Le poids tirait sa poche et sa ceinture, sa chemise bouffait à droite sur son pantalon. Son imperméable empêchait que l'on voie, mais, à chaque avancée de la cuisse, il se dessinait un grand pli sur l'étoffe et tout le monde allait le remarquer. Il paraissait sage de prendre un autre chemin. Il tourna donc délibérément à gauche sitôt hors de l'entrée du bâtiment. Il allait vers la gare et décida de ne se hasarder que dans des petites rues. Le jour était triste, il faisait aussi froid que la veille ; il connaissait mal ce quartier, il prit la première à droite, puis, pensant qu'il allait rejoindre trop rapidement son chemin habituel, se rejeta dix pas plus loin dans la première à gauche. Elle faisait un angle un peu inférieur à quatre-vingt-dix degrés avec la précédente, filant en oblique et pleine de boutiques très différentes de celles qu'il longeait d'ordinaire, des boutiques neutres sans aucune particularité.
Il marchait vite et la chose pesait sur sa cuisse. Il croisa un homme qui lui parut baisser les yeux vers la poche ; Claude

frissonna ; il se retourna deux mètres plus loin, l'homme le regardait aussi. Baissant la tête, il reprit sa marche et se jeta à gauche au premier croisement. Il heurta une petite fille si brutalement qu'elle glissa et s'assit dans la neige sale que l'on avait entassée au bord du trottoir. Sans oser la relever il pressa le pas, les mains enfoncées dans les poches, jetant en arrière des regards furtifs. Il fila au ras du nez d'une matrone armée d'un balai qui sortait d'un immeuble voisin et qui le salua d'une injure sonore. Il se retourna. Elle le suivait des yeux. Il accéléra sa marche et faillit heurter une grille carrée que des ouvriers de la voirie venaient de déposer au-dessus d'un regard d'égout. Dans un violent mouvement interne pour l'éviter, il l'accrocha, en passant, avec la poche de son imperméable, qui se déchira. Les ouvriers le traitèrent de con et d'enfoiré. Rouge de honte, il alla, toujours plus vite, glissant sur les flaques gelées. Il commençait à transpirer, il heurta un cycliste qui tournait sans prévenir. La pédale lui arracha le bas de son pantalon et lui lacéra la cheville. Jetant un cri d'effroi, il tendit les mains en avant, pour ne pas tomber, et le groupe s'affala sur la chaussée boueuse. Il y avait un flique pas loin de là. Claude Léon s'était dégagé de la bicyclette. Sa cheville lui faisait horriblement mal. Le cycliste avait un poignet foulé et le sang pissait de son nez, il injuriait Claude et la colère commençait à saisir Claude, son cœur battait et du chaud lui descendait le long des mains, son sang circulait très bien, cela battait aussi dans sa cheville et sur sa cuisse, l'égalisateur se soulevait à chaque pulsation. Brusquement, le cycliste lui lança son poing gauche dans la figure, et Claude devint encore plus livide. Il plongea la main dans sa poche et tira l'égalisateur, et il se mit à rire parce que le cycliste bafouillait et reculait, puis il sentit un choc terrible sur sa main, et le bâton du flique retomba. Le flique ramassait l'égalisateur et saisit Claude au collet. Claude ne sentait plus rien à la main. Il se retourna brusquement et sa jambe droite se détendit d'un coup, il avait visé le bas-ventre du flique qui se courba en deux et lâcha l'égalisateur. Avec un grognement de plaisir, Claude se précipita pour le ramasser, et puis il le déchargea avec soin sur le cycliste qui porta les deux mains à sa ceinture et s'assit tout doucement en faisant âââh... du fond de la gorge. La fumée des cartouches sentait bon et Claude souffla dans le canon, comme il l'avait vu faire au cinéma ; il remit l'égalisateur dans sa poche, et il s'affala sur le flique, il voulait dormir.

6

— Enfin, dit l'avocat en se levant pour partir, pourquoi, réellement, aviez-vous ce revolver sur vous ?
— Je vous l'ai dit... dit Claude.
Il le dit encore une fois.
— C'était pour mon directeur, monsieur Saknussem, Arne Saknussem...
— Mais il prétend que non, dit l'avocat, vous le savez bien.
— Mais, c'est vrai, dit Claude Léon.
— Je sais bien, dit l'avocat, mais trouvez autre chose ; vous avez eu le temps, à la fin !...
Irrité, il marcha vers la porte.
— Je vous laisse, dit-il. Il n'y a plus qu'à attendre. Je tâcherai de faire de mon mieux ; vous ne m'y aidez guère !...
— Ce n'est pas mon métier, dit Claude Léon. Il le détestait presque autant que le cycliste et que l'agent qui lui avait cassé un doigt au commissariat. De nouveau, il avait chaud dans les mains et les jambes.
— Au revoir, dit l'avocat, et il sortit.
Claude ne répondit pas et s'assit sur son lit. Le gardien referma la porte.
Le gardien posa la lettre sur le lit. Claude dormait à moitié. Il reconnut la casquette et se dressa.
— Je voudrais... dit-il.
— Quoi ? répondit le gardien.
— De la ficelle. Une pelote.
Claude se frottait la tête.
— C'est défendu, dit le gardien.

— Ce n'est pas pour me pendre, dit Claude. J'ai mes bretelles, ce serait déjà fait.
Le gardien pesa cet argument.
— Pour deux cents francs, dit-il, je peux vous en avoir dix ou douze mètres. Pas plus. Et je risque !...
— Oui, dit Claude. Vous les demanderez à mon avocat. Apportez.
Le gardien fouilla dans sa poche.
— Je l'ai là, dit-il.
Il lui tendit un petit rouleau de ficelle assez solide.
— Merci, dit Claude.
— Qu'est-ce que vous voulez en faire ? demanda le gardien. Pas de bêtises, au moins ?
— Me pendre, dit Claude, et il rit.
— Ah ! Ah !... dit le gardien en déployant sa gorge comme un drapeau, c'est idiot, vous aviez vos bretelles.
— Elles sont trop neuves, dit Claude. Ça les abîmerait.
Le gardien le regarda avec admiration.
— Vous en avez une santé, vous, dit-il. Vous devez être journaliste.
— Non, dit Claude. Merci.
Le gardien se dirigea vers la porte.
— Alors, pour l'argent, voyez l'avocat, dit Claude.
— Oui, dit le gardien. Mais c'est sûr, hein ?
Claude hocha la tête pour faire oui, et la serrure claqua doucement.

7

Mise en double et tressée, elle avait à peu près deux mètres. C'était juste. En montant sur le lit, il arriverait à la nouer autour du barreau. Pour régler la longueur, cela serait délicat, car il ne faudrait pas que ses pieds touchent terre.
Il l'essaya à la traction. Elle tenait. Il monta sur le lit, s'accrocha au mur et atteignit le barreau. Il attacha la corde péniblement. Puis, il passa la tête dans la boucle et se lança

dans le vide. Il reçut un coup derrière la tête et la corde cassa. Il tomba sur ses pieds, furieux.
— Ce gardien est un salaud, dit-il à voix haute.
Le gardien ouvrit la porte à ce moment.
— Votre ficelle, c'est de la saloperie, dit Claude Léon.
— Ça m'est égal, dit le gardien. L'avocat me l'a payée. Aujourd'hui, j'ai du sucre à dix francs le morceau, si vous en voulez.
— Non, dit Claude, je ne vous demanderai plus rien.
— Vous y reviendrez, dit le gardien. Attendez seulement deux ou trois mois ; et j'exagère, vous n'y penserez même plus dans huit jours.
— Probablement, dit Claude. Ça n'empêche pas que votre ficelle, c'était de la saloperie.
Il attendit que le gardien s'en aille, et se décida alors à retirer ses bretelles. Elles étaient toutes neuves, en cuir et caoutchouc tressés. Elles représentaient les économies de deux semaines. Un mètre soixante à peu près ; il regrimpa sur le lit et assujettit solidement le bout au pied du barreau. Puis, il fit un nœud à l'autre bout et passa sa tête. Il se lança une seconde fois ; les bretelles s'allongèrent à fond, et il atterrit mollement sous la fenêtre. Alors le barreau se descella et lui arriva sur la tête comme la foudre. Il vit trois étoiles et il dit :
— Martell !...
Et son dos descendit le long du mur. Il se retrouva assis par terre. Son crâne enflait terriblement avec une musique atroce, et les bretelles n'avaient rien.

8

L'abbé Petitjean caracolait dans les couloirs de la prison suivi de près par le gardien. Ils jouaient à la pouillette. En approchant de la cellule de Claude Léon, l'abbé glissa sur une crotte de chat à neuf queues, et fit un tour complet dans l'atmosphère. Sa soutane, gracieusement déployée autour de ses jambes robustes, le fit ressembler si fort à la Loïe Fuller

que le gardien le dépassa, plein de respect et en se découvrant par politesse. Puis, l'abbé retomba par terre avec un bruit étalé et le gardien lui bondit à cheval sur le dos ; l'abbé fit pouce.
— Je vous ai eu, dit le gardien. Vous payez la tournée.
L'abbé Petitjean acquiesça de mauvaise grâce.
— Pas de blagues, dit le gardien. Signez un papier.
— Je ne peux pas le signer à plat ventre, dit l'abbé.
— Bon, je vous lâche... dit le gardien.
Sitôt relevé, l'abbé poussa un grand éclat de rire et se précipita droit devant lui. Il s'y trouvait un mur assez solide et le gardien n'eut pas de mal à le rattraper.
— Vous êtes un faux frère, lui dit-il. Signez un papier.
— Transigeons, dit l'abbé. Quinze jours d'indulgence ?
— Des clopinettes, dit le gardien.
— Oh ça va... dit l'abbé. Je signe.
Le gardien détacha une formule toute remplie de son carnet à souche et donna son crayon à Petitjean qui s'exécuta, puis s'approcha de la porte de Claude Léon. La clé s'engagea dans la serrure qui prit parti pour elle et s'ouvrit.
Assis sur le lit, Claude Léon méditait. Un rayon de soleil entrait par le vide qu'avait laissé le barreau de la fenêtre en se descellant, faisait un petit tour et se perdait dans la tinette.
— Bonjour, mon père, dit Claude Léon en voyant entrer l'abbé.
— Bonjour, mon petit Claude.
— Ma mère va bien ? demanda Claude Léon.
— Mais certainement, dit Petitjean.
— J'ai été touché par la grâce, dit Claude.
Il se passa la main sur l'occiput.
— Tâtez, ajouta-t-il.
L'abbé tâta.
— Fichtre... dit-il, elle n'y a pas été de main morte...
— Loué soit le Seigneur, dit Claude Léon. Je voudrais me confesser. Je veux me présenter devant mon Créateur garni d'une âme nette.
— ... comme si elle avait été lavée avec Persil !... dirent-ils d'une même voix suivant le rite catholique, et ils firent un signe de croix des plus classiques.

— Mais il n'est pas encore question de vous estrapadouiller, dit l'abbé.
— J'ai tué un homme, dit Claude. Qui plus est, un cycliste.
— J'ai des nouvelles, dit l'abbé. J'ai vu votre avocat. Le cycliste était conformiste.
— J'ai quand même tué un homme, dit Claude.
— Mais Saknussem a accepté de témoigner en votre faveur.
— J'ai pas envie, dit Claude.
— Mon fils, dit l'abbé, vous ne pouvez pas ne pas tenir compte du fait que ce cycliste était un ennemi de notre Sainte Mère l'Église cornue et apostillonique...
— Je n'étais pas encore touché par la grâce quand je l'ai tué, dit Claude.
— Foutaises, assura l'abbé. Nous vous tirerons de là.
— Je ne veux pas, dit Claude. Je veux être ermite. Où pourrais-je être mieux qu'en prison pour ça ?
— Parfait, dit l'abbé. Si vous voulez être ermite, on vous en sort demain. L'évêque est très bien avec le directeur de la prison.
— Mais je n'ai pas d'ermitage, dit Claude. Ici ça me plaît.
— Rassurez-vous, dit l'abbé. On vous trouvera quelque chose d'encore plus moche.
— Alors, dit Claude, c'est différent. On s'en va ?
— Minute, parpaillot, dit l'abbé. Il faut les formalités. Je passe vous prendre demain avec la voiture des morts.
— Où est-ce que j'irai ? demanda Claude très excité.
— Il reste une bonne place d'ermite en Exopotamie, dit l'abbé. On va vous donner ça. Vous serez très mal.
— Parfait !... dit Claude. Je prie pour vous.
— Amen ! dit l'abbé. Bourre et Bam et Ratatourre !... terminèrent-ils en chœur, toujours selon le rite catholique, ce qui dispense, comme chacun sait, du signe de croix. Le prêtre caressa la joue de Claude et lui pinça le nez un bon coup, puis il quitta la cellule et le gardien referma la porte.

Alors Claude resta debout devant la petite fenêtre et il fit une grande génuflexion et se mit à prier de tout son cœur astral.

C

... Vous vous faites une idée exagérée des inconvénients des mariages mixtes.
Mémoires de Louis Rossel, Stock, 1908, p. 115.

1

Angel attendait Anne et Rochelle ; assis sur la pierre usée de la balustrade, il regardait les techniciens procéder à la tonte annuelle des pigeons du square. C'était un spectacle ravissant. Les techniciens portaient des blouses blanches très propres, et des tabliers de maroquin rouge, marqués aux armes de la ville. Ils étaient munis de tondeuses à plumes, d'un modèle spécial, et de produit pour dégraisser les ailes de pigeons aquatiques, dont le quartier comptait une forte proportion.

Angel guettait le moment où le duvet de près de la peau commençait à voler, pour se trouver aspiré presque aussitôt par les récupérateurs cylindriques chromés que les aides manipulaient sur de petits chariots à pneumatiques. Avec le duvet, on remplissait la couette du Président des Conseilleurs. Cela faisait penser à la mousse de la mer quand le vent souffle ; on la voit sur le sable en gros paquets blancs qui vibrent sous le vent, et si l'on pose le pied dessus, elle vous ressort entre les doigts de pieds. C'est doux et ça a l'air de se feutrer un peu à mesure que ça sèche. Anne et Rochelle n'arrivaient pas.

Anne avait certainement fait des blagues. Il ne se déciderait jamais à venir à l'heure, ni à donner sa voiture au garagiste pour la faire réviser. Rochelle attendait probablement Anne qui devait passer la prendre. Angel connaissait Anne depuis cinq ans et Rochelle depuis moins de temps. Anne et lui sortaient de la même école, mais Angel n'avait obtenu qu'un rang inférieur parce qu'il n'aimait pas travailler. Anne dirigeait une branche de la Compagnie des Fabricants de Cailloux pour les Voies Ferrées Lourdes, et Angel se contentait d'une situation moins lucrative chez un tourneur de tubes de verres pour verres de lampes. Il assumait la direction technique de l'entreprise tandis qu'Anne, dans sa Compagnie, était au service commercial.

Le soleil passait et repassait dans le ciel et ne se décidait pas ; l'ouest et l'est venaient de jouer aux quatre coins avec leurs deux camarades, mais, pour s'amuser, chacun occupait maintenant une position différente ; de loin, le soleil ne pouvait s'y reconnaître. Les gens profitaient de la situation. Seuls les engrenages des cadrans solaires travaillaient dans le mauvais sens et se détraquaient les uns après les autres au milieu de craquements et de gémissements sinistres ; mais la gaieté de la lumière atténuait l'horreur de ces bruits. Angel regarda sa montre. Ils avaient un demi-tour de retard. Cela commençait à compter. Il se leva et changea d'endroit. Il voyait de face une des filles qui tenait les pigeons à tondre. Elle portait une jupe très courte et le regard d'Angel rampa le long de ses genoux dorés et polis pour s'insinuer entre les cuisses longues et fuselées ; il y faisait chaud ; sans écouter Angel qui voulait le retenir, il avança un peu plus loin et s'occupa à sa façon. Angel, gêné, se décida, à regret, à fermer les yeux. Le petit cadavre resta sur place et la fille le fit choir sans s'en apercevoir, en tapotant sa jupe lorsqu'elle se leva quelques minutes plus tard.

Les pigeons déplumés faisaient des efforts désespérés pour se remettre à voler, mais ils se fatiguaient très vite et retombaient presque aussitôt. A ce moment ils ne remuaient plus guère et se laissaient attacher sans protester les ailes en soie jaune, rouge, verte ou bleue que la municipalité leur fournissait libéralement. Après quoi, on leur montrait comment s'en servir ; ils regagnaient leurs nids, pénétrés d'une dignité nouvelle, et leur démarche, naturellement grave, se faisait hiératique. Angel commençait à se lasser de ce spectacle. Il pensa qu'Anne ne viendrait pas, ou qu'il avait emmené Rochelle d'un autre côté, et se leva de nouveau.

Il traversa le jardin, dépassant des groupes d'enfants qui jouaient à tuer des fourmis à coups de marteau, à la marelle, à accoupler des punaises des bois, et à d'autres amusements de leur âge. Des femmes cousaient des musettes en toile cirée qu'on passe au cou des bébés pour leur faire avaler leur bouillie, ou s'occupaient de leur progéniture. Certaines tricotaient ; d'autres faisaient semblant, pour se donner une contenance, mais on voyait vite qu'elles n'avaient pas de laine.

Angel poussa la petite porte en grillage. Elle claqua derrière lui et il fut sur le trottoir. Du monde passait et des voitures sur la chaussée, mais Anne ? Il resta là quelques minutes. Il hésitait à partir. L'idée qu'il ne connaissait pas encore la couleur des yeux de Rochelle le retint au moment de traverser, et un chauffeur fit un horrible tête-à-queue dans le sens de la hauteur, car il avait freiné sec en voyant s'avancer Angel. La voiture d'Anne venait derrière. Elle s'arrêta au bord du trottoir et Angel monta.

Rochelle était assise à côté d'Anne et Angel se trouva seul sur la banquette fourrée de ressorts à ficelles et de kapok en nappes. Il se pencha pour leur serrer la main. Anne s'excusait de son retard. La voiture repartit. Anne braqua serré pour éviter l'épave du taxi retourné.

Ils suivirent la rue jusqu'au moment où des arbres commencent à garnir les trottoirs et tournèrent à gauche de la statue. A ce moment Anne accéléra, car il y avait moins de voitures. Le soleil venait enfin de trouver l'ouest et se dirigeait dare-dare de ce côté, mettant les bouchées doubles pour rattraper le chemin perdu. Anne conduisait habilement et s'amusait à effleurer l'oreille des enfants qui se promenaient sur le trottoir au moyen de ses indicateurs automatiques de virage ; il était obligé, pour cela, de raser le bord de la rue, et risquait, à chaque instant, d'érafler la peinture de ses pneus, mais s'en tirait sans une égratignure. Par malheur, il vint à passer une petite fille de neuf ou dix ans dont les étiquettes se trouvaient extraordinairement décollées, et l'indicateur, frap-

pant en plein lobe, se brisa net. L'électricité se mit à perler en gouttes serrées au bout du fil arraché, et l'ampèremètre baissait de façon inquiétante. Rochelle le tapota sans résultat. La température de l'allumage diminua et le moteur ralentit. Quelques mesures plus loin, Anne stoppa.
— Qu'est-ce qu'il y a ? dit Angel.
Il ne comprenait pas et se rendit compte qu'il était en train de regarder les cheveux de Rochelle depuis déjà longtemps.
— C'est la barbe ! maugréait Anne. Cette sale gosse !
— Un indicateur est cassé, expliqua Rochelle en se tournant vers Angel.
Anne descendit pour tenter de réparer le dommage et s'affaira autour de la fragile mécanique. Il essayait de faire une ligature au catgut.
Rochelle se retourna tout à fait en s'agenouillant sur le siège avant.
— Vous nous avez attendus longtemps ? dit-elle.
— Oh, ça ne fait rien... murmura Angel.
Il trouvait très difficile de la regarder en face. Elle brillait trop. Pourtant, ses yeux... il fallait voir la couleur...
— Si, dit-elle. Mais c'est ce grand serin d'Anne. Il est toujours en retard. Moi, j'étais prête. Et regardez, il recommence à faire des blagues, sitôt parti.
— Il aime bien s'amuser. Il a raison.
— Oui, dit Rochelle. Il est si gai.
Anne, pendant ce temps-là, jurait comme un charretier et sautait en l'air, chaque fois qu'une goutte d'électricité lui roulait sur la main.
— Où est-ce qu'on va ? demanda Angel.
— Il veut qu'on aille danser, dit Rochelle. Moi, je préfère le cinéma.
— Il aime bien voir ce qu'il fait, dit Angel.
— Oh ! dit Rochelle. Vous ne devez pas dire des choses comme ça !
— Excusez-moi.
Rochelle avait un peu rougi, et Angel regrettait ce commentaire perfide.
— C'est un brave type, ajouta-t-il. Mon meilleur copain.
— Vous le connaissez bien ? demanda Rochelle.

— Depuis cinq ans.
— Vous n'êtes pas du tout pareils.
— Non, mais on s'entend bien, assura Angel.
— Est-ce qu'il...
Elle s'arrêta et rougit encore.
— Pourquoi vous n'osez pas le dire ? C'est pas correct ?
— Si, dit Rochelle. Mais c'est idiot. Ça ne me regarde pas.
— C'est ça que vous voulez savoir ? dit Angel. Eh bien oui, il a toujours eu du succès avec les filles.
— Il est très beau garçon, murmura Rochelle.
Elle se tut et se retourna, parce que Anne faisait, en sens inverse, le tour de la voiture, pour venir se réinstaller au volant. Il ouvrit la portière.
— J'espère que ça tiendra, dit-il. Ça ne coule pas beaucoup, mais il y a une drôle de pression. Je venais de faire recharger les accus.
— C'est pas de chance, dit Angel.
— Pourquoi est-ce que cette imbécile de fille avait de telles oreilles !... protesta Anne.
— Tu n'avais qu'à pas faire l'idiot avec ton indicateur, dit Angel.
— C'est vrai, approuva Rochelle.
Elle rit.
— C'était très drôle !...
Anne rit aussi. Il n'était pas en colère. La voiture repartit, mais ils s'arrêtèrent de nouveau très vite car la rue refusait de continuer plus loin. C'est là qu'ils allaient.
C'était un club de danse où les amateurs de vraie musique se retrouvaient entre purs pour pratiquer des dislocations. Anne dansait très mal. Angel souffrait toujours en voyant Anne se mettre à contretemps ; il ne l'avait jamais regardé danser avec Rochelle.
Cela se passait au sous-sol. Un petit escalier blanc y menait en se tortillant ; une grosse corde-lierre, dont on coupait les feuilles tous les mois, permettait de descendre sans se tuer. C'était aussi, par endroits, garni de cuivre rouge et de hublots.
Rochelle passa la première, puis Anne, et Angel fermait la

marche, afin que les prochains arrivants puissent s'en servir à leur tour. Quelquefois, des insouciants la laissaient ouverte et le garçon se cassait la figure à chaque coup parce que son plateau l'empêchait de voir.

A mi-descente, ils se sentirent saisis par le battement cardiaque de la section rythmique. Un peu plus bas, on prenait en plein dans l'oreille les mélanges de sons de clarinette et de trompinette qui progressaient en s'appuyant l'un sur l'autre, acquérant, ainsi, en très peu de temps, une vitesse considérable. Et puis, au pied de l'escalier, ils perçurent le vague brouhaha de pieds remués, de torses pelotés, de rires confidentiels et d'autres moins discrets, de graves éructations et de conversations nerveuses parmi les clapotis de verres et d'eau gazéifiée qui composent l'atmosphère adéquate d'un bar de demi-luxe. Anne chercha des yeux une table libre et la désigna à Rochelle, qui l'atteignit la première. Ils commandèrent des porto frisés.

La musique ne s'arrêtait guère à cause de la persistance des impressions oreilleuses. Anne profita d'un blues considérablement langoureux pour inviter Rochelle. Pas mal de danseurs venaient de se rasseoir, écœurés par la lenteur du morceau, et tous les tordus se levaient parce que ça leur rappelait le tango ; ils en profitaient pour intercaler des cortes et des pas hésitation entre les déboîtaisons classiques des orthodoxes, au nombre desquels Anne croyait pouvoir se compter. Angel les regarda deux secondes puis détourna les yeux, prêt à vomir. Anne était déjà à contretemps. Et Rochelle suivait sans se troubler.

Ils revinrent s'asseoir. Angel invita Rochelle à son tour. Elle sourit, dit oui, et se leva. C'était encore un air lent.

— Où est-ce que vous avez rencontré Anne ? demanda Angel.

— Il n'y a pas longtemps, répondit-elle.

— Un mois ou deux, je crois ?

— Oui, dit Rochelle. Dans une surprise-partie.

— Vous n'aimez peut-être pas que je vous parle de ça ? demanda Angel.

— J'aime bien parler de lui.

Angel la connaissait très peu, mais il eut de la peine. Il

aurait été embarrassé d'expliquer pourquoi. Toutes les fois qu'il rencontrait une jolie fille, il éprouvait un désir de propriété. L'envie d'avoir des droits sur elle. Enfin, Anne était son amie.
— C'est un type remarquable, dit-il. Très doué.
— Ça se voit tout de suite, dit Rochelle. Il a des yeux épatants, et une belle voiture.
— A l'École, il réussissait sans difficulté aucune, là où d'autres mettaient des heures.
— Il est très costaud, dit Rochelle. Il fait beaucoup de sport.
— Je ne l'ai pas vu rater un seul examen en trois ans.
— Et puis, j'aime la façon dont il danse.

Angel essayait de la maîtriser, mais elle paraissait fermement décidée à danser à contretemps. Il fut obligé de la tenir un peu moins serré et la laissa se démener toute seule.
— Il n'a qu'un défaut, dit Angel.
— Oui, dit Rochelle, mais ce n'est pas important.
— Il pourra s'en corriger, assura Angel.
— Il a besoin qu'on s'occupe de lui, et il a besoin d'avoir toujours quelqu'un près de lui.
— Vous avez probablement raison. D'ailleurs, il y a toujours quelqu'un près de lui.
— Je ne voudrais pas qu'il y ait non plus trop de gens, dit Rochelle pensivement. Seulement des amis sûrs. Vous par exemple.
— Je suis un ami sûr ?
— Vous êtes le type dont on a envie d'être la sœur. Exactement.

Angel baissa la tête. Elle ne lui laissait pas beaucoup d'illusions. Il ne savait pas sourire comme Anne. Voilà la raison. Rochelle continuait à danser à contretemps et prenait grand plaisir à la musique. Les autres danseurs aussi. Il faisait chaud et enfumé, et les notes se faufilaient parmi les volutes grises des mégots en train d'agoniser sur des cendriers-réclames de la maison Dupont, rue d'Hautefeuille, qui présentaient, à échelle réduite, des bassins de lit et du matériel pour malades.
— Qu'est-ce que je fais, comment ça ?

— Dans la vie ?
— Je danse souvent, dit Rochelle. J'ai appris le secrétariat après mon baccalauréat, mais je ne travaille pas encore. Mes parents aiment mieux que je sache me conduire dans le monde.

La musique s'arrêta et Angel aurait voulu rester sur place pour recommencer sitôt que les musiciens attaqueraient un nouveau morceau, mais ils aiguisaient leurs instruments. Il suivit Rochelle qui s'empressait de regagner la table et s'assit tout près d'Anne.

— Alors, dit Anne, vous me donnez la prochaine ?
— Oui, dit Rochelle. J'aime bien danser avec vous.

Angel prit l'air de ne pas entendre. D'autres filles pouvaient avoir d'aussi jolis cheveux, mais la même voix, comment ? La forme comptait aussi pas mal.

Il ne voulait surtout pas ennuyer Anne. C'est Anne qui connaissait Rochelle, et ça le regardait. Il prit la bouteille dans le seau plein de glace verte et remplit sa coupe. Pas une de ces filles ne l'intéressait. Sauf Rochelle. Mais Anne avait la priorité.

Anne, c'était un copain.

2

Ils durent s'en aller pour dîner. On ne peut pas passer toute la nuit dehors quand on travaille le lendemain. Dans la voiture, Rochelle s'assit devant, à côté d'Anne, et Angel monta derrière. Anne se tenait bien avec Rochelle. Il ne mettait pas le bras autour de sa taille, et ne se penchait pas vers elle, et il ne lui prenait pas la main. Angel l'aurait fait, si Rochelle l'avait connu avant Anne. Mais Anne, aussi, gagnait plus d'argent que lui ; Anne méritait tout cela. Danser à contretemps, cela paraît moins rédhibitoire quand on n'entend plus la musique. On passerait là-dessus. Anne disait une bêtise, parfois, et Rochelle riait, agitant ses cheveux éclatants sur le col de son tailleur vert vif...

Anne dit quelque chose à Angel, mais Angel pensait à autre

chose, c'est naturel. Alors, Anne se retourna vers Angel, et son mouvement fit dévier un peu le volant. C'est malheureux à dire, mais il venait un piéton sur le trottoir et il reçut l'aile de la voiture en plein sur la hanche, tandis que la roue avant droite grimpait sur le trottoir. Le monsieur fit un grand bruit en tombant, et resta couché en se tenant la hanche. Il était agité de saccades convulsives. Angel avait déjà ouvert la portière et se précipita dehors. Il se pencha, mortellement inquiet, sur le blessé. Celui-ci se tordait de rire, et s'arrêtait, par instant, pour gémir un bon coup, et puis, il recommençait à se rouler de joie.

— Vous souffrez ? demanda Angel.

Rochelle ne regardait pas. Elle restait dans la voiture, la tête dans ses mains. Anne avait une sale figure. Il était pâle. Il croyait que l'homme agonisait.

— C'est vous ? hoqueta l'homme en désignant Angel.

Une crise de fou rire le reprit. Les larmes ruisselaient sur sa figure.

— Remettez-vous, dit Angel. Vous devez avoir très mal.

— Je souffre comme un veau, parvint à dire le monsieur.

Sa phrase le plongea dans un tel délire qu'il avança de deux pieds en faisant le tonneau. Anne restait là, perplexe. Il se retourna et vit Rochelle. Elle pleurait, car elle se figurait que l'homme se plaignait, et elle avait peur pour Anne. Il s'approcha d'elle ; par la portière ouverte, il prit sa tête entre ses deux grandes mains et l'embrassa sur les yeux.

Angel voyait cela sans le vouloir, mais quand les mains de Rochelle se rejoignirent sur le col du veston d'Anne, il écouta de nouveau le monsieur. Celui-ci faisait des efforts pour tirer son portefeuille de sa poche.

— Vous êtes ingénieur ? dit-il à Angel.

Son rire se calmait un peu.

— Oui... murmura Angel.

— Vous me remplacerez, alors. Je ne peux pas, décemment, aller en Exopotamie avec une hanche brisée en cinq morceaux. Si vous saviez ce que je suis content !...

— Mais... dit Angel.

— C'est vous qui conduisiez, hein ?

— Non, dit Angel. C'est Anne...
— Ennuyeux... dit l'autre.
Sa figure se rembrunit et sa bouche tremblait.
— Ne pleurez pas, dit Angel.
— On ne peut pas envoyer une fille à ma place...
— C'est un garçon... dit Angel.
Ceci galvanisa le blessé.
— Vous féliciterez la mère...
— Je n'y manquerai pas, dit Angel, mais elle est déjà faite à cette idée.
— Alors, on va envoyer Anne en Exopotamie. Je m'appelle Cornélius Onte.
— Moi, c'est Angel.
— Prévenez Anne, dit Cornélius. Il faut qu'il signe. Heureusement que le nom était en blanc sur mon contrat !
— Pourquoi ça ? demanda Angel.
— Je crois qu'ils se méfiaient de moi, dit Cornélius. Appelez Anne.

Angel se retourna. Il regarda, et il avait mal, mais il fit deux pas et posa la main sur l'épaule d'Anne. Il était dans le cirage, et ses yeux... affreux à voir. Ceux de Rochelle restaient fermés.
— Anne, dit Angel. Il faut que tu signes.
— Quoi ? dit Anne.
— Un contrat pour l'Exopotamie.
— Pour construire un chemin de fer, précisa Cornélius.

Il geignit à la fin de sa phrase, car les morceaux de sa hanche, en se cognant, faisaient un bruit désagréable à ses oreilles.
— Vous allez partir là-bas ? dit Rochelle.

Et Anne se pencha de nouveau vers elle pour lui dire de répéter. Et il répondit oui. Il fouilla dans sa poche et prit son stylo. Cornélius tendait le contrat. Anne remplit les formules et mit sa signature en bas de la page.
— Est-ce qu'on vous met dans la voiture pour vous conduire à l'hôpital ? proposa Angel.
— Ce n'est pas la peine, dit Cornélius. Il passera bien une ambulance. Rendez-moi le contrat. Vraiment, je suis content.

Il reprit le contrat et s'évanouit.

3

— Je ne sais pas quoi faire, dit Anne.
— Il faut que tu y ailles, dit Angel. Tu as signé.
— Mais je vais m'embêter horriblement, dit Anne. Je serai tout seul.
— As-tu revu Cornélius ?
— Il m'a téléphoné. Je dois partir après-demain.
— Ça t'embête tant que ça ?
— Non, dit Anne. Ça me fera voir du pays, au fond.
— Tu ne veux pas le dire, dit Angel, mais c'est à cause de Rochelle que ça t'ennuie.
Anne regarda Angel avec étonnement.
— Vraiment, je n'y songeais pas. Tu crois qu'elle m'en voudra si je m'en vais ?
— Je ne sais pas, dit Angel.
Il pensait que, si elle restait, il pourrait la voir de temps en temps. Ses yeux étaient bleus. Anne serait parti.
— Tu sais... dit Anne.
— Quoi ?
— Tu devrais venir avec moi. Ils ont sûrement besoin de plusieurs ingénieurs.
— Mais je ne connais rien aux chemins de fer, dit Angel.
Il ne pouvait pas laisser Rochelle si Anne s'en allait.
— Tu t'y connais autant que moi.
— Tu sais au moins tout ce qui concerne les cailloux, avec ta situation.
— J'en vends, dit Anne. Je n'y connais rien, je t'assure. On ne connaît pas forcément ce qu'on vend.
— Si nous partons tous les deux, dit Angel.
— Oh, dit Anne, elle trouvera bien d'autres types pour s'occuper d'elle...
— Mais tu n'es pas amoureux d'elle ? demanda Angel.
Cela remuait un peu anormalement du côté de son cœur. Il essaya de s'empêcher de respirer pour arrêter, mais c'était fort.

— C'est une très jolie fille, dit Anne. Mais il y a des sacrifices à faire.
— Mais, alors, demanda Angel, pourquoi est-ce que tu es si troublé à l'idée de partir ?
— Je vais m'embêter, dit Anne. Si tu viens avec moi, on pourra toujours se distraire. Tu ne peux pas venir ? Ce n'est pas Rochelle qui te retient tout de même ?
— Sûr que non, dit Angel. Très douloureux à dire, mais rien ne se cassa.
— Au fait, dit Anna. Si je la faisais embaucher par Cornélius comme secrétaire ?
— C'est une bonne idée, dit Angel. Je vais en parler à Cornélius en lui demandant s'ils ont du travail pour moi.
— Tu te décides tout de même ? dit Anne.
— Je ne vais pas te laisser tomber comme ça.
— Bon, dit Anne. Mon vieux, je crois qu'on va rigoler. Téléphone à Cornélius.

Angel s'assit à la place d'Anne et décrocha le récepteur.
— Alors, on lui demande si Rochelle peut venir, et si ils peuvent m'embaucher ?
— Vas-y, dit Anne. Après tout, il y a des sacrifices qu'on peut très bien ne pas faire.

D

... Pareille décision a été prise après un débat animé ; il peut paraître intéressant de connaître les positions de chacun dans cette discussion.

Georges COGNIOT. « Les subventions à l'enseignement confessionnel », *La Pensée,* n° 3, d'avril, mai, juin 1945.

1

Le professeur Mangemanche regarda quelques instants la vitrine sans pouvoir détacher ses yeux du reflet brillant que l'ampoule opaline accrochait distraitement au bois poli d'une hélice à douze pales ; son cœur se démenait, plein de joie, et remua tant que sa pointe vint à toucher la dix-huitième paire de nerfs brachiaux temporaires ; et Mangemanche ouvrit la porte. La boutique sentait bon le bois scié. Il y avait des petits bouts de balsa, de pruche, d'hemlock et d'hickory dans tous les coins, coupés de toutes les formes et à tous les prix, et, dans des vitrines, des roulements à billes, des mécaniques à voler et des machins ronds, sans noms, que le marchand baptisait roues à cause d'un petit trou au milieu.

— Bonjour, monsieur le professeur, dit le marchand.
Il connaissait bien Mangemanche.

— Bonne nouvelle, monsieur Cruc, dit Mangemanche. Je viens de tuer trois clients et je vais avoir le temps de travailler de nouveau.

— Épatant ! dit M. Cruc. Il ne faut pas les rater.

— La médecine, dit le professeur, c'est très bien pour se marrer, mais ça ne vaut pas les modèles réduits.

— Ne dites pas ça, dit M. Cruc. J'ai commencé ma médecine il y a deux jours et ça me plaît.
— Oh, vous en reviendrez ! dit Mangemanche. Est-ce que vous avez vu le nouveau petit moteur italien ?
— Non, dit M. Cruc. Comment qu'il est ?
— Terrible ! dit Mangemanche. On en mangemancherait.
— Ah ! Ah ! Ah ! dit M. Cruc, vous êtes toujours marrant, professeur.
— Oui, mais il n'y a pas d'allumage, dit le professeur.
Les yeux de Cruc s'allongèrent en large. Ce qui eut pour effet de lui faire baisser les paupières, et il se pencha vers le professeur, les mains posées à plat sur le comptoir.
— Non ? haleta-t-il.
— C'est vrai...
Mangemanche parlait d'un ton net, doux et rose, qui excluait l'impossibilité.
— Vous l'avez vu ?
— J'en ai un chez moi, et il marche.
— D'où le tenez-vous ?
— Mon correspondant italien, Alfredo Jabès, me l'a envoyé.
— Vous me le montrerez ? dit Cruc.
L'espoir creusait ses joues piriformes.
— Ah, dit Mangemanche, ça dépend.
Il passa les doigts entre le col de sa chemise bouton-d'or et son cou cylindro-conique.
— J'ai besoin de fournitures.
— Servez-vous, dit Cruc. Prenez ce que vous voudrez, ne payez pas, mais je vais chez vous tout à l'heure.
— Bon, dit Mangemanche.
Il gonfla d'air ses poumons et se précipita à l'intérieur du magasin en chantant un air de guerre. Cruc le regardait faire. Il aurait accepté de le voir emporter toute la boutique.

2

— C'est inouï !... dit Cruc.
Le moteur venait de s'arrêter. Mangemanche tripota le pointeau et tourna l'hélice pour le remettre en marche. Au troisième tour, elle partit d'un coup sec et il n'eut pas le temps de retirer sa main. Il se mit à sauter sur place en gémissant. Cruc prit sa place et la lança à son tour. Le moteur redémarra en un clin d'œil. Dans la petite bouteille de combustible, on voyait des bulles d'air entrer par la soupape, comme un escargot qui bave, et, par les deux lumières de l'échappement, de l'huile ruisselait tout doucement.
Le vent de l'hélice soufflait la fumée de l'échappement sur Mangemanche qui s'était approché de nouveau. Il tenta de tourner la manette du contre-piston pour régler la compression, et se brûla les doigts très fort. Il secoua sa main et la mit tout entière dans sa bouche.
— Merde et merde ! jura-t-il.
A travers ses doigts, on comprenait mal, heureusement. Cruc, hypnotisé, tentait de suivre des yeux le mouvement de l'hélice, et ses globes tournaient à cet effet, dans l'orbite, mais la force centrifuge projetait les cristallins vers l'extérieur, et il voyait juste le bord interne de ses paupières, aussi il s'arrêta. La lourde table, sur laquelle était vissé le petit carter d'aluminium, vibrait et faisait trembler toute la pièce.
— Ça marche !... se mit à crier Cruc.
Et il s'écarta de la table et saisit Mangemanche par les mains. Ils dansèrent une ronde, pendant que la fumée bleue fuyait vers le fond de la pièce.
Les surprenant au beau milieu d'un saut périlleux, la sonnerie du téléphone manifesta des dispositions certaines pour la production d'un bruit strident rappelant le sifflement d'une méduse. Mangemanche, saisi en plein vol, retomba à plat sur le dos, tandis que Cruc allait se ficher en terre, la tête en avant, dans un pot vert qui contenait une grande palme académique.

Mangemanche se releva le premier et courut répondre. Cruc manœuvrait pour sortir de la terre et finit par se relever avec le pot, car il tirait sur la tige de la palme en la prenant pour son cou. Il s'aperçut de son erreur lorsque toute la terre lui dégoulina dans le dos.
Mangemanche revint, l'air furieux. Il cria à Cruc d'arrêter le moteur, parce que cela faisait un potin infernal. Cruc s'approcha, ferma le pointeau, et le moteur stoppa en produisant un bruit de baiser méchant, sec et aspiré.
— Je m'en vais, dit Mangemanche. Un malade me demande.
— C'est un de vos clients ?
— Non, mais je dois y aller.
— C'est assommant, dit Cruc.
— Vous pouvez rester le faire marcher, dit Mangemanche.
— Oh, alors, ça va. Allez-y ! dit Cruc.
— Vous êtes malin, dit Mangemanche. Ça vous est égal.
— Complètement.
Cruc se pencha sur le cylindre brillant, dévissa légèrement le pointeau, et changea de place pour remettre le moteur en marche. Celui-ci démarra au moment où Mangemanche quittait la pièce. Cruc avait modifié le réglage de la compression, et, avec un ronflement rageur, l'hélice arracha la table du sol ; le tout s'écrasa sur le mur opposé. Au bruit, Mangemanche était revenu. En voyant ça, il tomba à genoux et se signa. Cruc était déjà en prières.

3

La domestique de Cornélius Onte introduisit le professeur Mangemanche dans la chambre du blessé. Celui-ci tricotait, pour passer le temps, un motif jacquard de Paul Claudel, qu'il avait relevé dans un numéro de *La Pensée catholique et le Pèlerin agglomérés*.
— Salut ! dit Mangemanche. Vous me dérangez.

— Oui ? dit Cornélius. J'en suis peiné.
— Je vois. Vous avez mal ?
— J'ai la hanche en cinq morceaux.
— Qui vous a soigné ?
— Perriljohn. Ça va très bien maintenant.
— Alors, pourquoi est-ce que vous m'avez fait venir ?
— Je voulais vous proposer quelque chose, dit Cornélius.
— Allez vous faire foutre ! dit Mangemanche.
— Bon, dit Cornélius. J'y vais.
Il tenta de se lever, et à peine avait-il mis un pied par terre que sa hanche se recassa. Il s'évanouit très nettement. Mangemanche se saisit du téléphone et demanda qu'on envoie une ambulance pour le faire transporter dans son service.

4

— Vous le piquerez à l'évipan tous les matins, dit Mangemanche. Je ne veux pas qu'il se réveille quand je passe dans le service. Il me barbe tout le temps avec...
Il s'interrompit. L'interne le considérait attentivement.
— Ça ne vous regarde pas, au fait, dit Mangemanche. Comment va sa hanche ?
— On a mis des vis, dit l'interne. Des vis du grand modèle. Superbe fracture, qu'il a là.
— Vous savez qui c'est, Kylala ? demanda Mangemanche.
— Heu... dit l'interne.
— Si vous ne le connaissez pas, n'en parlez pas. C'est un ingénieur finlandais qui a inventé un système d'échappement pour les locomotives.
— Ah ?... dit l'interne.
— Perfectionné plus tard par Chaplon, compléta Mangemanche. Mais, après tout, ça ne vous regarde pas non plus.
Il quitta le chevet de Cornélius et son regard se porta sur le lit voisin. La femme de service venait, profitant de ce

qu'aucun malade ne l'occupait, de poser une chaise dessus pour faire le ménage.
— Qu'est-ce qu'elle a, cette chaise ? dit Mangemanche, plaisantin.
— Elle a la fièvre, répondit l'interne, non moins.
— Vous vous foutez de moi, hein ? dit Mangemanche. Mettez-lui un thermomètre, on va bien voir.
Il se croisa les bras et attendit. L'interne quitta la pièce et revint avec une chignole et un thermomètre. Il retourna la chaise cul par-dessus tête et se mit à percer un trou sous le siège. Il soufflait dessus en même temps pour faire partir la sciure.
— Dépêchez-vous, dit Mangemanche. Je suis attendu.
— Pour le déjeuner, demanda l'interne.
— Non, dit Mangemanche. Pour construire un modèle du Ping 903. Vous êtes bien curieux, ce matin.
L'interne se redressa et planta le thermomètre dans le trou. On vit le mercure se ramasser sur lui-même, puis bondir, escalader les degrés à une vitesse foudroyante, et le haut du thermomètre se mit à gonfler comme une bulle de savon.
— Retirez-le vite !... dit Mangemanche.
— Jésus !... dit l'interne.
Le ballonnet formé enfla encore un peu, et puis une amorce de rupture éclata près de la tige, et un jet de mercure brûlant tomba sur le lit. A son contact, les draps roussirent. Cela dessinait, sur la toile blanche, des lignes parallèles qui convergeaient quand même vers une petite nappe de mercure.
— Retournez cette chaise et mettez-la au lit, dit Mangemanche. Appelez mademoiselle Gongourdouille.
L'infirmière en chef se précipita.
— Prenez la tension de cette chaise, dit Mangemanche.
Il regarda l'interne la coucher avec précaution.
— C'est un cas très curieux, grommela-t-il encore. Ne la secouez pas comme ça, à la fin !...
L'interne, furieux, manipulait la chaise avec brutalité, lui arrachant un horrible craquement. Saisi par le regard de Mangemanche, il s'affaira autour de la chaise avec des gestes délicats de gobeur d'œufs professionnel.

5

— Je verrais plutôt un bord d'attaque taillé dans la masse, dit Cruc.
— Non, répondit Mangemanche, un revêtement classique en balsa de 15 dixièmes ; ça sera plus léger.
— Avec ce moteur-là, dit Cruc, s'il rencontre quelque chose il est foutu.
— On choisira un endroit, dit Mangemanche.
Ils travaillaient tous les deux sur un plan à grande échelle du Ping 903 que Mangemanche modifiait pour le moteur.
— Ça sera dangereux, observa Cruc. Mieux vaudra ne pas se trouver devant.
— Vous êtes emmerdant, Cruc. Tant pis. Je suis docteur, après tout.
— Bien. Je vais rassembler les pièces qui nous manquent encore.
— Prenez du bon, hein ? Je paierai ce qu'il faudra.
— Je prends comme pour moi, dit Cruc.
— Non !... Prenez comme pour moi. Je préfère. Vous avez mauvais goût. Je pars avec vous. Il faut que je voie mon malade.
— Allons-y, dit Cruc.
Ils se levèrent et quittèrent la pièce.

6

— Écoutez, dit Cornélius Onte.
Il parlait d'une voix vague et brouillée et ses paupières retombaient. Mangemanche prit un air excédé.
— Votre évipan ne vous suffit pas ? Vous voulez quand même recommencer vos fameuses propositions ?
— Mais non !... dit Cornélius. C'est... cette chaise...
— Eh bien, quoi ? dit Mangemanche. Elle est malade. On la soigne. Vous savez ce que c'est qu'un hôpital, non ?

— Oh !... gémit Cornélius. Enlevez-la !... Elle a grincé sans arrêt toute la nuit...
L'interne, debout près de Mangemanche, paraissait également à la limite de ses nerfs.
— C'est vrai ? lui demanda le professeur.
L'interne fit un signe affirmatif.
— On pourrait la flanquer en l'air, dit-il. C'est une vieille chaise.
— C'est une chaise Louis XV, dit Mangemanche. Et puis, c'est vous ou c'est moi qui a dit qu'elle avait la fièvre ?
— C'est moi, dit l'interne.
Il était furieux toutes les fois que Mangemanche s'occupait de la chaise.
— Alors, soignez-la.
— Mais je deviens fou !... gémit Cornélius.
— Tant mieux, dit Mangemanche. Vous ne m'embêterez plus avec vos propositions. Piquez-le encore, ajouta-t-il en se tournant vers l'interne et en désignant Cornélius.
— Ouille... Ouille... se lamenta Cornélius. Je ne sens plus ma fesse !...
A ce moment, la chaise fit retentir une horrible série de craquements osseux. Une odeur dégoûtante se répandit autour de son lit.
— Toute la nuit comme ça... murmura Cornélius. Changez-moi d'endroit...
— On vous colle déjà dans une chambre à deux lits seulement et vous n'êtes pas content ?... protesta l'interne.
— Deux lits et une chaise qui pue, dit Cornélius.
— Oh, ça va, dit l'interne. Vous croyez que vous sentez bon ?
— Soyez poli avec mon malade, lui fit remarquer Mangemanche. Qu'est-ce qu'elle a, cette chaise ? Elle fait une occlusion perforante ?
— Je crois, dit l'interne. En plus, elle a quarante-neuf de tension.
— Bon, dit Mangemanche. Vous savez ce qui vous reste à faire. Au revoir.
Il appuya un bon coup sur le nez de Cornélius pour le faire rire et sortit. Cruc l'attendait pour le Ping 903.

7

Cruc se mâchait nerveusement les lèvres. Il y avait devant lui une feuille de papier couverte de calculs et d'équations du vingt-sixième degré, irrésolues et hésitantes. Mangemanche arpentait la pièce, et, pour éviter de se retourner, repartait en marche arrière chaque fois qu'il arrivait au mur peint en bleu punaise.

— Impossible ici, affirma Cruc après un long silence.
— Cruc, dit Mangemanche, vous êtes un dégonflard.
— Pas assez d'espace. Il fera quatre mesures à la minute. Vous vous rendez compte ?
— Alors quoi ? dit Mangemanche.
— Il faut trouver un désert.
— Je suis bien forcé de rester m'occuper des malades.
— Faites-vous nommer médecin colonial.
— C'est idiot. J'aurai à me balader sans arrêt d'un village à l'autre, et jamais le temps de m'occuper du Ping.
— Prenez des vacances.
— Ça ne se fait pas.
— Alors, on ne peut pas !...
— Enfin, quoi !... dit Mangemanche.
— Ben, oui !... répondit Cruc.
— Oh, zut ! Je vais à l'hôpital... Continuez vos calculs.

Il descendit l'escalier, traversa le vestibule cylindrique et sortit. Sa voiture l'attendait devant le trottoir à claire-voie. Depuis la mort d'une de ses clientes préférées, il ne recevait pratiquement plus et se bornait à exercer à l'hôpital.

Lorsqu'il entra dans la chambre de Cornélius, il trouva, assis sur le lit de la chaise, un grand gaillard costaud et blond. Celui-ci se leva en le voyant.

— Je m'appelle Anne, dit-il. Bonjour, monsieur.
— C'est pas l'heure des visites, observa l'interne, qui entrait derrière le professeur.
— Il dort tout le temps, dit Anne. Je suis obligé de rester jusqu'à ce qu'il se réveille.

Mangemanche se retourna et regarda l'interne.
— Qu'est-ce que vous avez, vous ?
— Oh, ça va se passer.
Les mains de l'interne tremblaient comme des marteaux de sonnette et ses yeux étaient noirâtres jusqu'au milieu de la figure.
— Vous n'avez pas dormi ?
— Non... C'est la chaise...
— Ah ? Ça ne va pas ?
— Quelle garce !... dit l'interne.
La chaise remua et craqua et cela recommença à sentir mauvais. L'interne, furieux, fit deux pas en avant, mais Mangemanche lui posa la main sur le bras.
— Calmez-vous, lui dit-il.
— Je ne peux plus !... Elle se fout de moi !
— Vous lui avez passé le bassin ?
— Elle ne veut rien faire, se lamenta l'interne. Juste craquer, grincer, avoir la fièvre, et m'emmerder.
— Soyez correct, dit Mangemanche. On va s'occuper d'elle tout à l'heure. Alors, vous ? continua-t-il en s'adressant à Anne.
— Je voudrais parler à monsieur Onte. C'est au sujet de mon contrat.
— C'est pas la peine de me parler de ça... je ne suis pas au courant.
— Monsieur Onte ne vous a pas fait des propositions ?
— Monsieur Onte est tellement bavard que je le fais dormir d'un bout de la journée à l'autre.
— Pardon, dit l'interne. C'est moi.
— Ça va, dit Mangemanche. C'est vous... si vous voulez.
— J'ai connaissance de ces propositions, dit Anne. Je peux vous les dire.
Mangemanche regarda l'interne et lui fit un signe. L'interne fouilla dans sa poche. Il était derrière Anne.
— Oui ? C'est intéressant, dit Mangemanche. Allez-y !
L'interne tira de sa poche une grosse seringue et planta l'aiguille en plein dans le gras du biceps d'Anne. Celui-ci essaya de lutter, mais s'endormit presque aussitôt.

— Où je le mets ? dit l'interne, car Anne était lourd à tenir.
— Débrouillez-vous, dit Mangemanche. Je vais visiter les salles. D'ici là, Onte sera sans doute réveillé.
L'interne écarta les bras et Anne glissa par terre.
— Je peux le mettre à la place de cette chaise... suggéra-t-il.
La chaise riposta par une série d'éclatements ricaneurs.
— Laissez-la tranquille, dit Mangemanche. Si je vous prends à l'embêter...
— Bon, dit l'interne. Alors, je le laisse là.
— Comme vous voudrez.
Le professeur réajusta sa blouse blanche et sortit d'un pas souple et feutré. Il disparut dans le couloir laqué.
Resté seul, l'interne s'approcha lentement de la chaise et la couvrit d'un regard d'où suintait la méchanceté. Il était si fatigué que ses paupières retombaient à chaque instant. Une infirmière entra.
— Vous lui avez passé le bassin ? dit l'interne.
— Oui, dit l'infirmière.
— Alors ?
— Alors, elle a des oxyures de bois. Et puis, elle s'est levée toute seule, une fois. Elle va l'amble. C'est déplaisant à voir. J'étais terrorisée.
— Je vais l'ausculter, dit l'interne. Passez-moi un linge propre.
— Voilà, dit l'infirmière.
Il n'avait même pas la force de lui fourrer sa main entre les jambes, bien qu'elle eût ouvert sa blouse comme à l'habitude. Dépitée, elle lui donna la serviette et s'en alla en remuant de la tôle émaillée. L'interne s'assit sur le lit et découvrit la chaise. Il s'efforçait de ne pas respirer, car elle craquait de plus belle.

8

Lorsque Mangemanche revint de sa visite des salles, l'interne dormait à son tour, en travers sur Anne, au pied du lit de Cornélius. Le professeur remarqua quelque chose d'insolite dans l'aspect du lit voisin et découvrit prestement la chaise Louis XV. Ses pieds s'étaient raidis. Elle avait vieilli de vingt ans. Elle était froide, inerte, et Louis XVI. Les courbes de son dossier, tendues et droites, disaient combien son agonie avait dû être pénible. Le professeur remarqua la teinte blanc bleuâtre du bois, et donna, en se retournant, un bon coup de pied dans la tête de l'interne, mais celui-ci ne bougea pas. Il ronflait. Le professeur s'agenouilla près de lui et le secoua.

— Alors... quoi ? Vous dormez ?... Qu'est-ce que vous avez fait ?...

L'interne se mit à grouiller et ouvrit un œil filandreux.

— Qu'est-ce qui vous arrive ? répéta Mangemanche.

— Me suis piqué... murmura l'interne. Évipan aussi. Trop sommeil.

Il referma l'œil avec un ronflement caverneux.

Mangemanche le secoua plus fort.

— Et la chaise ?

L'interne ricana avec lenteur.

— Strychnine.

— Salaud !... dit Mangemanche. Il n'y a plus qu'à la remettre sur ses pieds et la faire empailler.

Il se releva, vexé. L'interne dormait comme un bienheureux. Anne aussi et Cornélius aussi. Mangemanche bâilla. Il souleva la chaise avec délicatesse et la posa au pied du lit. Elle émit un dernier craquement, doux et mort, et il s'assit dessus. Sa tête oscillait de droite à gauche, et, au moment où elle se fixait dans une position commode, on frappa à la porte. Le professeur n'entendit pas, et Angel frappa de nouveau et il entra.

Mangemanche tourna vers lui deux globes vitreux et dénués d'expression.
— Jamais il ne pourra voler, marmotta-t-il.
— Vous dites ? demanda poliment Angel.
Le professeur avait du mal à se sortir de son assoupissement. Il fit un gros effort de plusieurs kilos et réussit à dire quelque chose.
— Jamais un Ping 903 n'aura la place pour voler dans ce pays. Foi de Mangemanche !... Il y a trop d'arbres.
— Mais si vous venez avec nous ? dit Angel.
— Avec vous, qui ?
— Avec Anne et moi, et Rochelle.
— Où ça ?
— En Exopotamie.
Les voiles de Morphée s'entrouvrirent au-dessus du crâne de Mangemanche, et Morphée lui-même lâcha un caillou juste sur sa fontanelle. Il se réveilla tout à fait.
— Sacré nom ! Mais c'est un désert, ça !...
— Oui, dit Angel.
— C'est ce qu'il me faut.
— C'est d'accord, alors ?
— Mais quoi, bran ? dit le professeur qui ne comprenait plus.
— Enfin. Monsieur Onte vous a fait des propositions ?
— Monsieur Onte me casse les pieds, dit Mangemanche. Depuis huit jours, je le fais piquer à l'évipan pour être tranquille.
— Mais il voulait simplement vous offrir une situation en Exopotamie. Médecin-chef du camp.
— Quel camp ? quand ?
— Le camp du chemin de fer qu'on va construire là-bas. Dans un mois. On devait partir demain, Anne et moi, et Rochelle.
— Qui est Rochelle ?
— Une amie.
— Jolie ?
Mangemanche se redressa. Il était ragaillardi.
— Oui, dit Angel. Du moins je trouve.
— Vous êtes amoureux, affirma le professeur.

— Oh, non ! dit Angel. C'est Anne qu'elle aime.
— Mais vous l'aimez ?
— Oui, dit Angel. C'est pour ça qu'il faut qu'Anne l'aime aussi, puisqu'elle l'aime ; elle sera contente.
Mangemanche se frotta le nez.
— Ça vous regarde, hein, dit-il. Mais méfiez-vous de ce raisonnement. Alors, vous croyez qu'il y a de la place pour faire marcher un Ping 903 ?
— Tout ce que vous voulez.
— Comment le savez-vous ?
— Je suis ingénieur, dit Angel.
— Merveilleux !
Le professeur appuya sur la sonnette au chevet de Cornélius.
— Attendez, dit-il à Angel. On va les faire réveiller.
— Comment ça ?
— Oh, assura Mangemanche, avec une piqûre, c'est très facile.
Il se tut et réfléchit.
— A quoi pensez-vous ? lui demanda Angel.
— Je vais faire venir mon interne avec moi, dit Mangemanche. C'est un garçon honnête...
Il se sentit mal à l'aise sur la chaise, mais continua.
— J'espère qu'ils auront aussi une place pour Cruc. C'est un très bon mécanicien.
— Sûrement, dit Angel.
Et puis l'infirmière entra avec tout ce qu'il fallait pour les piqûres.

PASSAGE

Il y a lieu de s'arrêter une minute, maintenant, car cela va devenir noué et en chapitres ordinaires. On peut savoir pourquoi : il y a déjà une fille, une jolie fille. Il en viendra d'autres, et rien ne peut durer dans ces conditions.

Sinon, ce serait sans doute plus souvent gai ; mais avec les filles, il faut du triste ; ce n'est pas qu'elles aiment le triste — elles le disent, du moins —, mais il vient avec elles. Avec les jolies. Les laides, on ne saurait en parler : c'est assez qu'il y en ait. D'ailleurs, elles sont toutes jolies.

Une s'appellera Cuivre, et l'autre Lavande, et les noms de certaines viendront après ; mais ni dans ce livre ni dans la même histoire.

Il y aura beaucoup de gens, en Exopotamie, parce que c'est le désert. Les gens aiment à se rassembler dans le désert, car il y a de la place. Ils essayent d'y refaire les choses qu'ils faisaient partout ailleurs, et qui, là, leur paraissent neuves ; car le désert constitue un décor sur lequel tout ressort bien, surtout si le soleil est doué, par hypothèse, de propriétés spéciales.

Le désert est souvent employé. Arthur Eddington a donné le moyen de récupérer tous les lions qu'il contient ; il suffit de tamiser le sable et les lions restent sur la toile. Ceci comporte une phase — la plus intéressante —, la phase d'agitation. A la fin, on a bien tous les lions sur la toile du tamis. Mais Eddington a oublié qu'il reste aussi les cailloux. Je crois que je parlerai des cailloux, de temps en temps.

PREMIER MOUVEMENT

> *C'est là un procédé fort avantageux, et son économie, jointe à la qualité des fibres, rend cette méthode particulièrement intéressante !*
> René ESCOURROU, *Le Papier*, Armand Colin, 1941, p. 84.

I

Alors, comme il avait faim, Athanagore Porphyrogénète reposa son marteau archéologique, et, fidèle à sa devise (sit tibi terra levis), entra sous sa tente pour déjeuner, laissant là le pot turcique qu'il achevait de désincrustir.

Puis, pour la commodité du lecteur, il remplit la fiche de renseignement suivante, reproduite ci-dessous in extenso, mais en typographie seulement :
Taille : 1 m 65
Poids : 69 kilogrammes force
Cheveux : grisonnants
Système pileux résiduaire : peu développé
Age : incertain
Visage : allongé
Nez : foncièrement droit
Oreilles : type universitaire en anse d'amphore
Vêture : peu soignée et les poches déformées par un bourrage sans scrupules
Caractères annexes : sans aucun intérêt
Habitudes : sédentaires en dehors des périodes de transition

Ayant rempli cette fiche, il la déchira, car il n'en avait pas besoin, vu qu'il pratiquait depuis son jeune âge le petit exercice socratique nommé vulgairement
γνωθι σεαυτον
La tente d'Atha était formée d'une pièce de toile taillée spécialement, munie d'œillets en de certains points judicieusement choisis, et reposant sur le sol par l'intermédiaire de perches de bois de bazooka cylindré, qui lui donnaient une assise ferme et suffisante.

Au-dessus de cette pièce de toile, se trouvait tendue une autre pièce de toile, à une distance convenable, assujettie par le truchement de cordons reliés à des piquets métalliques, qui mettaient le tout à la terre pour éviter les ronflements désagréables.

Le montage de cette tente, excellemment réalisé par les soins de Martin Lardier, le factotum d'Athanagore, procurait au visiteur, toujours éventuel, un ensemble de sensations en rapport avec la qualité et l'acuité de ses facultés intrinsèques, mais réservait l'avenir. Il ne couvrait, en effet, qu'une surface de six mètres carrés (et des fractions, car la tente venait d'Amérique, et les Anglo-Saxons expriment en pouces et en pieds ce que les autres mesurent en mètres ; ce qui faisait dire à Athanagore : dans ces pays où le pied règne en maître, il serait bon que le mètre prît pied) et il y avait encore plein de place à côté.

Martin Lardier, qui s'occupait, dans les parages, à redresser la monture de sa loupe tordue par un grossissement trop élevé, rejoignit son maître sous la tente. A son tour, il remplit une fiche ; il la déchira malheureusement trop vite pour que l'on ait le temps de la recopier, mais on le recoincera au tournant. D'un coup d'œil, on pouvait se rendre compte qu'il avait les cheveux bruns.

— Servez le repas, Martin, pria l'archéologue qui faisait régner une discipline de fer dans son champ de fouilles [1].

— Oui, maître, répondit, sans vain souci d'originalité, Martin.

---

1. Produisant ainsi des courants induits, par le moyen desquels, à travers des solénoïdes, il s'éclairait.

Il déposa le plateau sur la table et s'assit en face d'Athanagore ; les deux hommes entrechoquèrent bruyamment leurs fourchettes à cinq doigts en piquant, d'un commun accord, dans la grosse boîte de ragoût condensé que venait d'ouvrir Dupont, le serviteur nègre.

Dupont, le serviteur nègre, préparait dans sa cuisine une autre boîte de conserve pour le repas du soir. Il lui fallait, tout d'abord, faire cuire à grand eau la viande fibreuse de momie, avec l'assaisonnement cérémonial, sur un feu laborieusement entretenu au moyen de sarments solennels en état d'ignition, puis distiller la soudure, remplir de méture la boîte de tôle étamée avec la nourriture cuite à grande eau, non sans avoir vidé la grande eau dans le petit lévier ; et puis souder le couvercle avec la soudure comme du fer et ça faisait une boîte de conserve pour le repas du soir.

Dupont, fils d'artisans laborieux, les avait tués afin qu'ils puissent enfin s'arrêter et se reposer en paix. Évitant les félicitations ostensibles, il vivait à l'écart, d'une vie de religion et de dévouement, espérant être canonné par le Pape avant de mourir, comme le Père de Foucault prêchant la croisière. En règle générale il bombait le torse ; pour l'instant il s'affairait, empilant les bûchettes sur du feu en équilibre instable, lardant de coups de serpe des seiches humides dont il jetait l'encre aux porcs avant de les noyer dans l'eau minéralogique qui bouillait dans un seau constitué de lamelles étroitement jointives de tulipier à cœur rouge. Au contact de l'eau bouillante, les seiches prenaient une belle couleur indigo ; la lueur du feu ricochait sur la surface frissonnante, posant au plafond de la cuisine des reflets en forme de cannabis indica, mais dont l'odeur différait à peine de celle des lotions d'arôme Patrelle que l'on trouve chez tous les bons coiffeurs, André et Gustave en particulier.

L'ombre de Dupont parcourait la pièce à gestes coudés et rompus. Il attendait la fin du repas d'Athanagore et de Martin pour desservir.

Cependant Martin faisait à son maître le récit en forme de dialogue des événements de la matinée.

— Quoi de neuf ? dit Athanagore.

— Rien de nouveau quant à ce qui concerne le sarcophage, dit Martin. Il n'y en a pas.
— On continue à creuser ?
— On continue. Dans tous les sens.
— Nous réduirons à une seule direction quand nous pourrons.
— On a signalé un homme dans la région, dit Martin.
— Qu'est-ce qu'il fait ?
— Il est arrivé par le 975. Il s'appelle Amadis Dudu.
— Ah, soupira Athanagore, ils ont enfin ramassé un voyageur...
— Il est installé, dit Martin. Il a emprunté un bureau et il écrit des lettres.
— A qui a-t-il emprunté un bureau ?
— Je ne sais pas. Il a l'air de travailler dur.
— C'est curieux.
— Pour le sarcophage ? dit Martin.
— Écoutez, Martin, ne vous habituez pas à l'idée que nous allons trouver un sarcophage tous les jours.
— Mais nous n'en avons encore trouvé aucun !...
— Ceci prouve bien qu'ils sont rares, conclut Athanagore.

Martin secoua la tête, écœuré.
— Ce coin ne vaut rien, dit-il.
— Nous venons à peine d'amorcer, observa Athanagore. Vous êtes trop pressé.
— Excusez-moi, maître, dit Martin.
— Ça n'a pas d'importance. Vous me ferez deux cents lignes pour ce soir.
— Quel genre, maître ?
— Traduisez-moi en grec une poésie lettriste d'Isidore Isou. Prenez-en une de la longueur.

Martin repoussa sa chaise et sortit. Il en avait pour jusqu'à sept heures du soir, au moins, et il faisait très chaud.

Athanagore termina son repas. Il reprit son marteau archéologique en sortant de la tente ; il tenait à finir de désincruster son pot turcique. Mais il avait l'intention de se dépêcher ; la personne du dénommé Amadis Dudu commençait à l'intéresser.

Le pot, de grande taille, en porcelaine grossière, était peint, au fond, d'un œil que le calcaire et la silice obstruaient à moitié. A petits coups précis, Athanagore fit sauter les éclats pétrifiés, dégageant l'iris et la pupille. Vu en entier, c'était un assez bel œil bleu, un peu dur, aux cils plaisamment recourbés. Athanagore regardait plutôt d'un autre côté pour se dérober à l'interrogation insistante qu'impliquait l'expression de ce vis-à-vis céramique. Lorsque le nettoyage fut chose faite, il remplit le pot de sable, pour ne plus voir l'œil, le retourna sens dessus dessous et le brisa de plusieurs coups de marteau, puis il ramassa les fragments épars. Ainsi, le pot tenait très peu de place et pourrait entrer dans une boîte du modèle standard sans déparer la régularité des collections du maître, qui tira de sa poche le réceptacle en question.

Ceci fait, Athanagore se désaccroupit et partit en direction présumée d'Amadis Dudu. Si ce dernier montrait, pour l'archéologie, des dispositions, il méritait que l'on s'y intéressât. Le sens infaillible qui guidait l'archéologue dans ses démarches ne manqua point à le diriger vers la bonne place. Effectivement assis à un bureau, Amadis Dudu téléphonait. Sous son avant-bras gauche, Atha vit un sous-main dont le buvard portait déjà les marques d'un travail intense ; une pile de lettres devant lui, prêtes à l'expédition, et, dans une corbeille, le courrier déjà reçu.

— Savez-vous où l'on peut déjeuner par ici ? demanda Amadis, couvrant le récepteur de sa main, sitôt qu'il eut aperçu l'archéologue.

— Vous travaillez trop, répondit Athanagore. Le soleil va vous abrutir.

— C'est un pays charmant, assura Amadis. Et il y a beaucoup à faire.

— Où avez-vous trouvé ce bureau

— On trouve toujours un bureau. Je ne peux pas travailler sans bureau.

— Vous êtes venu par le 975 ?

Le correspondant d'Amadis devait s'impatienter, car le récepteur se tordait violemment dans sa main. Avec un mauvais sourire, Amadis saisit une épingle dans le plumier et la

planta dans le petit trou noir. Le récepteur se roidit et il put le reposer sur l'appareil.
— Vous disiez ? s'enquit Amadis.
— Je disais : vous êtes arrivé par le 975 ?
— Oui. Il est assez commode. Je le prends tous les jours.
— Je ne vous ai jamais vu par ici.
— Je ne prends pas ce 975-là tous les jours. Comme je vous le disais, il y a beaucoup à faire ici. Accessoirement, pourriez-vous m'indiquer où l'on peut déjeuner ?
— Il doit être possible de trouver un restaurant, dit Athanagore. Je vous avoue que depuis mon arrivée ici je ne m'en suis pas préoccupé. J'avais amené des provisions, et puis on peut pêcher dans le Giglyon.
— Vous êtes ici depuis ?
— Depuis cinq ans, précisa Athanagore.
— Vou devez connaître le pays, alors.
— Pas trop mal. Je travaille plutôt en dessous. Il y a des plissements siluro-dévoniens, des merveilles. J'aime aussi certains coins de pléistocène où j'ai trouvé des traces de la ville de Glure.
— Connais pas, dit Amadis. Le dessus ?
— Ça, il faut demander à Martin de vous guider, dit Athanagore. C'est mon factotum.
— Il est pédéraste ? demanda Amadis.
— Oui, dit Athanagore. Il aime Dupont.
— Ça m'est égal, dit Amadis. Tant pis pour Dupont.
— Vous allez le peiner, dit Atha. Et il ne me fera pas la cuisine.
— Puisqu'il y a un restaurant...
— Vous êtes sûr ?
— Venez avec moi, dit Amadis. Je vous y mène.
Il se leva, remit sa chaise en place. Dans le sable jaune, il était facile de la faire tenir droite.
— C'est propre, ce sable, dit Amadis. J'aime bien cet endroit. Il n'y a jamais de vent ?
— Jamais, assura Athanagore.
— Si nous descendons le long de cette dune-là, nous allons trouver le restaurant.

De longues herbes vertes, raides et cirées, tachaient le sol d'ombres filiformes. Les pieds des deux marcheurs ne faisaient aucun bruit et creusaient des empreintes coniques aux contours doucement arrondis.
— Je me sens un autre homme, ici, dit Amadis. L'air est très sain.
— Il n'y a pas d'air, dit Athanagore.
— Cela simplifie tout. Avant de venir ici, j'ai eu des moments de timidité.
— Ça paraît vous avoir passé, dit Athanagore. Quel âge avez-vous ?
— Je ne peux pas vous donner de chiffre, dit Amadis. Je ne me rappelle pas le début. Tout ce que je pourrais faire, c'est répéter quelque chose que l'on m'a dit et dont je ne suis pas sûr. J'aime mieux pas. En tout état de cause, je suis encore jeune.
— Je vous donnerais vingt-huit ans, dit Athanagore.
— Je vous remercie, dit Amadis. Je ne saurais qu'en faire. Vous trouverez sûrement quelqu'un à qui ça fera plaisir.
— Oh, bon ! dit Atha.
Il était un peu vexé.
La dune descendait maintenant en pente raide, et une autre, aussi haute, masquait l'horizon ocre. Des dunes adventives, plus petites, formaient des replis, dessinant des cols et des passes à travers lesquels Amadis se dirigeait sans la moindre hésitation.
— C'est assez loin de ma tente, dit Atha.
— Ça ne fait rien, dit Amadis. Vous suivrez nos empreintes pour revenir.
— Mais si on se trompe de chemin en y allant ?
— Eh bien, vous vous perdrez en revenant, voilà tout.
— C'est embêtant, dit Atha.
— N'ayez pas peur. Je sais sûrement où c'est. Tenez, regardez.
Derrière la grosse dune, Athanagore aperçut le restaurant italien : Joseph Barrizone, propriétaire. On l'appelait Pippo. Les stores de toile rouge se détachaient gaiement sur la peinture laquée des murs de bois. Laquée blanche. Pour préciser. Devant le soubassement de briques claires, des hépatrols sau-

vages fleurissaient sans répit dans des pots de terre vernissée. Il en poussait aussi aux fenêtres.
— On sera très bien là, dit Amadis. Ils doivent avoir des chambres. Je vais y faire transporter mon bureau.
— Vous allez rester là ? dit Atha.
— On va construire un chemin de fer, dit Amadis. J'ai écrit à ma maison pour ça. J'ai eu l'idée ce matin.
— Mais il n'y a pas de voyageurs, dit Athanagore.
— Vous trouvez que ça arrange les chemins de fer, vous, les voyageurs ?
— Non, dit Athanagore. Évidemment non.
— Donc, il ne s'usera pas, dit Amadis. Ainsi, dans le calcul des frais d'exploitation, on n'aura jamais à tenir compte de l'amortissement du matériel. Vous vous rendez compte ?
— Mais ce n'est qu'un poste du bilan, observa Athanagore.
— Qu'est-ce que vous y connaissez, en affaires, hein ? répliqua brutalement Amadis.
— Rien, dit Athanagore. Je suis juste archéologue.
— Alors, venez déjeuner.
— J'ai déjà déjeuné.
— A votre âge, dit Amadis, vous devez pouvoir déjeuner deux fois.

Ils arrivaient à la porte vitrée. Tout le rez-de-chaussée était vitré sur la façade, et l'on voyait les rangées de petites tables propres et les chaises de cuir blanc.

Amadis poussa le battant et une sonnette s'agita fiévreusement. Derrière le grand comptoir à droite, Joseph Barrizone, que l'on appelait Pippo, lisait du langage majuscule dans un journal. Il avait une belle veste blanche toute neuve et un pantalon noir, et un col ouvert, parce qu'il faisait tout de même relativement chaud.

— Faccé la barba à sept houres c'to matteigno ? demanda-t-il à Amadis.
— Si, répondit Amadis.

S'il en ignorait l'orthographe, il comprenait le patois de Nice.

— Bien ! répondit Pippo. C'est pour déjeuner ?
— Oui. Qu'est-ce qu'il y a ?

— Tout ce qu'on peut trouver dans ce restaurant terrestre et diplomatique, répondit Pippo avec un fameux accent italien.
— Du minestrone ?
— Aussi du minestrone et des spaghettis à la Bolognese.
— Avanti ! dit Athanagore pour rester dans le ton.
Pippo disparut vers la cuisine. Amadis choisit une table près de la fenêtre et s'assit.
— Je voudrais voir votre factotum, dit-il. Ou votre cuisinier. Comme vous voudrez.
— Vous avez le temps.
— Ce n'est pas sûr, dit Amadis. J'ai pas mal de travail. Vous savez, bientôt, il y aura beaucoup de monde par ici.
— Charmant, dit Athanagore. Ça va être la bonne vie. On fera des raouts ?
— Qu'est-ce que vous appelez un raout ?
— C'est une réunion mondaine, expliqua l'archéologue.
— Vous parlez ! dit Amadis. Comme on aura le temps de faire des raouts !
— Oh, zut ! dit Athanagore.
Tout d'un coup, il se sentait déçu. Il retira ses lunettes et cracha dessus pour en nettoyer les vitres.

II

RÉUNION

> *A cette liste on peut également ajouter le sulfate d'ammoniaque, le sang desséché et les gadoues.*
> Yves HENRY, *Plantes à fibres*, Armand Colin, 1924.

1.

L'huissier arriva, comme d'habitude, le premier. La réunion du Conseil d'administration était prévue pour dix heures et demie. Il avait à ouvrir la salle, disposer des cendriers devant chaque sous-main et des images obscènes à la portée des Conseillers, vaporiser par endroits du désinfectant car plusieurs de ces messieurs souffraient de maladies contagieuses dépouillantes, et aligner les dossiers des chaises sur des parallèles idéales aux côtés de la table ovale. Il faisait à peine jour, car l'huissier boitait et devait calculer largement son temps. Il était vêtu d'un vieux complet rupinant en serge moisée de couleur vert sombre, et portait une chaîne dorée au cou avec une plaque gravée où l'on pouvait lire son nom si l'on voulait. Il se déplaçait par saccades, et son membre perclus battait l'air en spirales à chacune de ses progressions fragmentaires.

Il saisit la clé contournée du placard à accessoires et gagna du terrain vers l'angle de la pièce, contiguë au lieu de réunion, où l'on rangeait toutes ces choses très indispensables. Il se hâtait à grands ahans. Le panneau démasqua les étagères, coquettement garnies de papier rose festonné, peint par Léonard de Vinci à une époque reculée. Les cendriers s'étageaient dans un ordre discret, suggéré plutôt qu'imposé, mais rigoureux quant à l'esprit. Les cartes obscènes de divers modèles, certaines en plusieurs couleurs, étaient classées dans des pochettes assorties. L'huissier connaissait plus ou moins les préférences des messieurs du Conseil. Il sourit du coin de l'œil en voyant, à l'écart, un petit paquet innocent dans lequel il avait rassemblé toutes celles qui lui plaisaient personnellement, et il esquissa le geste de déboutonner sa braguette, mais le contact de son engin désolé fit se rembrunir sa figure ridée. Il se rappela la date et se souvint qu'il n'y trouverait rien de sérieux avant deux jours. A son âge, ce n'était pas si mal, mais il lui revenait à la mémoire un moment où il pouvait le faire jusqu'à deux fois par semaine. Cette réminiscence lui rendit un peu de gaieté et les coins sales de sa bouche en sphincter de galline dessinèrent l'amorce d'un sourire, tandis qu'une vilaine lumière clignotait dans ses yeux ternis.

Il prit les six cendriers nécessaires et les posa sur le plateau japonais à fond de verre dont il se servait généralement pour ces sortes de transports. Puis, se référant à l'index punaisé au dos de la porte, il choisit les cartes, une par une, quatre pour chacun. Il se souvint, sans avoir besoin de vérifier, que le président préférait les groupes cycliques à doubles liaisons, c'était une conséquence de ses études de chimie, et regarda la première carte avec admiration, car ça représentait vraiment une performance acrobatique. Sans s'attarder davantage, il secoua la tête avec complicité et termina rapidement son choix.

2.

Le baron Ursus de Janpolent roulait en voiture vers le lieu du Conseil.

3.

Ils arrivèrent en même temps, vers dix heures moins le quart, trois personnages que l'huissier salua respectueusement. Ils portaient de légères serviettes de cuir de porc à peine patiné, des complets à veston croisé et gilet fantaisie, quoique uni et de teinte assortie au tissu du complet, et des chapeaux du genre boléro. Ils parlaient très sérieusement, dans un langage parsemé d'inflexions nettes et décisives, en levant assez haut le menton, et en faisant des gestes avec la main droite qui ne tenait pas la serviette. On peut noter, sans préjuger de la suite des événements, que deux de ces serviettes s'ouvraient par une fermeture éclair répartie sur trois de leurs côtés, le dernier jouant le rôle de charnière. La troisième, à poignée, était la honte de son propriétaire qui signalait, de trois minutes en trois minutes, l'acquisition projetée, dans l'après-midi, d'une identique aux deux autres, à laquelle condition les possesseurs des deux autres continuaient à échanger des inflexions définissantes avec lui.

4.

Il restait encore deux membres à venir, sans compter le baron Ursus de Janpolent, qui roulait en voiture vers le lieu du Conseil.
L'un, Agathe Marion, entra dans l'immeuble à dix heures vingt-sept. Il s'arrêta, se retourna et regarda avec insistance, dans la lumière de la porte, le bout de son soulier droit qu'un

importun venait d'érafler ; le cuir luisant portait une balafre et le petit bout de peau triangulaire qui se soulevait, en projetant une ombre de forme différente car elle tenait compte du contour apparent de la chose, était horrible à voir. Agathe Marion frissonna et, chassant d'un geste des épaules les vibrations en chair d'oie qui s'agitaient entre ses omoplates, pivota de nouveau. Il reprit sa marche, dit au passage un bonjour à l'huissier, et son premier pied entama le plan légèrement matériel de la porte du Conseil, une minute avant l'heure réglementaire.

5.

Le baron Ursus de Janpolent le suivait à trois mètres.

6.

Le dernier était en retard et la séance commença sans lui. Ce qui fait cinq personnes et un huissier, et une personne en retard, qui compte tout de même, soit sept en tout ; en chiffres ronds ? Malheureusement non, car pour un nombre inférieur à dix, il n'y a qu'un chiffre rond : c'est zéro, et c'est différent de sept.

— Messieurs, la séance est ouverte. Je donne la parole au rapporteur qui va vous exposer, beaucoup mieux que je ne saurais le faire moi-même, les progrès de notre affaire depuis la dernière séance.

— Messieurs, je vous rappelle que notre Société, fondée à l'instigation du directeur technique Amadis Dudu, a pour but la création et l'exploitation en Exopotamie d'un chemin de fer.

— Je ne suis pas de cet avis.

— Mais si, vous vous rappelez bien.

— Oui, c'est vrai. Je confondais...

— Messieurs, depuis notre dernière séance, nous avons reçu du directeur Dudu une série d'études importantes que les services techniques de la Société ont étudiées dans tous les détails. Il ressort de ceci la nécessité d'envoyer d'urgence à Amadis Dudu un personnel de maîtrise et des agents d'exécution.

— Le secrétaire a été chargé du recrutement à l'issue de la séance dernière, et va, maintenant, nous indiquer les résultats de ses démarches.
— Messieurs, j'ai assuré à notre entreprise le concours d'un des plus remarquables techniciens de l'heure en matière de chemin de fer.
— Je ne suis pas de cet avis.
— Voyons, vous savez bien qu'il ne parle pas de ça !
— Ah ! bon !
— J'ai nommé Cornélius Onte.
— C'est tout ?
— Malheureusement, Cornélius Onte a été victime d'un accident d'automobile. Cependant, grâce aux démarches incessantes effectuées depuis cette date, j'ai réussi à remplacer le technicien remarquable qu'est monsieur Onte par un ingénieur de grand mérite. Qui plus est, faisant d'une pierre deux coups et un morceau, j'ai fait signer un contrat à un autre ingénieur de talent et à une secrétaire ravissante. Voyez la carte quatre de monsieur Agathe Marion ; la figure en haut à gauche a un profil, quoique déformé par l'action exercée, sensiblement identique à celui de ladite secrétaire.
— Messieurs, faites passer la carte.
— Je ne suis pas de cet avis.
— Vous nous faites perdre notre temps avec vos interruptions perpétuelles.
— Excusez-moi, je pensais à autre chose.
— Et les agents d'exécution ?
— L'entreprise se présente bien.
— Messieurs, j'ai également embauché à ce jour un médecin et un interne dont la présence sera précieuse lorsque les accidents du travail auront atteint leur plein rendement.
— Je ne suis pas de cet avis.
— Et les agents d'exécution ?
— A la suite d'une convention signée sur place par le directeur Dudu, la nourriture et le logement du personnel technique de direction seront assurés par le restaurant Barrizone.
— Messieurs, le travail accompli par le secrétaire se révèle d'ores et déjà fructueux. Je vous signale par ailleurs qu'un de mes neveux, Robert Gougnan du Peslot, me paraît la per-

sonne rêvée pour accepter les fonctions de directeur commercial de l'affaire. Je vous propose de lui laisser le soin de fixer lui-même ses appointements et d'engager sa secrétaire.
— Parfaitement.
— Quant au personnel technique, on pourrait lui affecter le traitement en vigueur ici, majoré d'une prime de déplacement.
— Je ne suis pas de cet avis.
— Pour une fois, il a raison.
— Qu'est-ce qu'un technicien ? Cela ne demande pas de qualités spéciales. Il suffit d'appliquer mécaniquement des choses toutes faites qu'on vous apprend.
— Pas de prime de déplacement.
— Une petite prime de déplacement.
— Il faut réfléchir à la question.
— Messieurs, la séance est levée.
— Rendez-moi ma carte.
— On n'a pas parlé des agents d'exécution.
— Il faut en parler à la prochaine séance.
— Je ne suis pas de cet avis.
Ils se levèrent tous ensemble, et dans un remue-ménage peu harmonieux, quittèrent la salle. L'huissier les salua au passage et, traînant sa patte folle, se rapprocha avec lenteur du lieu de la réunion défunte, qu'empuantissaient des fumées révoltantes.

III

> *Il semble bien établi que les petits enfants et les jeunes animaux tètent tout ce qui leur vient à la bouche, et qu'il faut leur apprendre à téter au bon endroit.*
> Lord RAGLAN, *Le Tabou de l'inceste*, Payot, 1935, p. 29.

Anne trouvait sa valise bien lourde ; il se demandait s'il n'avait pas eu tort de s'encombrer d'un certain nombre d'articles de seconde nécessité. Il ne se répondait pas par pure mauvaise foi, et ceci lui fit rater la dernière marche de l'escalier ciré. Son pied partit en avant, et dans un geste concomitant, son bras droit projeta la valise à travers la vitre de l'imposte. Il se releva rapidement, franchit la porte d'un bond et rattrapa sa valise comme elle retombait de l'autre côté. Le poids le fit fléchir, et sous l'effort qu'il exerça, son cou se gonfla et rompit le bouton de col en métal radieux qu'il avait acheté cinq ans plus tôt dans une kermesse d'actions de grâces. Sa cravate se desserra aussitôt de plusieurs centimètres, et tout était à refaire. Il ramassa la valise, la lança de l'autre côté de l'imposte au prix d'un cruel effort, courut à reculons la recevoir au pied de l'escalier, et grimpa très vite, en montée arrière, les dix dernières marches. Il poussa un soupir de soulagement en sentant sa cravate se resserrer, et son bouton de col lui chatouiller à nouveau la pomme d'Adam.

Cette fois, il sortit de la maison sans encombre et tourna pour suivre le trottoir.

Rochelle quittait aussi son appartement, et elle se dépêchait pour arriver à la gare avant que le conducteur du train ne tire le coup de pistolet du départ. Par raison d'économie, les Chemins de Fer Nationaux utilisaient de la vieille poudre mouillée, et appuyaient sur la gâchette une demi-heure à l'avance, pour que le coup parte à peu près au moment voulu ; mais, certaines fois, il retentissait presque tout de suite. Elle avait perdu beaucoup de temps à s'habiller pour le voyage ; le résultat était exceptionnel.

Par l'ouverture d'un manteau léger de laine perfrisée, on entrevoyait sa robe vert tilleul de coupe très simple. Ses jambes s'inséraient étroitement dans une paire de nylons fins et des souliers grébichus de cuir fauve gainaient ses pieds délicats. Sa valise la suivait à quelques pas, portée par son petit frère ; il était venu l'aider bénévolement, et Rochelle, pour le récompenser, lui confiait ce travail de précision.

Le métro béait non loin de là, attirant dans sa gueule noire des groupes d'imprudents. Par intervalles, le mouvement inverse se produisait et, péniblement, il vomissait un paquet d'individus pâlis et amoindris, portant à leurs vêtements l'odeur des entrailles du monstre, qui puent fort.

Rochelle tournait la tête de droite et de gauche, cherchant des yeux un taxi, car l'idée du métro l'épouvantait. Avec un bruit de succion, ce dernier absorba sous ses yeux cinq personnes dont trois de la campagne, car elles portaient des paniers d'oies, et elle dut fermer ses paupières pour se ressaisir. Il n'y avait pas un seul taxi en vue. Le flot de voitures et d'autobus qui dévalaient la rue en pente lui donnait un vertige défilant. Son petit frère la rejoignit au moment où, brisée, elle allait se laisser happer à son tour par l'escalier insidieux et réussit à la retenir en empoignant le bas de sa robe. Son geste eut pour effet de dévoiler les cuisses ravissantes de Rochelle et des hommes tombèrent évanouis ; elle remonta la marche fatale et embrassa son petit frère pour le remercier. Heureusement pour elle, le corps d'une des personnes qui venaient de se trouver mal s'abattit devant les roues d'un taxi libre dont les pneus pâlirent et qui s'arrêta.

Rochelle courut, donna l'adresse au chauffeur, saisit la valise que lui lançait son petit frère. Il la regardait s'en aller, et, de la main droite, elle lui envoya des baisers, par la vitre de derrière devant laquelle pendait un chien de peluche macabre.

Le ticket de location pris par Angel la veille portait des numéros caractéristiques, et l'ensemble des indications que lui fournirent successivement cinq employés concordait avec l'idée générale qu'elle tira de l'examen des pancartes. Aussi, c'est sans mal qu'elle trouva son compartiment. Anne venait d'arriver et posait sa valise dans le filet ; son visage était en sueur ; sa veste gisait déjà au-dessus de sa place et Rochelle admira ses biceps à travers la popeline rayée de sa chemise de laine. Il lui dit bonjour en lui embrassant la main et ses yeux brillaient de contentement.

— C'est merveilleux ! Vous êtes à l'heure !
— Je suis toujours à l'heure, dit Rochelle.
— Pourtant, vous n'avez pas l'habitude de travailler.
— Oh ! dit Rochelle. J'espère que je ne la prendrai pas trop vite.

Il l'aida à loger ses affaires, car elle tenait toujours sa valise.

— Excusez-moi. Je vous regardais...

Rochelle sourit. Elle aimait bien cette excuse.
— Anne...
— C'est long, ce voyage ?
— C'est très long. Il faut prendre le bateau ensuite, et de nouveau un train, et puis une voiture, à travers le désert.
— C'est merveilleux, dit Rochelle.
— C'est très merveilleux.
Ils s'assirent côte à côte sur la banquette.
— Angel est là... dit Anne.
— Ah !...
— Il est reparti chercher des choses à lire et à manger.
— Comment est-ce qu'il peut penser à manger alors que nous sommes là tous les deux... murmura Rochelle.
— Ça ne lui fait pas le même effet.
— Je l'aime bien, dit Rochelle, mais il n'est pas poétique du tout.
— Il est un peu amoureux de vous.
— Il ne devrait pas penser aux choses à manger, alors.
— Je ne crois pas qu'il y pense pour lui, dit Anne. Peut-être que si, mais je ne crois pas.
— Je ne peux pas penser à rien d'autre qu'à ce voyage... avec vous...
— Rochelle... dit Anne.
Il parlait tout bas.
— Anne...
— Je voudrais vous embrasser.
Rochelle ne dit rien, mais elle s'écarta un peu.
— Vous gâchez tout, dit-elle. Vous êtes comme tous les hommes.
— Vous aimeriez mieux que je vous dise que vous ne me faites aucun effet ?
— Vous n'êtes pas poétique.
Son ton était désabusé.
— On ne peut pas être poétique avec une fille jolie comme vous, dit Anne.
— Alors, vous auriez envie d'embrasser n'importe quelle idiote. C'est bien ce que je pensais.
— Ne soyez pas comme ça, Rochelle.
— Comme quoi ?

— Comme ça... vilaine.
Elle se rapprocha légèrement, mais elle restait boudeuse.
— Je ne suis pas vilaine.
— Vous êtes adorable.
Rochelle avait très envie qu'Anne l'embrasse mais il fallait un peu le dresser. Il ne faut pas les laisser faire.
Anne ne la touchait pas, il ne voulait pas la brusquer. Pas tout en même temps. Et puis, elle était très sensible. Très douce. Très jeune. Attendrissante. Pas l'embrasser sur la bouche. Vulgaire. Caresses, les tempes, peut-être les yeux. Près de l'oreille. D'abord passer le bras autour de la taille.
— Je ne suis pas adorable.
Elle fit mine d'écarter le bras qu'Anne venait de passer autour de sa taille. Il résista très peu. Si elle avait voulu, il l'aurait enlevé.
— Je vous ennuie ?...
Elle n'avait pas voulu.
— Vous ne m'ennuyez pas. Vous êtes comme tous les autres.
— C'est pas vrai.
— On sait tellement bien ce que vous allez faire.
— Non, dit Anne, je ne vais pas vous embrasser si vous ne voulez pas.
Rochelle ne répondit pas et baissa les yeux. Les lèvres d'Anne étaient tout près de ses cheveux. Il lui parlait à l'oreille. Elle sentait son souffle, léger et contenu ; elle s'écarta de nouveau.
Anne n'aimait pas ça. La dernière fois, dans l'auto, qu'est-ce qu'il lui filait comme patin... Et elle se laissait faire. Mais là, tout de suite, sa pimbêche. On ne peut pas écraser un type toutes les fois qu'on a envie d'embrasser une fille. Pour la mettre en état de réceptivité. Il se rapprocha délibérément, lui saisit la tête et posa ses lèvres sur la joue rosée de Rochelle. Sans appuyer. Elle résistait un peu. Pas longtemps.
— Non... murmura-t-elle.
— Je ne voulais pas vous ennuyer, dit Anne dans un souffle.
Elle tourna un peu sa figure et lui laissa sa bouche. Elle le

mordit pour jouer. Un si grand garçon. Il faut aussi leur apprendre. Elle entendit du bruit du côté de la porte, et, sans changer de position, regarda ce que c'était. Il y avait le dos d'Angel qui s'en allait dans le couloir du wagon. Rochelle caressait les cheveux d'Anne.

IV

> ... *Je ne mettrai plus de petits machins comme ça que de place en place, parce que cela devient emmerdant.*
> Boris VIAN, *Pensées inédites.*

Filait sur la route le professeur Mangemanche, dans un véhicule personnel, car il se rendait en Exopotamie par ses propres moyens. Le produit de ces moyens, voisin de l'extrême, défiait toute description, mais l'une d'entre elles releva le gant, et le résultat suit :
Il y avait : à droite et en avant, une roue,
en avant et à gauche, une roue,
à gauche et en arrière, une roue,
en arrière et à droite, une roue,
au milieu et dans un plan incliné à 45° sur celui déterminé par trois des centres de ces roues (dans lequel il arrivait que se trouvît aussi la quatrième), une cinquième roue, laquelle dénommait Mangemanche le volant. Sous l'influence de celle-ci, l'ensemble prenait par moments des mouvements d'ensemble et c'est bien naturel.
A l'intérieur, entre les parois de tôle et de fonte, on aurait pu dénombrer un grand planté d'autres, diverses, roues, mais en se mettant de la graisse plein les doigts.
On citera encore du fer, de l'étoffe, du phare, de l'huile, du carburant départemental, un radiateur, un pont dit arrière, des pistons volubiles, des bielles, du vilebrequin, du magma et de l'interne, assis à côté de Mangemanche, et qui lisait un

bon livre : *La Vie de Jules Gouffé*, par Jacques Loustalot et Nicolas. Un étrange système ingénieux, dérivé du coupe-racines, enregistrait instantanément l'allure immédiate du tout, et Mangemanche surveillait l'aiguille y afférente.

— Ça gaze, dit l'interne en levant les yeux. Il posa son livre et en prit un autre dans sa poche.

— Oui, dit Mangemanche.

Sa chemise jaune éclatait de joie sous le soleil qui leur faisait face.

— Nous y serons ce soir, dit l'interne, feuilletant rapidement son nouveau bouquin.

— Voire... répondit Mangemanche. Nous n'y sommes point encore. Et les embûches peuvent se multiplier.

— Se multiplier par quoi ? dit l'interne.

— Par rien, dit Mangemanche.

— Alors il n'y en aura pas, dit l'interne, parce que quelque chose qu'on multiplie par rien, ça fait toujours rien.

— Vous me faites suer, dit Mangemanche. Où avez-vous appris ça ?

— Dans ce livre, dit l'interne.

C'était le *Cours d'arithmétique* de Brachet et Dumarqué. Mangemanche l'arracha des mains de l'interne et le jeta par-dessus bord. Il s'engloutit dans le fossé par un grand jaillissement d'éclairs lumineux.

— Ça y est, dit l'interne. Brachet et Dumarqué vont sûrement mourir.

Il se mit à pleurer amèrement.

. — Ils en ont vu d'autres, dit Mangemanche.

— Pensez-vous, dit l'interne. Tout le monde aime Brachet et Dumarqué. C'est de l'envoûtement à rebours, ce que vous faites là. C'est puni par la loi.

— Et piquer à la strychnine des chaises qui ne vous ont rien fait ? dit sévèrement le professeur. Ça n'est pas puni par la loi, non ?

— Ce n'était pas de la strychnine, sanglota l'interne. C'était du bleu de méthylène.

— C'est pareil, dit Mangemanche. Cessez de m'asticoter. Ça vous retombera toujours sur le nez. Je suis très méchant.

Il rit.
— C'est vrai, dit l'interne.
Il renifla et passa sa manche sous son nez.
— Vous êtes un sale vieux bonhomme, dit-il.
— C'est exprès, répondit Mangemanche... C'est pour me venger. C'est depuis que Chloé est morte.
— Oh, n'y pensez plus ! dit l'interne.
— J'y suis bien forcé.
— Pourquoi continuez-vous à porter des chemises jaunes, alors ?
— Ça ne vous regarde pas, dit Mangemanche. Voilà encore une phrase que je vous répète quinze fois par jour et vous recommencez quand même.
— Je déteste vos chemises jaunes, dit l'interne. Voir ça toute la journée, ça vous ravage un type.
— Je ne les vois pas, dit Mangemanche.
— Je le sais bien, dit l'interne. Mais moi ?
— Vous, je m'en fous, dit Mangemanche. Vous avez signé le contrat, hein ?
— C'est du chantage ?
— Mais non. La vérité, c'est que j'avais besoin de vous.
— Mais je suis nul en médecine !
— D'accord, constata le professeur. Ça, c'est un fait. Vous êtes nul en médecine. Plutôt nuisible, dirais-je même. Mais j'ai besoin d'un garçon solide pour tourner l'hélice des modèles réduits.
— C'est pas dur, dit l'interne. Vous auriez pu prendre n'importe qui. Ça part au quart de tour.
— Vous croyez ça, hein ? Pour un moteur à explosions, je veux bien ; mais j'en ferai aussi avec du caoutchouc. Vous savez ce que c'est, remonter un moteur de caoutchouc à trois mille tours ?
L'interne s'agita sur son siège.
— Il y a des systèmes, dit-il. Avec une chignole, c'est rien du tout non plus.
— Pas de chignole, dit le professeur. Ça esquinte l'hélice.
L'interne se renfrogna dans son coin. Il ne pleurait plus. Il grogna quelque chose.

— Quoi ? dit Mangemanche.
— Rien.
— Rien, dit Mangemanche, ça fait toujours rien.

Il rit encore en voyant l'interne se retourner vers la portière en faisant semblant de dormir, et pressa l'accélérateur en chantant joyeusement.

Le soleil avait tourné et ses rayons arrivaient obliquement sur la voiture qui, à un observateur placé dans des conditions adéquates, fût apparue brillante sur fond noir, car Mangemanche appliquait ainsi les principes de l'ultramicroscopie.

V

Le bateau longeait le môle pour prendre son élan et franchir la barre. Il était plein à craquer de matériel et de gens pour l'Exopotamie, et touchait presque le fond quand il avait le malheur de se trouver entre deux vagues. A bord, Anne, Rochelle et Angel occupaient trois cabines inconfortables. Le directeur commercial, Robet Gougnan du Peslot, n'était pas du voyage : il devait arriver dès que la construction du chemin de fer serait terminée. Temporairement, il toucherait ses appointements, sans quitter son ancienne situation.

Dans l'entrepont, le capitaine courait de long en large, cherchant son pavillon à donner des ordres ; il ne parvenait pas à mettre la main dessus, et si le navire continuait dans cette direction sans nouveaux ordres, il allait se fracasser sur la Toupie, un récif renommé pour sa férocité. Finalement, il aperçut l'engin tapi derrière un rouleau de corde, qui guettait le moment où une mouette passerait pour se jeter dessus. Le capitaine l'empoigna et galopa lourdement le long de la coursive, puis monta l'escalier qui le mena sur le pont, d'abord, et plus haut, sur la passerelle. Il était temps, car on venait juste de signaler la Toupie.

De grosses vagues mousseuses couraient les unes après les autres, et le navire roulait tant soit peu, mais dans le mauvais sens, pas celui de la marche, aussi cela ne servait pas à le faire aller plus vite. Un vent frais, saturé d'ichneumon et d'iode, s'engouffrait dans les replis auriculaires de l'homme de barre, produisant une note douce comme le chant du courlis, et voisine du ré dièse.

L'équipage digérait lentement la soupe au biscuit de mer intérieure que le capitaine obtenait du gouvernement par faveur spéciale. Des poissons imprudents se précipitaient tête basse sur la coque et les chocs sourds qui en résultaient ne manquaient pas d'intriguer certains des passagers dont c'était le premier voyage, et notamment Didiche et Olive. Olive, la fille de Marin et Didiche, le fils de Carlo. Marin et Carlo, les deux agents d'exécution embauchés par la Compagnie. Ils avaient d'autres enfants, mais bien cachés pour le moment dans les recoins du bateau, car il leur restait des choses à voir, dans le bateau et sur eux. Le contremaître Arland était du voyage. Un beau salaud.

L'étrave écrasait les vagues sous elle comme un pilon à purée, car les formes commerciales du navire ne le destinaient pas à la vitesse pure. Néanmoins, l'effet produit sur l'âme des spectateurs restait élégant, à cause que l'eau de mer est salée et que le sel purifie tout. Comme de juste, les mouettes gueulaient sans arrêt et jouaient à virer sec autour du grand mât, et puis elles se mirent toutes en rang sur la quatrième vergue en haut à gauche, pour voir passer un cormoran qui faisait un essai de vol sur le dos.

A ce moment-là, Didiche marchait sur les mains pour montrer à Olive, et le cormoran se troubla en voyant cela ; il voulut monter, et se dirigea dans le mauvais sens. Sa tête percuta un bon coup dans le plancher de la passerelle. Cela fit un bruit sec. Il ferma les yeux parce que la douleur le forçait à cligner, et il se mit à saigner du bec. Le capitaine se retourna et lui tendit un mouchoir crasseux en haussant les épaules.

Olive avait vu tomber le cormoran. Elle courut pour demander si on pouvait le prendre dans ses mains. Didiche marchait toujours la tête en bas, et il dit à Olive de regarder ce qu'il allait faire, mais Olive n'était plus là. Il se remit debout et jura sans ostentation ; un assez gros mot, mais bien proportionné ; puis il suivit Olive, mais sans se presser, parce qu'elles exagèrent. Il tapait sur la rambarde avec le plat de sa main sale, tous les deux pas à peu près, et ça résonnait tout du long avec un beau bruit vibrant ; en même temps, ça lui donna l'idée de chanter quelque chose.

Le capitaine aimait bien qu'on vînt le déranger sur sa passerelle, car il avait horreur du gendarme et c'était formellement interdit de lui parler. Il fit un sourire à Olive. Il appréciait ses jambes bien tournées et ses cheveux raides et blonds, et son chandail trop serré, avec les deux jeunes renflements par devant, dont le petit jésus venait de lui faire présent trois mois plus tôt. Juste à ce moment le bateau longeait la Toupie et le capitaine porta à sa bouche son pavillon à donner les ordres, il voulait se faire admirer par Olive et Didiche, dont la tête apparaissait au bas de l'échelle de fer. Il se mit à crier très fort. Olive ne comprenait pas ce qu'il disait, et le cormoran avait déjà horriblement mal à la tête.

Le capitaine lâcha son pavillon et se retourna vers les enfants avec un sourire satisfait.

— Qui est-ce que vous appelez, monsieur ? dit Olive.
— Appelle-moi capitaine, dit le capitaine.
— Mais vous, répéta Olive, qui appelez-vous ?
— Le naufragé, expliqua le capitaine. Il y a un naufrage sur la Toupie.
— Qu'est-ce que c'est la Toupie, capitaine ? demanda Didiche.
— C'est ce gros récif, dit le capitaine.
— Il est là tout le temps ? demanda Olive.
— Qui ? dit le capitaine.
— Le naufragé, expliqua Didiche.
— Bien sûr, dit le capitaine.
— Pourquoi ? demanda Olive.
— Parce qu'il est idiot, dit le capitaine, et aussi parce que ça serait très dangereux d'aller le chercher.
— Il mord ? demanda Didiche.
— Non, dit le capitaine, mais il est très contagieux.
— Qu'est-ce qu'il a ?
— On ne sait pas, dit le capitaine.

Il éleva de nouveau son pavillon à ses lèvres et cria dedans, et des mouches marines tombèrent à une encablure de là.

Olive et Didiche étaient accoudés au garde-fou de la passerelle. Ils regardaient des grosses méduses tourner très vite sur elles-mêmes en produisant des vortex où venaient se prendre des poissons imprudents, méthode inventée par les méduses australiennes, et qui faisait fureur à ce moment sur la côte.

Le capitaine reposa son pavillon à côté de lui et s'amusa de voir que le vent séparait les cheveux d'Olive par une ligne blanche sur sa tête ronde. Quelquefois sa jupe remontait jusqu'à ses cuisses et claquait en entourant ses jambes.

Le cormoran, triste de voir qu'on ne faisait pas attention à lui, poussa un gémissement douloureux. Olive se rappela soudain pourquoi elle était venue sur la passerelle, et se retourna vers le pauvre blessé.

— Capitaine, dit-elle, est-ce que je peux le prendre ?
— Naturellement, dit le capitaine, si tu n'as pas peur qu'il te morde !
— Mais ça ne mord pas, un oiseau, dit Olive.
— Ah ! Ah ! Ah ! dit le capitaine. C'est que ce n'est pas un oiseau ordinaire.
— Qu'est-ce que c'est ? demanda Didiche.
— Je ne sais pas, dit le capitaine ; et ça prouve bien que ce n'est pas un oiseau ordinaire, parce que les oiseaux ordinaires, je les connais : il y a la pie, le fanfremouche et l'écubier, et le caillebotis, et puis la mouture, l'épervuche et l'amiiequin, la bêtarde et le cantrope, et le verduron des plages, le marche-à-l'œil et le coquillet ; en dehors de ça, on peut citer la mouette et la poule vulgaire qu'ils appellent en latin cocota deconans.
— Mince !... murmura Didiche. Vous en savez des choses, capitaine.
— C'est que j'ai appris, dit le capitaine.

Olive avait tout de même pris le cormoran dans ses bras et le berçait en lui racontant des bêtises pour le consoler. Il se rembobinait dans ses plumes, tout content, et ronronnait comme un tapir.

— Vous voyez, capitaine, dit-elle. Il est très gentil.
— Alors c'est une épervuche, dit le capitaine. Les épervuches sont des oiseaux charmants, c'est dans le bottin.

Flatté, le cormoran prit, avec sa tête, une pose gracieuse et distinguée, et Olive le caressa.
— Quand est-ce qu'on va arriver, capitaine ? demanda Didiche qui aimait bien les oiseaux, mais pas tellement.
— C'est loin, dit le capitaine. On en a un bon bout à faire, tu sais. Où est-ce que vous allez, vous deux ?
— On va en Exopotamie, dit Didiche.
— Fichtre ! apprécia le capitaine. Pour la peine je vais donner un tour de roue de plus.
Il fit comme il disait et Didiche le remercia.
— Vos parents sont à bord ? demanda le capitaine.
— Oui, répondit Olive. Carlo, c'est le papa de Didiche, et Marin c'est mon père à moi. Moi j'ai treize ans, et Didiche, il en a treize et demi.
— Ah ! Ah ! dit le capitaine.
— Ils vont construire un chemin de fer à eux tous seuls.
— Et nous, on y va aussi.
— Vous êtes des veinards, dit le capitaine. Si je pouvais, je viendrais avec vous. J'en ai marre de ce bateau.
— C'est pas drôle d'être capitaine ?
— Oh, non ! dit le capitaine. C'est un boulot de contremaître.
— Arland, c'est un beau salaud, assura Didiche.
— Tu vas te faire gronder, dit Olive. Il ne faut pas dire ça.
— Ça ne fait rien, dit le capitaine. Je ne le répéterai pas. On est entre hommes.
Il caressa les fesses d'Olive. Elle était flattée d'être assimilée à un homme et prit ça pour une de ces marques d'amitié que se témoignent les mâles. La figure du capitaine était toute rouge.
— Venez avec nous, capitaine, proposa Didiche. Ils seront sûrement contents de vous avoir.
— Oui, dit Olive, ça sera amusant. Vous nous raconterez des aventures de pirates, et on jouera à l'abordage.
— Bonne idée ! dit le capitaine. Tu crois que tu es assez forte pour ça ?
— Oh, je comprends ! dit Olive. Tâtez mes bras !
Le capitaine l'attira vers lui et lui manipula les épaules.

— Ça peut aller, dit-il.
Il parlait avec difficulté.
— C'est une fille, dit Didiche. Elle ne pourra pas se battre.
— A quoi vois-tu que c'est une fille ? dit le capitaine. C'est à cause de ces deux petits machins-là ?
— Quels machins ? demanda Didiche.
— Ça... dit le capitaine.
Il toucha pour montrer à Didiche.
— C'est pas si petit que ça, dit Olive.
Pour faire voir, elle bomba le torse après avoir déposé le cormoran endormi à côté d'elle.
— Mais non, murmura le capitaine. Pas si petit.
Il lui fit signe de s'approcher.
— Si tu tires dessus tous les matins, dit-il en baissant la voix, ça deviendra encore plus gros.
— Comment ? dit Olive.
Didiche n'aimait pas que le capitaine devienne rouge comme ça et que ses veines sortent sur son front. Il regarda ailleurs, l'air gêné.
— Comme ça... dit le capitaine.
Et puis Didiche entendit qu'Olive se mettait à pleurer qu'il la pinçait, et elle se débattit et il vit que le capitaine la tenait en lui faisant mal. Il prit le pavillon et en donna, de toutes ses forces, un coup sur la figure du capitaine qui lâcha Olive en jurant.
— Foutez-moi le camp, petits malheureux !... brailla le capitaine.
On voyait une marque là où Didiche visait en le frappant. Des grosses larmes coulaient sur les joues d'Olive et elle se tenait la poitrine où le capitaine venait de la pincer. Elle descendit l'échelle en fer. Didiche la suivait, il était très en colère, furieux et vexé sans savoir pourquoi exactement, et il avait la sensation qu'on venait de le rouler. Le cormoran passa au-dessus de leurs têtes, projeté d'un coup de pied du capitaine et s'abattit devant eux. Olive se baissa et le ramassa. Elle pleurait toujours. Didiche passa un bras autour de son cou et avec son autre main il écarta ses cheveux jaunes qui se

collaient sur sa figure mouillée, et il l'embrassa aussi doucement qu'il put, sur la joue. Elle s'arrêta de pleurer, et elle regarda Didiche et baissa les yeux. Elle tenait le cormoran tout contre elle, et Didiche la serrait avec son bras.

VI

Angel arrivait sur le pont. Le bateau était maintenant en pleine mer et le vent du large le parcourait en long ; cela faisait une croix, phénomène normal, car le royaume du Pape paprochait.

Anne et Rochelle venaient de s'enfermer dans une de leurs cabines, et Angel aimait mieux s'en aller ; c'était assez épuisant pourtant, de penser à autre chose. Anne restait toujours aussi gentil avec lui. Le plus terrible, c'est que Rochelle également. Mais tous deux dans une seule cabine, ils n'allaient pas parler d'Angel. Ils n'allaient pas parler. Ils n'allaient pas... Peut-être si... Peut-être ils allaient...

Le cœur d'Angel battait assez fort, parce qu'il pensait à Rochelle sans rien, comme elle était en bas, dans la cabine, avec Anne, ou, sans ça, ils n'auraient pas fermé la porte.

Elle regardait Anne d'une façon très désagréable pour Angel, depuis plusieurs jours, avec des yeux pareils à ceux d'Anne, quand il l'embrassait dans l'auto, des yeux un peu noyés, horribles, des yeux qui bavaient, avec des paupières comme des fleurs meurtries, aux pétales légèrement écrasés, spongieux et translucides.

Le vent chantait dans les ailes des mouettes et s'accrochait aux choses qui dépassent les ponts des bateaux, laissant des petites queues de vapeur à chaque aspérité, comme la plume de l'Everest. Le soleil s'envoyait dans l'œil en se reflétant sur la mer clignotante et blanche par places. Cela sentait très bon la blanquette de veau marin et les fruits de mer mûris à la chaleur. Les pistons de la machine pilaient avec consistance et la coque vibrait régulièrement. Une fumée bleue montait au-dessus du toit lamellé du lanterneau d'aération desservant la chambre des mécaniques, aussitôt dissipée par le vent.

Angel voyait tout ça ; un tour en mer, ça vous console un peu, et puis le chuintement doux de l'eau, le frottis des écumes sur la coque, les cris et les claquements d'ailes des mouettes lui montaient à la tête, et son sang s'allégea, et, malgré Anne, en bas, avec Rochelle, se mit à pétiller comme du champagne dans ses veines. L'air était jaune clair et bleu turquoise lavé. Les poissons continuaient à frapper la coque de temps à autre. Angel aurait aimé descendre et regarder s'ils ne bosselaient pas dangereusement les tôles déjà vieilles. Mais il chassa cette pensée et il n'avait déjà plus dans les yeux les images d'Anne et de Rochelle, parce que le goût du vent était merveilleux, et le goudron mat sur le pont portait des craquelures brillantes comme des nervures de feuilles capricieuses. Il alla vers l'avant du bateau et voulut s'accouder à la rambarde. Olive et Didiche, penchés par-dessus, regardaient les drôles de gerbes d'écume qui collaient des moustaches blanches au menton de l'étrave, curieux endroit pour des moustaches. Didiche tenait toujours Olive par le cou et le vent ébouriffait les cheveux des deux enfants en leur chantant sa musique dans l'oreille. Angel s'arrêta et s'accouda près d'eux. Ils s'aperçurent de sa présence et Didiche le regarda d'un air soupçonneux, qui s'adoucit à mesure ; sur les joues d'Olive, Angel vit les traces sèches des larmes, et elle reniflait encore un petit peu sur sa manche.

— Alors, dit Angel. Vous êtes contents ?

— Non, dit Didiche. Le capitaine est un vieux veau.

— Qu'est-ce qu'il vous a fait ? demanda Angel. Il vous a chassé de sa passerelle ?

— Il a voulu faire mal à Olive, dit l'enfant. Il l'a pincée là.

Olive mit sa main à l'endroit désigné et elle renifla un bon coup.

— Ça me fait encore mal, dit-elle.

— C'est un vieux cochon, dit Angel.

Il était furieux contre le capitaine.

— Je lui ai donné un coup d'entonnoir sur la gueule, observa le garçon.
— Oui, dit Olive, c'était drôle.
Elle se mit à rire tout doucement, et Angel et Didiche rirent aussi en pensant à la figure du capitaine.
— S'il recommence, dit Angel, venez me chercher. Je lui casserai la figure.
— Vous, au moins, remarqua Didiche, vous êtes un pote.
— Il voulait m'embrasser, dit Olive. Il sentait le vin rouge.
— Vous n'allez pas la pincer aussi ?...
Didiche, soudain s'alarmait. Ne pas aller trop vite avec ces adultes.
— N'aie pas peur, dit Angel. Je ne la pincerai pas et je n'essaierai pas de l'embrasser.
— Oh, dit Olive, je veux bien que vous m'embrassiez, mais pas pincer, ça fait mal.
— Moi, observa Didiche, je ne tiens pas du tout à ce que vous embrassiez Olive. Je peux très bien le faire...
— Tu es jaloux, hein ? dit Angel.
— Pas du tout.
Les joues de Didiche prirent une belle teinte pourpre et il regarda délibérément par-dessus la tête d'Angel. Ça lui faisait renverser le cou en arrière à un angle très incommode. Angel riait. Il attrapa Olive sous les aisselles, l'éleva à sa hauteur et l'embrassa sur les deux joues.
— Voilà, dit-il en la reposant, maintenant on est des potes. Serre-moi la pince, dit-il à Didiche.
Celui-ci tendit sa patte sale à contrecœur, mais il se dérida en voyant la figure d'Angel.
— Vous en profitez parce que vous êtes plus vieux que moi, mais, après tout, je m'en fiche. Je l'ai embrassée avant vous.
— Je te félicite, dit Angel. Tu es un homme de goût. Elle est très agréable à embrasser.
— Vous venez en Exopotamie aussi ? demanda Olive.
Elle préférait qu'on parle d'autre chose.
— Oui, dit Angel. Je suis engagé comme ingénieur.

— Nos parents, dit Olive avec fierté, sont des agents d'exécution.
— C'est eux qui font tout le travail, compléta Didiche. Ils disent toujours que les ingénieurs tout seuls, ils ne pourraient rien faire.
— Ils ont raison, assura Angel.
— Et puis, il y a le contremaître Arland, conclut Olive.
— C'est un beau salaud, précisa Didiche.
— On verra ça, dit Angel.
— Vous êtes le seul ingénieur ? demanda Olive.
Alors Angel se rappela qu'Anne et Rochelle étaient ensemble dans la cabine, en bas, et le vent fraîchit. Le soleil se cachait et le bateau dansait plus fort. Les cris des mouettes se firent agressifs.
— Non... dit-il avec effort. Il y a un de mes amis qui vient aussi. Il est en bas...
— Comment qu'il s'appelle ? demanda Didiche.
— Anne, répondit Angel.
— C'est marrant, observa Didiche. C'est un nom de chien.
— C'est un joli nom, dit Olive.
— C'est un nom de chien, répéta Didiche. C'est idiot, un type avec un nom de chien.
— C'est idiot, dit Angel.
— Vous voulez voir notre cormoran ? proposa Olive.
— Non, dit Angel, il vaut mieux pas le réveiller.
— On vous a dit quelque chose qui vous a ennuyé ? demanda doucement Olive.
— Mais non, dit Angel.
Il posa sa main sur les cheveux d'Olive et caressa la tête ronde, et puis il soupira.
En haut, le soleil hésitait à venir.

VII

> *... et il n'est pas toujours mauvais de mettre un peu d'eau dans son vin...*
>
> Marcel VETON, *Traité de chauffage*, Dunod, tome 1, p. 145.

On tapait à la porte d'Amadis Dudu depuis déjà cinq bonnes minutes. Amadis regardait sa montre pour compter combien de temps il fallait avant que sa patience fût à bout et, à six minutes dix, il se dressa en donnant un formidable coup de poing sur la table.

— Entrez, rugit-il d'une voix rageuse.

— C'est moi, dit Athanagore en poussant la porte. Je vous dérange ?

— Naturellement, dit Amadis.

Il faisait des efforts surhumains pour se calmer.

— C'est parfait, dit Athanagore, comme ça, vous vous rappellerez ma visite. Vous n'avez pas vu Dupont ?

— Mais non, je n'ai pas vu Dupont.

— Oh, dit Athanagore, vous allez fort ! Alors, où est-il ?

— Enfin, nom de Dieu ! dit Amadis. Est-ce que c'est Martin ou moi qui s'envoie Dupont ? Demandez à Martin !

— Bon ! C'est tout ce que je voulais savoir, répondit Atha. Ainsi, vous n'avez pas encore réussi à séduire Dupont ?

— Écoutez, je n'ai pas de temps à perdre. Les ingénieurs et le matériel arrivent aujourd'hui et je suis en plein baccarat.

— Vous parlez comme Barrizone, dit Athanagore. Vous devez être influençable.

— Je vous en fous, dit Amadis. Ce n'est pas parce que j'ai le malheur de sortir une expression diplomatique à Barrizone que vous devez m'accuser d'être influençable. Influençable ? Vous me faites rigoler, tenez !

Amadis se mit à rigoler. Mais Athanagore le regardait et ça le rendit furieux de nouveau.

— Au lieu de rester là, dit-il, vous feriez mieux de m'aider à tout préparer pour les recevoir.
— Préparer quoi ? demanda l'archéologue.
— Préparer leurs bureaux. Ils viennent ici pour travailler. Comment voulez-vous qu'ils fassent s'ils n'ont pas de bureaux ?
— Je travaille bien sans bureau, dit Athanagore.
— Vous travaillez ? Vous ?... Enfin... Vous vous rendez bien compte que, sans bureau, il n'y a pas de travail sérieux, non ?
— J'ai l'impression que je travaille autant qu'un autre, dit Athanagore. Vous croyez que c'est léger un marteau archéologique ? Et casser des pots toute la journée pour les mettre dans des boîtes standard, vous vous imaginez que c'est une plaisanterie ? Et surveiller Lardier, et engueuler Dupont, et écrire mon livre de bord et chercher dans quelle direction on devrait creuser, alors, tout ça, ce n'est rien ?
— Ce n'est pas sérieux, dit Amadis Dudu. Faire des notes de service et envoyer des rapports, à la bonne heure ! Mais creuser des trous dans du sable...
— Qu'est-ce que vous allez faire en fin de compte ? dit Athanagore. Avec toutes vos notes et tous vos rapports ? Vous allez bâtir un ignoble chemin de fer, puant et rouillé, qui mettra de la fumée partout. Je ne dis pas qu'il ne servira à rien, mais ce n'est pas un travail de bureau non plus.
— Vous devriez bien vous dire plutôt que le plan a été approuvé par le Conseil d'administration et Ursus de Janpolent, dit Amadis avec suffisance. Vous n'êtes pas en mesure de juger de son utilité.
— Vous me cassez les pieds, dit Athanagore. Au fond, ce que vous êtes, c'est un homosexuel. Je ne devrais pas vous fréquenter.
— Vous ne risquez rien, dit Amadis. Vous êtes trop vieux. Dupont, à la bonne heure !
— Oh, la barbe, avec Dupont. Qu'est-ce que vous attendez, aujourd'hui, finalement ?
— Angel, Anne, Rochelle, un contremaître, deux agents d'exécution et leur famille, le matériel. Le docteur Mangemanche arrive par ses propres moyens, avec un interne, et un

mécanicien nommé Cruc nous rejoindra dans quelque temps. Nous recruterons sur place les quatre autres agents d'exécution indispensables, s'il y a lieu, mais je crois qu'il n'y aura pas lieu.

— Ça fait une considérable quantité de travailleurs, dit Athanagore.

— Au besoin, remarqua Amadis, on débauchera votre équipe en lui offrant un salaire supérieur.

Athanagore regarda Amadis et se mit à rire.

— Vous êtes drôle avec votre chemin de fer.

— Qu'est-ce que j'ai de drôle ? demanda Amadis, vexé.

— Vous croyez que vous débaucherez mon équipe comme ça ?

— Certainement, dit Amadis. Je leur offrirai une prime supérieure au rendement, et des avantages sociaux et un comité d'entreprise et une coopérative et une infirmerie.

Peiné, Athanagore secoua sa tête grisonnante. Tant de méchanceté le confondait avec le mur et Amadis crut le voir disparaître, s'il est permis de s'exprimer ainsi. Un effort d'accommodation le fit émerger à nouveau au milieu de son champ visuel en friche.

— Vous n'y arriverez pas, assura Athanagore. Ils ne sont pas fous.

— Vous verrez, dit Amadis.

— Ils travaillent pour rien, avec moi.

— Raison de plus.

— Ils aiment l'archéologie.

— Ils aimeront la construction des chemins de fer.

— Enfin, oui ou non, dit Athanagore, avez-vous fait les Sciences politiques ?

— Oui, dit Amadis.

Athanagore resta silencieux quelques instants.

— Quand même, dit-il enfin. Vous aviez des prédispositions. Les Sciences politiques ne suffiraient pas à expliquer ça.

— Je ne sais pas ce que vous voulez dire, mais cela ne m'intéresse pas du tout. Voulez-vous m'accompagner ? Ils arrivent dans vingt minutes.

— Je vous suis, dit Athanagore.

— Savez-vous si Dupont sera là ce soir ?
— Oh ! dit Athanagore excédé. Foutez-moi la paix avec Dupont.

Amadis grommela et se leva. Son bureau occupait maintenant une pièce au premier étage du restaurant Barrizone, et, par la fenêtre, il pouvait voir les dunes et les herbes raides et vertes où se collaient de petits escargots jaune vif et des lumettes de sable aux irisations changeantes.

— Venez, dit-il à Athanagore, et il passa le premier avec insolence.
— Je vous suis, dit l'archéologue. N'empêche que vous faisiez moins votre directeur en attendant le 975...

Amadis Dudu rougit. Ils descendaient l'escalier frais et peu éclairé, et cela fit sortir de l'ombre des objets de cuivre luisant.

— Comment le savez-vous ?
— Je suis archéologue, dit Athanagore. Les vieux secrets n'en sont pas pour moi.
— Vous êtes archéologue, d'accord, convint Amadis, mais vous n'êtes pas voyante.
— Ne discutez pas, dit Atha. Vous êtes un jeune homme mal élevé... Je veux bien vous aider à recevoir votre personnel, mais vous êtes mal élevé... Personne n'y peut rien, car vous l'êtes mal, mais également vous êtes élevé. C'est l'inconvénient.

Ils arrivèrent en bas des marches et traversèrent le couloir. Dans la salle du restaurant, Pippo lisait encore son journal, assis derrière le comptoir, et secouait la tête en marmottant dans son patois.

— Salut, la Pipe, dit Amadis.
— Bonjour, dit Athanagore.
— Bon giorno, dit Pippo.

Amadis et Athanagore sortirent devant l'hôtel. Il faisait chaud et sec et l'air ondulait au-dessus des dunes jaunes. Ils se dirigèrent vers la plus haute d'entre elles, une forte bosse de sable couronnée de touffes vertes, d'où l'on voyait assez loin en rond.

— De quel côté viennent-ils ? demanda Amadis.

— Oh, dit l'archéologue, ils peuvent venir de n'importe quel côté ; il suffit qu'ils se soient trompés de route.
Il regarda avec attention en tournant sur lui-même et s'immobilisa lorsque son plan de symétrie passa par la ligne des pôles.
— Par là, dit-il en montrant le nord.
— Où ça ? demanda Dudu.
— Ouvrez vos châsses, dit Atha, usant d'un argot archéologique.
— Je vois, dit Amadis. Il n'y a qu'une voiture. Ce doit être le professeur Mangemanche.
On ne voyait encore qu'un petit point vert brillant et, derrière, un nuage de sable.
— Ils sont à l'heure, dit Amadis.
— Ça n'a aucune importance, dit Athanagore.
— Et l'horloge pointeuse, qu'est-ce que vous en faites ?
— Ce n'est pas avec le matériel qu'elle arrive ?
— Si, dit Amadis, mais, en son absence, je pointerai moi-même.
Athanagore le considéra avec stupéfaction.
— Mais, qu'est-ce que vous avez dans le ventre ? demanda-t-il.
— Des tas de saloperies, comme tout le monde, dit Amadis...
Il tourna dans la direction opposée.
— ... des tripes et de la merde. Voilà les autres, annonça-t-il.
— On va à leur rencontre ? proposa Athanagore.
— On ne peut pas, dit Amadis. Il en vient des deux côtés.
— On pourrait y aller chacun d'un côté ?
— Pensez-vous ! Pour que vous leur racontiez des bobards ! D'abord, j'ai des ordres. Je dois les recevoir moi-même.
— Bon, dit Athanagore. Eh bien, foutez-moi la paix, moi je m'en vais.
Il planta là Amadis interloqué dont les pieds se mirent à prendre racine, car, sous la couche superficielle de sable, ça

poussait bien. Puis il descendit la dune. Il allait à la rencontre du grand convoi.

Cependant, le véhicule du professeur Mangemanche progressait parmi les pleins et les creux avec une grande vitesse. L'interne, plié en trois par le mal au cœur, enfonçait sa tête dans une serviette éponge humide et hoquetait avec la dernière inconvenance. Mangemanche ne se laissait pas abattre par si peu de chose et fredonnait gaiement un petit air amerlaud intitulé « Show me the way to go home », tout à fait approprié à la circonstance, tant par les mots que par les notes. Il enchaîna avec habileté en haut d'une forte élévation de terrain, sur « Taking a chance for love » de Vernon Duke et l'interne gémissait à apitoyer un marchand de canons paragrêle. Puis, Mangemanche accéléra dans la descente et l'interne se tut car il ne pouvait pas gémir et dégueuler en même temps, grave lacune due à une éducation trop bourgeoise.

Dans un dernier ronflement du moteur et un râle ultime de l'interne, Mangemanche stoppa finalement devant Amadis qui suivait d'un œil courroucé la progression de l'archéologue à la rencontre du convoi.

— Bonjour, dit Mangemanche.
— Bonjour, dit Amadis.
— Rrrououâh ?... dit l'interne.
— Vous êtes à l'heure, constata Amadis.
— Non, dit Mangemanche, je suis en avance. Au fait, pourquoi ne portez-vous pas de chemises jaunes ?
— C'est affreux, dit Amadis.
— Oui, dit Mangemanche, je reconnais qu'avec votre teint terreux, ça serait un désastre. Les jolis hommes seuls peuvent se permettre ça.
— Vous trouvez que vous êtes un joli homme ?
— D'abord, vous pourriez me donner mon titre, dit Mangemanche. Je suis le professeur Mangemanche et pas n'importe qui.
— Question accessoire, dit Amadis. Moi, en tout cas, je trouve que Dupont est plus joli que vous.
— Professeur, compléta Mangemanche.
— Professeur, répéta Amadis.

— Ou docteur, dit Mangemanche, c'est comme vous voudrez. Je suppose que vous êtes pédéraste ?
— Est-ce qu'on peut aimer les hommes sans être pédéraste ? dit Amadis. Vous êtes emmerdants, tous à la fin !...
— Vous êtes un vilain mufle, dit Mangemanche. Heureusement que je ne suis pas sous vos ordres.
— Vous êtes sous mes ordres.
— Professeur, dit Mangemanche.
— Professeur, répéta Amadis.
— Non, dit Mangemanche.
— Quoi, non ? dit Amadis. Je dis ce que vous me dites de dire, et vous me dites ensuite de ne pas dire ce que je dis.
— Non, dit Mangemanche, je ne suis pas sous vos ordres.
— Si.
— Si, professeur, dit Mangemanche, et Amadis répéta.
— J'ai un contrat, dit Mangemanche. Je ne suis sous les ordres de personne. Qui plus est, je donne des ordres du point de vue sanitaire.
— On ne m'a pas prévenu, docteur, dit Amadis qui s'amadisouait.
— Ah, dit le professeur, voilà que vous devenez obséquieux.
Amadis passa la main sur son front ; il commençait à être chaud. Le professeur Mangemanche s'approcha de sa voiture.
— Venez m'aider, dit-il.
— Je ne peux pas, professeur, répondit Amadis. L'archéologue m'a planté là, et je ne peux plus me déplanter.
— C'est idiot, dit le professeur Mangemanche. C'est juste une façon qu'on a d'écrire.
— Vous croyez ? dit Amadis anxieux.
— Broutt ! dit le professeur, en soufflant brusquement au nez d'Amadis, qui eut très peur et se sauva en courant.
— Vous voyez ! lui cria Mangemanche.
Amadis revenait, l'air empoisonné.
— Est-ce que je peux vous aider, professeur ? proposa-t-il.

— Ah !... dit Mangemanche. Enfin vous devenez conventionnel. Attrapez ça.
Il lui lança dans les bras une énorme caisse. Amadis la reçut, chancela, et se la laissa tomber sur le pied droit. Une minute plus tard, il faisait au professeur une imitation réellement convaincante du flamand zazou sur sa patte unique.
— Bien, dit Mangemanche qui se réinstallait au volant. Descendez-la jusqu'à l'hôtel. Vous m'y retrouverez.
Il secoua l'interne qui venait de s'assoupir.
— Hé ! vous !... On est arrivés.
— Ah !... soupira l'interne avec une expression de bonheur béat.
Et puis la voiture descendit la dune en trombe, et il plongea précipitamment dans sa serviette dégoûtante. Amadis regarda le derrière de la voiture et la caisse, et, en boitant, il entreprit de la charger sur ses épaules. Par malheur, il avait le dos rond.

VIII

Au-devant du convoi venait Athanagore, à pas menus, assortis à ses souliers pointus dont la tige de drap beige donnait à ses supports une dignité révolue. Sa culotte courte de toile bise laissait trois fois la place à ses genoux osseux de passer sans encombre et sa chemise kaki, décolorée par les mauvais traitements, blousait à la ceinture. Plus un casque colonial qui restait accroché dans sa tente. Donc, il ne le portait jamais. Il pensait à l'insolence d'Amadis et à comme quoi ce garçon méritait une leçon, ou plusieurs, et encore, ce ne serait pas suffisant. Il regardait par terre, ainsi font d'habitude les archéologues ; ils ne doivent rien négliger, car souvent une découverte est le fruit du hasard, qui rôde ordinairement au ras du sol, ainsi qu'en témoignent les écrits du moine Orthopompe ; ce dernier vivait au dixième siècle, dans un couvent de barbus dont il était le supérieur car lui seul savait calligraphier. Athanagore se rappelait le jour que Lardier venait de lui signaler la présence dans la région du sieur Amadis Dudu, et la lueur d'espoir allumée dans sa cervelle, si c'est là, entretenue par la découverte ultérieure du restaurant et que sa dernière conversation avec Amadis venait de ramener à son état initial d'extinction.

Maintenant, le convoi venait secouer un peu la poussière de l'Exopotamie ; encore du changement, peut-être des gens aimables. Athanagore avait un mal fou à réfléchir, car c'est une habitude qu'on perd très rapidement dans le désert ; voilà pourquoi ses pensées revêtaient un mode pompier d'expression, un mode de lueurs d'espoir allumées et tout le reste à l'avenant comme la poire.

Or, surveillant ainsi le hasard et le ras du sol, et pensant au moine Orthopompe et au changement, il aperçut un fragment de pierre à moitié recouvert de sable ; à moitié préjugeait de la suite, comme il s'en aperçut dès qu'agenouillé il s'efforça de le dégager, car il creusa tout autour sans en rencontrer la fin. D'un coup sec de son marteau, il choqua le granit lisse et posa presque immédiatement son oreille contre la surface tiédie par le soleil, dont un rayon moyen tombait plus tôt à cet endroit. Il entendit le son se divertir et s'égarer dans de lointains prolongements de la pierre et comprit qu'il trouverait là de grandes choses. Il repéra le lieu d'après la position du convoi, pour être sûr de le retrouver, et recouvrit soigneusement de sable l'angle usé du monument. Il finissait à peine, et le premier camion passa devant lui, chargé de caisses. Le second suivait de près, il n'y avait encore que des bagages et du matériel. C'étaient de très gros camions, longs de plusieurs dizaines de piédouches, et ils faisaient un bruit jovial ; les rails et les outils brinquebalaient entre les ridelles bâchées, et le chiffon rouge, derrière, dansa devant les yeux de l'archéologue. Plus loin, venait un troisième camion chargé de gens et de bagages, et enfin, un taxi jaune et noir, dont le petit drapeau baissé décourageait l'imprudent. Athanagore aperçut une jolie fille dans le taxi, et il salua de la main. Le taxi s'arrêta un peu plus loin, l'air de l'attendre. Il se hâta.

Angel, assis près du conducteur, descendit et s'avança vers Athanagore.

— Vous nous attendiez ? lui dit-il.
— Je suis venu à votre rencontre, dit Athanagore. Vous avez fait un bon voyage ?
— Ce n'était pas trop dur, dit Angel, sauf quand le capitaine a essayé de continuer sur terre par ses propres moyens.
— Je vous crois sans peine, dit Athanagore.
— Vous êtes monsieur Dudu ?
— Absolument pas ! Je ne serais pas monsieur Dudu pour toutes les poteries exopotamiennes du Britiche Muséomme.
— Excusez-moi, dit Angel. Je ne peux pas deviner.
— Ça ne fait rien, dit Athanagore. Je suis archéologue. Je travaille par ici.
— Enchanté, dit Angel. Moi, je suis ingénieur ; je m'appelle Angel. Dedans, il y a Anne et Rochelle.
Il désigna le taxi.
— Et il y a moi aussi, grommela le chauffeur.
— Certainement, dit Angel. On ne vous oublie pas.
— Je regrette pour vous, dit Athanagore.
— Pourquoi ? demanda Angel.
— Je pense que vous n'aimerez pas Amadis Dudu.
— C'est ennuyeux, ça, murmura Angel.
Dans le taxi, Anne et Rochelle s'embrassaient. Angel le savait et il avait mauvaise mine.
— Voulez-vous venir à pied avec moi ? proposa Athanagore. Je vous expliquerai.
— Mais oui, dit Angel.
— Alors, je m'en vais ? dit le chauffeur.
— Allez-vous-en.
L'homme embraya après avoir jeté sur son compteur un regard satisfait. C'était une bonne journée.
Angel regarda malgré lui la vitre arrière du taxi au moment où il démarra. On se rendait compte qu'Anne, de profil, ne s'occupait pas du reste. Angel baissa la tête.
Athanagore le regardait avec étonnement. La figure fine d'Angel portait les marques du mauvais sommeil et du tourment quotidien, et son dos élancé se courbait un peu.

— C'est drôle, dit Athanagore, vous êtes pourtant un beau garçon.
— C'est Anne qui lui plaît, dit Angel.
— Il est épais, remarqua Athanagore.
— C'est mon ami, dit Angel.
— Oui...
Athanagore passa son bras sous celui du jeune homme.
— Vous allez vous faire engueuler.
— Par qui ? demanda Angel.
— Par ce Dudu de malheur. Sous prétexte que vous serez en retard.
— Oh, dit Angel, ça m'est égal. Vous faites des fouilles ?
— En ce moment, je les laisse travailler, expliqua Athanagore. Je suis sûrement sur la piste de quelque chose de supérieur. Je sens ça. Alors, je les laisse. Mon factotum Lardier s'occupe de tout. Le reste du temps je lui donne des pensums parce que, sans cela, il ennuie Dupont. Dupont, c'est mon cuisinier. Je vous dis toutes ces choses pour que vous soyez au courant. Il se trouve, par un phénomène curieux et assez désagréable, que Martin aime Dupont, et que Dudu s'est amouraché de Dupont aussi.
— Qui est Martin ?
— Martin Lardier, mon factotum.
— Et Dupont ?
— Dupont s'en fout. Il aime bien Martin, mais il est putain comme tout. Excusez-moi... A mon âge je ne devrais pas employer ces expressions-là, mais aujourd'hui je me sens jeune. Alors, moi, avec ces trois cochons-là, qu'est-ce que je peux faire ?
— Rien du tout, dit Angel.
— C'est bien ça que je fais.
— Où est-ce que nous allons habiter ? demanda Angel.
— Il y a un hôtel. Ne vous en faites pas.
— Pourquoi ?
— A cause d'Anne...
— Oh, dit Angel, il n'y a pas à s'en faire. Rochelle aime mieux Anne que moi, et ça se voit.
— Comment, ça se voit ? Ça ne se voit pas plus qu'autre chose. Elle l'embrasse et c'est tout.

— Non, dit Angel, ça n'est pas tout. Elle l'embrasse, et puis il l'embrasse, et partout où il la touche, sa peau n'est plus la même, après. On ne le croit pas d'abord, parce qu'elle a l'air aussi fraîche quand elle sort des bras d'Anne, et ses lèvres aussi gonflées et aussi rouges, et ses cheveux aussi éclatants, mais elle s'use. Chaque baiser qu'elle reçoit l'use un petit peu, et c'est sa poitrine qui sera moins ferme, et sa peau moins lisse et moins fine, et ses yeux moins clairs, et sa démarche plus lourde, et ce n'est plus la même Rochelle de jour en jour. Je sais ; on croit ; on la voit ; moi-même j'ai cru au début et je ne m'apercevais pas de ça.

— C'est une idée que vous vous faites, dit Athanagore.

— Non, ce n'est pas une idée. Vous savez bien que non. Maintenant, je le vois, je peux le constater presque d'un jour à l'autre, et chaque fois que je la regarde, elle est un peu plus abîmée. Elle s'use. Il l'use. Je ne peux rien y faire. Vous non plus.

— Vous ne l'aimez plus, alors ?

— Si, dit Angel. Je l'aime autant. Mais cela me fait mal, et j'ai un peu de haine, aussi, parce qu'elle s'use.

Athanagore ne répondit pas.

— Je suis venu ici pour travailler, continua Angel. Je pense que je ferai de mon mieux. J'espérais qu'Anne viendrait tout seul avec moi, et que Rochelle resterait là-bas. Mais je ne l'espère plus, puisque ce n'est pas arrivé. Pendant tout le voyage, il est resté avec elle, et pourtant, je suis toujours son ami et, au début, il plaisantait quand je lui disais qu'elle était jolie.

Tout ce que disait Angel remuait de très vieilles choses au fond d'Athanagore, des idées longues et minces et complètement aplaties sous une couche d'événements plus récents, si aplaties que, vues de profil comme en ce moment, il ne pouvait ni les différencier ni distinguer leur forme et leur couleur : il les sentait seulement se déplacer en dessous, sinueuses et reptiliennes. Il secoua la tête et le mouvement s'arrêta ; effrayées, elles s'immobilisaient et se rétractaient.

Il chercha quoi dire à Angel, il ne savait pas. Il essaya désespérément. Ils marchaient côte à côte, les herbes vertes chatouillaient les jambes d'Athanagore, et frottaient doucement le pantalon de toile d'Angel, et sous leurs pieds, les coquilles vides des petits escargots jaunes éclataient avec un jet de poussière, et un son clair et pur, comme une goutte d'eau tombant sur une lame de cristal en forme de cœur, ce qui est cucu.

Du haut de la dune qu'ils venaient de gravir, on apercevait le restaurant Barrizone, les gros camions rangés devant, comme si c'était la guerre, et rien d'autre autour ; de nulle part, on ne pouvait voir la tente d'Athanagore, non plus que son chantier, car il en avait choisi l'emplacement d'une façon très habile. Le soleil restait dans les parages. On le regardait le moins possible, à cause d'une particularité désagréable : il donnait une lumière inégale ; il était entouré de couches rayonnantes, alternativement claires et obscures, et les points du sol en contact avec les couches obscures restaient toujours sombres et froids. Angel n'avait pas été frappé par cet aspect curieux du pays, car le conducteur du taxi s'arrangeait, depuis le début du désert, pour suivre une bande claire, mais, du haut de la dune, il apercevait la limite noire et immobile de la lumière et il frissonna. Athanagore était habitué. Il vit qu'Angel, mal à son aise, regardait avec inquiétude cette espèce de discontinuité, et lui tapa dans le dos.

— Ça frappe au début, dit-il, mais vous vous y ferez.

Angel pensa que la réflexion de l'archéologue valait aussi pour Anne et Rochelle.

— Je ne crois pas, répondit-il.

Ils descendirent la pente douce. Maintenant ils entendaient les exclamations des hommes qui commençaient à décharger les camions, et les chocs hauts et métalliques des rails les uns contre les autres. Autour du restaurant, des silhouettes allaient et venaient dans une activité confuse d'insectes, et l'on reconnaissait Amadis Dudu, affairé et important.

Athanagore soupira.

— Je ne sais pas pourquoi je m'intéresse à tout ça, dit-il. Je suis pourtant vieux.

— Oh, dit Angel, je ne voudrais pas que mes histoires vous ennuient...

— Ça ne m'ennuie pas, dit Athanagore. Ça me fait de la

peine pour vous. Vous voyez, je croyais que j'étais trop vieux.
Il s'arrêta un instant, se gratta la tête, et reprit sa marche.
— C'est le désert, conclut-il. Ça conserve, sans doute.
Il posa une main sur l'épaule d'Angel.
— Je vais vous quitter là, dit-il. Je ne tiens pas à rencontrer de nouveau cet individu.
— Amadis ?...
— Oui. Il...
L'archéologue chercha ses mots un moment.
— Positivement, il me casse le cul.
Il rougit et serra la main d'Angel.
— Je sais que je ne devrais pas parler comme ça, mais c'est cet intolérable Dudu. A bientôt. Je vous reverrai sans doute au restaurant.
— Au revoir, dit Angel. J'irai voir vos fouilles.
Athanagore secoua la tête.
— Vous ne verrez que des petites boîtes. Mais enfin, c'est un joli modèle de petites boîtes. Je me sauve. Venez quand vous voudrez.
— Au revoir, répéta Angel.
L'archéologue obliqua sur la droite et disparut dans un creux de sable ; Angel guetta le moment où sa tête blanche réapparaîtrait. Il le vit à nouveau tout entier. Ses chaussettes dépassaient la tige de drap de ses bottines et lui faisaient des balzanes claires. Puis il plongea derrière un renflement de sable jaune, de plus en plus petit, et la ligne de ses empreintes était droite comme un fil de la Vierge.
Angel regarda de nouveau le restaurant blanc avec les fleurs aux teintes vives qui piquaient la façade, çà et là, et il pressa le pas pour rejoindre ses camarades. A côté des camions monstrueux s'accroupissait le taxi noir et jaune, aussi peu représentatif qu'une brouette ancien modèle à côté du type « dynamique » établi par un inventeur bien connu de très peu de gens.
Non loin de là, la robe vert vif de Rochelle frémissait, agitée au point fixe par les vents ascendants, et le soleil lui faisait une ombre très belle, malgré l'irrégularité du sol.

IX

— Je vous assure que c'est vrai, répéta Martin Lardier. Sa figure rose et pleine brillait d'excitation et une petite aigrette bleue sortait de chacun de ses cheveux.
— Je ne vous crois pas, Lardier, répondit l'archéologue. Je croirai n'importe quoi, mais pas ça. Ni même un bon nombre d'autres choses, soyons justes.
— Ben mince ! dit Lardier.
— Lardier, vous me copierez le troisième Chant de Maldoror, en retournant les mots bout pour bout, et en changeant l'orthographe.
— Oui, maître, dit Lardier.
Et déchaîné, il ajouta :
— Et vous n'avez qu'à venir voir.
Athanagore le considéra attentivement et secoua la tête.
— Vous êtes incorrigible. Enfin, je n'augmente pas votre punition.
— Maître, je vous en conjure !
— Oh, bon, je vais y aller, grommela Atha, vaincu par cette insistance.
— Je suis sûr que c'est ça. Je me rappelle la description du manuel de William Bugle, c'est exactement ça.
— Vous êtes fou, Martin. On ne trouve pas une ligne de foi comme ça. Je vous pardonne votre espièglerie parce que vous êtes idiot, mais vous ne devriez pas vous laisser aller de cette façon. Vous n'êtes plus d'âge.
— Mais, enfin, nom d'une pipe, ce n'est pas une blague...
Athanagore se sentit impressionné. Pour la première fois depuis que son factotum avait commencé son compte rendu quotidien, il éprouvait la sensation que quelque chose venait réellement de se produire.
— Voyons, dit-il.

Il se leva et sortit.

La lueur vacillante du photophore à gaz éclairait vivement le sol et les parois de la tente et découpait, dans la nuit opaque, un volume de clarté vaguement conique. La tête d'Athanagore était dans le noir, et le reste de son corps recevait les rayons dilués émanés du manchon incandescent. Martin trottait à ses côtés, remuant ses courtes pattes et son derrière rond. Ils furent dans la nuit complète et la torche de Martin les guida vers l'orifice étroit et profond du puits de descente par lequel on arrivait au front de taille. Martin passa le premier ; il soufflait en s'agrippant aux barreaux d'argent niellé qu'Athanagore, par un raffinement immodeste encore qu'excusable, utilisait aux fins d'accès à son champ opératoire.

Athanagore regarda le ciel. L'Astrolabe scintillait comme de coutume, trois éclats noirs, un vert et deux rouges, et pas d'éclat du tout, deux fois. La Grande Ourse, avachie, jaunâtre, émettait une lumière pulsée de faible ampérage et Orion venait de s'éteindre. L'archéologue haussa les épaules et sauta à pieds joints dans le trou. Il comptait sur la couche de lard de son factotum pour l'atterrissage. Mais Martin était déjà dans la galerie horizontale. Il revint en arrière pour aider son patron à se dégager du tas de terre dans lequel son corps maigre avait creusé un trou cylindro-plutonique.

La galerie bifurquait au bout d'une mesure environ, émettant des ramifications dans toutes les directions. L'ensemble représentait un travail considérable. Chaque branche portait, grossièrement tracé sur un écriteau blanc, un numéro repère. Des fils électriques, au toit des galeries, couraient sans bruit le long des pierres sèches. De place en place, une ampoule luisait, mettant les bouchées doubles avant qu'on la crève. On entendait le souffle rauque du groupe de pompage d'air comprimé à l'aide duquel, l'émulsant sous forme d'aérosol, Athanagore se débarrassait du mélange de sable, de terre, de rocs et de pinpinaquangouse broyés extrait quotidiennement par ses machines d'abattage

Les deux hommes suivaient la galerie numéro 7. Athanagore avait du mal à ne pas perdre Martin de vue, tant ce dernier, excité au suprême degré, progressait rapidement. La galerie était taillée en ligne droite, d'un seul jet, et, tout au fond, ils commençaient à entrevoir les ombres de l'équipe qui manœuvrait les engins puissants et complexes à l'aide desquels Athanagore emmagasinait les trouvailles merveilleuses dont s'enorgueillissait, quand elle était seule, sa collection.

En franchissant la distance résiduelle, Atha commença de percevoir une odeur si caractéristique que tous ses doutes se dissipèrent d'un coup. Pas d'erreur possible, ses aides avaient découvert la ligne de foi. C'était cette odeur mystérieuse et composite des salles creusées en plein roc, l'odeur sèche du vide pur, que la terre conserve lorsqu'elle a recouvert les ruines de monuments disparus. Il courut. Dans ses poches, de menus objets tintaient, et son marteau lui battait la cuisse, gainé par le fourreau de cuir. La clarté augmentait à mesure ; lorsqu'il arriva, il haletait d'impatience. Devant lui, le groupe fonctionnait. Le hurlement aigu de la turbine, à demi étouffé par un coffrage d'insonorisation, emplissait l'étroit cul-de-sac, et l'air ronflait dans le gros tuyau annelé de l'émulseur.

Martin suivait avidement des yeux la progression des molettes tranchantes, et, à côté de lui, deux hommes et une femme, le torse nu, regardaient aussi. Parfois l'un des trois, d'un geste sûr et bien réglé, manœuvrait une manette ou un levier de commande.

Du premier coup d'œil, Athanagore reconnut la trouvaille. Les dents acérées des outils entamaient l'enduit compact obstruant l'entrée d'une salle hippostalle de grandes dimensions, à en juger par l'épaisseur du mur déjà dégagé. Habilement, l'équipe avait suivi le chambranle, et la paroi, à peine recouverte encore de quelques millimètres de limon durci, apparaissait de place en place. Des plaques de terre compacte, aux formes irrégulières, se détachaient de temps à autre, à mesure que la pierre se remettait à respirer.

Athanagore, déglutissant avec effort, déclencha le contacteur, et la machine s'arrêta peu à peu, avec le bruit doucissant d'une sirène qui se tait. Les deux hommes et la femme se retournèrent, le virent et s'approchèrent de lui. Il y avait maintenant dans le cul-de-sac un silence riche.

— Vous l'avez, dit Athanagore.

Les hommes lui tendirent la main. Il les serra, l'une après l'autre, et il attira à lui la jeune femme.

— Cuivre, tu es contente ?

Elle sourit, sans répondre. Elle avait les yeux et les cheveux noirs et sa peau était d'une curieuse couleur d'ocre foncé. Les pointes des seins, presque violettes, se dressaient, aiguës, devant les deux globes polis et durs.

— C'est fini, dit-elle. On l'a eue tout de même.

— Vous allez pouvoir sortir tous les trois, dit Athanagore en caressant le dos nu et chaud.

— Pas question, dit celui de droite.

— Pourquoi, Bertil ? demanda Athanagore. Ton frère serait peut-être content de sortir.

— Non, répondit Brice. Nous préférons creuser encore.

— Vous n'avez rien trouvé d'autre ? demanda Lardier.

— C'est dans le coin, dit Cuivre. Des pots et des lampes et un pernuclet.

— On verra ça après, dit Athanagore. Viens, toi, ajouta-t-il à l'adresse de Cuivre.

— Oui, pour une fois, je veux bien, dit-elle.

— Tes frères ont tort. Ils devraient prendre un peu l'air.

— Il en arrive pas mal, ici, répondit Bertil. Et puis on veut voir.

Sa main courut sur la machine et chercha le contacteur. Il enfonça le bouton noir. La machine émit un grondement doux, incertain, qui s'affermit et prit de la puissance en même temps que la note s'élevait dans l'aigu.

— Ne vous crevez pas, cria Athanagore par-dessus le tumulte.

Les dents recommençaient à arracher à la terre une poussière lourde, immédiatement aspirée par les absorbeurs.

Brice et Bertil secouèrent la tête en souriant.

— Ça va, dit Brice.

— Au revoir, lança encore l'archéologue.

Il fit demi-tour et partit. Cuivre passa son bras sous celui d'Athanagore et le suivit. Elle allait d'un pas léger et musclé ; au passage, les lampes électriques faisaient briller sa peau orange. Derrière, venait Martin Lardier, ému, malgré ses mœurs, par la courbe des reins de la jeune femme.

Ils allèrent en silence jusqu'au rond-point où se réunissaient toutes les galeries. Elle lâcha le bras d'Athanagore et s'approcha d'une sorte de niche taillée dans la paroi d'où elle tira quelques vêtements. Elle quitta sa courte jupe de travail et passa une chemisette de soie et un short blanc. Athanagore et Martin se détournaient, le premier par respect, le second pour ne pas tromper Dupont, même en intention, car, sous sa jupe, Cuivre ne mettait rien. Il n'y avait effectivement besoin de rien.

Sitôt qu'elle fut prête, ils reprirent leur progression rapide et s'engagèrent à rebours dans le puits d'accès, Martin passa le premier, et Athanagore fermait la marche.

Dehors, Cuivre s'étira. A travers la soie mince, on voyait les endroits plus foncés de son torse, jusqu'à ce qu'Athanagore priât Martin de diriger ailleurs le faisceau de sa torche électrique.

— Il fait bon... murmura-t-elle. Tout est si calme dehors.

Il y eut un heurt métallique lointain dont l'écho résonna longuement sur les dunes.

— Qu'est-ce que c'est ? demanda-t-elle.

— Il y a du nouveau, dit Athanagore. Il y a des tas de gens nouveaux. Ils viennent construire un chemin de fer.

Ils approchaient de la tente.

— Comment sont-ils ? demanda Cuivre.

— Il y a deux hommes, dit l'archéologue. Deux hommes et une femme, et puis des ouvriers, des enfants et Amadis Dudu.

— Comment est-il ?

— C'est un sale pédéraste, dit Athanagore.

Il s'interrompit. Il avait oublié la présence de Martin. Mais Martin venait de les quitter pour rejoindre Dupont dans sa cuisine. Athanagore respira.

— Je n'aime pas vexer Martin, tu comprends, expliqua-t-il.

— Et les deux hommes ?

— L'un est très bien, dit Athanagore. L'autre, la femme l'aime. Mais le premier aime la femme. Il s'appelle Angel. Il est beau.

— Il est beau... dit-elle lentement.
— Oui, répondit l'archéologue. Mais cet Amadis...
Il frissonna.
— Viens prendre quelque chose. Tu vas avoir froid.
— Je suis bien... murmura Cuivre. Angel... c'est un drôle de nom.
— Oui, dit l'archéologue. Ils ont tous de drôles de noms. Le photophore brillait de toute sa lumière sur la table et l'entrée de la tente béait, chaude et accueillante.
— Passe, dit-il à Cuivre en la poussant devant lui.
Cuivre entra.
— Bonjour, dit l'abbé assis à la table et qui se leva en la voyant.

X

— Combien faut-il de boulets de canon pour démolir la ville de Lyon ? continua l'abbé s'adressant à brûle-cravate à l'archéologue qui pénétrait dans la tente derrière Cuivre.
— Onze ! répondit Athanagore.
— Oh, zut, c'est trop. Dites trois.
— Trois, répéta Athanagore.
L'abbé saisit son chapelet et le dit trois fois à toute vitesse. Puis il le laissa retomber. Cuivre s'était assise sur le lit d'Atha, et ce dernier regardait le curé, stupéfait.
— Qu'est-ce que vous faites dans ma tente ?
— Je viens d'arriver, expliqua l'abbé. Vous jouez à la pouillette ?
— Oh, chic ! dit Cuivre en battant des mains. On joue à la pouillette !
— Je ne devrais pas vous adresser la parole, dit l'abbé, car vous êtes une créature impudique, mais vous avez une sacrée poitrine.
— Merci, dit Cuivre. Je sais.
— Je cherche Claude Léon, dit l'abbé. Il a dû arriver voici quinze jours environ. Moi, je suis l'inspecteur régional. Je

vais vous montrer ma carte. Il y a pas mal d'ermites dans ce pays, mais assez loin d'ici. Claude Léon, par contre, doit être tout près.

— Je ne l'ai pas vu, dit Athanagore.

— J'espère bien, dit l'abbé. Un ermite ne doit pas, d'après le règlement, quitter son ermitage à moins d'y être formellement autorisé par dispense espéciale de l'inspecteur régional responsable.

Il salua.

— C'est moi, dit-il. Une, deux, trois, nous irons au bois...

— Quatre, cinq, six, cueillir des saucisses, compléta Cuivre.

Elle se rappelait le catéchisme.

— Merci, dit l'abbé. Je disais donc que Claude Léon n'est probablement pas loin. Voulez-vous que nous allions le voir ensemble ?

— Il faudrait prendre quelque chose avant de partir, dit Athanagore. Cuivre, tu n'as rien mangé. Ce n'est pas raisonnable.

— Je veux bien un sandwich, dit Cuivre.

— Vous boirez bien un Cointreau, l'abbé ?

— Cointreau n'en faut, dit l'abbé. Ma religion me le défend. Je vais me signer une dérogation si vous n'y voyez pas d'inconvénient.

— Je vous en prie, dit Athanagore. Je vais chercher Dupont. Voulez-vous du papier et un stylo ?

— J'ai des imprimés, dit l'abbé. Un carnet à souche. Comme ça, je sais où j'en suis.

Athanagore sortit et tourna à gauche. La cuisine de Dupont s'élevait tout à côté. Il ouvrit la porte sans frapper et alluma son briquet. A la lueur clignotante, il distingua le lit de Dupont, et, couché dedans, Lardier qui dormait. On voyait deux traînées sèches sur ses joues et de gros sanglots gonflaient sa poitrine, comme on dit... Athanagore se pencha sur lui.

— Où est Dupont ? demanda-t-il.

Lardier s'éveilla et se mit à pleurer. Il avait vaguement entendu la question d'Atha dans son demi-sommeil.

— Il est parti, dit-il. Il n'était pas là.
— Ah, dit l'archéologue. Vous ne savez pas où il a été ?
— Avec cette morue d'Amadis, sûrement, sanglota Lardier. Elle me le paiera, celle-là.
— Allons, Lardier, dit sévèrement Athanagore. Après tout, vous n'êtes pas marié avec Dupont...
— Si, dit Lardier sèchement.
Il ne pleurait plus.
— On a cassé un pot ensemble, en arrivant ici, continuat-il, comme dans *Notre-Dame de Paris,* et ça a fait onze morceaux. Il est marié avec moi pour encore six ans.
— D'abord, dit l'archéologue, vous avez tort de lire *Notre-Dame de Paris,* parce que c'est vieux, et ensuite, c'est un mariage si on veut. Outre ceci, je suis bien bon d'écouter vos jérémiades. Vous me copierez le premier chapitre de ce livre, en écrivant de la main gauche et de droite à gauche. Et puis, dites-moi où est le Cointreau ?
— Dans le buffet, dit Lardier, calmé.
— Maintenant, dormez, dit Athanagore.
Il alla vers le lit, borda Martin et lui passa la main dans les cheveux.
— Il a peut-être été faire une course, simplement.
Lardier renifla et ne répondit rien. Il paraissait un peu plus tranquille.
L'archéologue ouvrit le buffet et trouva sans difficulté la bouteille de Cointreau à côté d'un bocal de sauterelles à la tomate. Il prit trois petits verres de forme gracieuse, découverts quelques semaines plus tôt à la suite d'une fouille fructueuse, et dont il pensait que la reine Néfourpitonh se servait, quelques milliers d'années plus tôt, en guise d'œillères pour des bains calmants. Il disposa élégamment le tout sur un plateau. Il tailla ensuite un gros sandwich pour Cuivre, l'ajouta au reste, et regagna sa tente en portant le plateau.
L'abbé, assis sur le lit à côté de Cuivre, avait entrouvert la chemisette de cette dernière et regardait à l'intérieur avec une attention soutenue.
— Cette jeune femme est très intéressante, dit-il à Athanagore quand il le vit.
— Oui ? dit l'archéologue, et en quoi spécialement ?

— Mon Dieu, dit l'abbé, on ne peut pas dire en quoi spécialement. L'ensemble, peut-être ; mais les diverses parties constitutives, certainement aussi.
— Vous vous êtes signé une dérogation pour l'examen ? demanda Atha.
— J'ai une carte permanente, dit l'abbé. C'est nécessaire, dans ma profession.
Cuivre, sans aucune gêne, riait. Elle n'avait pas reboutonné sa chemisette. Athanagore ne put s'empêcher de sourire. Il posa le plateau sur la table et tendit le sandwich à Cuivre.
— Que ces verres sont petits !... s'écria l'abbé. C'est regrettable d'avoir gâché une feuille de mon carnet pour ça. Tanquam adeo fluctuat nec mergitur.
— Et cum spiritu tuo, répondit Cuivre.
— Tire la ficelle et gobe les troncs, conclurent en chœur Athanagore et l'abbé.
— Foi de Petitjean ! s'exclama celui-ci presque aussitôt, c'est plaisir que de rencontrer des gens aussi religieux que vous.
— Notre métier, expliqua Athanagore, veut que nous connaissions ces choses. Quoique nous soyons plutôt mécréants.
— Vous me rassurez, dit Petitjean. Je commençais à me sentir en état de péché volatil. Mais c'est passé. Voyons si ce Cointreau pique dès qu'on sert.
Athanagore déboucha la bouteille et remplit les verres. L'abbé se leva et en prit un. Il regarda, sentit et avala.
— Hum, dit-il.
Il tendit à nouveau son verre.
— Comment le trouvez-vous ? demanda Athanagore en le remplissant.
L'abbé but le second verre et réfléchit.
— Ignoble, déclara-t-il. Il sent le pétrole.
— Alors, c'est que je me suis trompé de bouteille, dit l'archéologue. Les deux étaient pareilles.
— Ne vous excusez pas, dit l'abbé, c'est tout de même supportable.
— C'est du bon pétrole, assura l'archéologue.

— Vous permettez que j'aille dégueuler dehors ? dit Petitjean.
— Je vous en prie... Je vais chercher l'autre bouteille.
— Dépêchez-vous, dit l'abbé. Ce qui est horrible, c'est qu'il va me repasser dans la bouche. Tant pis, je fermerai les yeux.
Il sortit en trombe. Cuivre riait, étendue sur le lit et les mains croisées sous sa tête. Ses yeux noirs et ses dents saines accrochaient au vol des éclats de lumière. Athanagore hésitait encore, mais il entendit les hoquets de Petitjean et sa figure parcheminée se dérida pour de bon.
— Il est sympathique, dit-il.
— Il est idiot, dit Cuivre. Est-ce qu'on est curé, d'abord ? Mais il est drôle, et adroit de ses mains.
— Tant mieux pour toi, dit l'archéologue. Je vais chercher le Cointreau. Mais attends tout de même d'avoir vu Angel.
— Bien sûr, dit Cuivre.
L'abbé réapparut.
— Je peux entrer ? demanda-t-il.
— Certainement, dit Athanagore qui s'effaça pour le laisser passer, puis sortit à son tour en prenant la bouteille de pétrole.
L'abbé rentra et s'assit sur une chaise de toile.
— Je ne m'installe pas à côté de vous, expliqua-t-il, parce que je sens le dégueulis. J'en ai mis plein mes souliers à boucles. C'est honteux. Quel âge avez-vous ?
— Vingt ans, répondit Cuivre.
— C'est trop, dit l'abbé. Dites trois.
— Trois.
Derechef, Petitjean égrena trois chapelets avec la rapidité d'une machine à écosser les petits pois. Athanagore réapparut au moment où il terminait.
— Ah ! s'écria l'abbé. Voyons si ce Cointreau m'adhère.
— Celui-là est très mauvais, jugea Cuivre.
— Excusez-moi, dit l'abbé. On ne peut pas être spirituel à jet continu, surtout si on rend son goujon entre-temps.
— C'est certain, dit Cuivre.
— C'est très juste, dit Athanagore.

— Alors, buvons, dit l'abbé. Et puis j'irai chercher Claude Léon.
— Pouvons-nous vous accompagner ? proposa l'archéologue.
— Mais... dit l'abbé. Vous ne comptez pas dormir cette nuit ?
— Nous dormons rarement, expliqua Athanagore. Ça fait perdre un temps fou, de dormir.
— C'est exact, dit l'abbé. Je ne sais pas pourquoi je vous demandais ça, car je ne dors jamais moi non plus. Je suis probablement vexé, car je croyais être le seul.
Il réfléchit.
— Je suis réellement vexé. Mais enfin, c'est tolérable. Donnez-moi du Cointreau.
— Voilà, dit Athanagore.
— Ah ! dit l'abbé en mirant son verre devant le photophore, ça, ça va.
Il goûta.
— Au moins, celui-là, c'est du bon. Mais, après le pétrole, ça prend goût de pisse-d'âne.
Il but le reste et renifla.
— C'est dégueulasse, conclut-il. Ça m'apprendra à me signer des dérogations à tort et à travers.
— Il n'est pas bon ? demanda Athanagore, étonné.
— Si, bien sûr, dit Petitjean, mais quoi, ça fait tout de suite quarante-trois degrés et c'est tout. Parlez-moi d'une Arquebuse à quatre-vingt-quinze ou de bon alcool à pansements. Quand j'étais à Saint-Philippe-du-Roule, je n'utilisais que ça comme vin de messe. C'étaient des messes qui pétaient le feu, ces messes-là, je vous le dis.
— Pourquoi n'y êtes-vous pas resté ? demanda Cuivre.
— Parce qu'ils m'ont foutu dehors, dit l'abbé. Ils m'ont nommé inspecteur. Ça s'appelle un limogeage, hein, ou alors je ne suis plus Petitjean.
— Mais vous voyagez, comme ça, dit Athanagore.
— Oui, dit l'abbé. Je suis très content. Allons chercher Claude Léon.
— Allons, dit Athanagore.
Cuivre se leva. L'archéologue étendit la main vers la

flamme du photophore et l'aplatit légèrement pour lui donner la forme d'une veilleuse, puis ils sortirent tous les trois de la tente obscure.

XI

— Cela fait longtemps que nous marchons, dit Athanagore.
— Ah ! dit Petitjean. Je n'ai pas compté. J'étais perdu dans une méditation, d'ailleurs classique, sur la grandeur de Dieu et la petitesse de l'homme dans le désert.
— Oui, dit Cuivre, ce n'est pas très nouveau.
— En général, dit Petitjean, je ne pense pas de la même couleur que mes collègues, et cela donne du charme à mes méditations, en même temps qu'une touche bien personnelle. Dans celle-ci, j'avais introduit une bicyclette.
— Je me demande comment vous avez fait, dit Athanagore.
— N'est-ce pas ? dit Petitjean. Je me le demandais au début mais maintenant, c'est en me jouant que j'accomplis ce genre de performance. Il me suffit de penser à une bicyclette, et hop, ça y est.
— Expliqué comme ça, dit Athanagore, ça paraît simple.
— Oui, dit l'abbé, mais ne vous y fiez pas. Qu'est-ce que c'est, ça, devant ?
— Je ne vois pas, dit Athanagore en écarquillant les paupières.
— C'est un homme, dit Cuivre.
— Ah !... dit Petitjean. C'est peut-être Léon.
— Je ne crois pas, dit Athanagore. Il n'y avait rien par là, ce matin.
Tout en discutant, ils se rapprochaient de la chose. Pas très vite, car la chose se déplaçait dans le même sens.
— Hohé !... cria Athanagore.
— Hohé !... répondit la voix d'Angel.

Ça s'arrêta, et c'était Angel. Ils le rejoignirent en quelques instants.
— Bonjour, dit Athanagore. Je vous présente Cuivre et l'abbé Petitjean.
— Bonjour, dit Angel.
Il serra les mains.
— Vous vous promenez ? demanda Petitjean. Vous méditez sans doute.
— Non, dit Angel. Je m'en allais.
— Où ça ? demanda l'archéologue.
— Ailleurs, dit Angel. Ils font tant de bruit à l'hôtel.
— Qui ? demanda l'abbé. Vous savez, je suis d'une discrétion à toute épreuve.
— Oh, je peux vous le dire, dit Angel. Ce n'est pas un secret. C'est Rochelle et Anne.
— Ah ! dit l'abbé, ils sont en train de...
— Elle ne peut pas le faire sans crier, dit Angel. C'est terrible. Je suis dans la chambre à côté. Je ne supportais plus de rester.

Cuivre s'approcha d'Angel ; elle lui passa ses bras autour du cou, et l'embrassa.
— Venez, dit-elle. Venez avec nous, on va chercher Claude Léon. Vous savez, l'abbé Petitjean est très marrant.

La nuit d'encre jaune était hachée par les pinceaux lumineux et filiformes qui tombaient des étoiles sous des angles variés. Angel cherchait à voir la figure de la jeune femme.
— Vous êtes gentille, dit-elle.
L'abbé Petitjean et Athanagore marchaient en avant.
— Non, dit-elle. Je ne suis pas spécialement gentille. Vous voulez voir comment je suis ?
— Je voudrais, dit Angel.
— Allumez votre briquet.
— Je n'ai pas de briquet.
— Alors, touchez avec vos mains, dit-elle en s'écartant un peu de lui.

Angel posa ses mains sur les épaules droites, et remonta. Ses doigts se promenèrent sur les joues de Cuivre, sur ses yeux fermés et se perdirent dans les cheveux noirs.
— Vous sentez un drôle de parfum, dit-il.

— Quoi ?
— Le désert.
Il laissa retomber ses bras.
— Vous ne connaissez que ma figure... protesta Cuivre.
Angel ne dit rien et ne bougea pas. Elle s'approcha de lui, et jeta de nouveau ses deux bras nus autour du cou d'Angel. Elle lui parlait tout près de l'oreille, sa joue sur celle du garçon.
— Vous avez pleuré.
— Oui, murmura Angel.
Il resta immobile.
— Il ne faut pas pleurer pour une fille. Les filles ne valent pas ça.
— Ce n'est pas pour elle que je pleure, dit Angel. C'est à cause de ce qu'elle était et de ce qu'elle sera.
Il parut se réveiller d'une somnolence lourde, et ses mains se posèrent à la taille de la jeune femme.
— Vous êtes gentille, répéta-t-il. Venez, nous allons les rejoindre.
Elle dénoua son étreinte et le prit par la main. Ils coururent sur le sable des dunes. Dans le noir, ils trébuchaient et Cuivre riait.
L'abbé Petitjean venait d'expliquer à Athanagore comment Claude Léon avait été nommé ermite.
— Vous comprenez, dit-il, que ce garçon ne méritait pas de rester en prison.
— Certainement, dit Athanagore.
— N'est-ce pas ? dit Petitjean. Il méritait d'être guillotiné. Mais enfin, l'évêque a le bras long.
— Tant mieux pour Léon.
— Notez que ça ne change pas grand-chose. Être ermite, c'est drôle si on veut. Enfin, ça lui laisse quelques années de répit.
— Pourquoi ? demanda Cuivre qui avait entendu la fin de la phrase.
— Parce qu'au bout de trois ou quatre ans d'ermitage, dit l'abbé, en général on devient fou. Alors, on s'en va droit devant soi, et on tue la première petite fille que l'on rencontre pour la violer.
— Toujours ? dit Angel étonné.

— Toujours, affirma Petitjean. On ne cite qu'un exemple qui fasse exception à la règle.
— Qui était-ce ? dit Athanagore.
— Un type très bien, dit Petitjean. Vraiment un saint. C'est une longue histoire, mais bougrement édifiante.
— Dites-la-nous... demanda Cuivre d'un ton persuasif et suppliant.
— Non, dit l'abbé. C'est impossible. C'est trop long. Je vais vous dire la fin. Il est parti droit devant lui et la première petite fille qu'il a rencontrée...
— Taisez-vous, dit Athanagore. C'est horrible !...
— Elle l'a tué, dit Petitjean. C'était une maniaque.
— Oh, soupira Cuivre, c'est atroce. Le pauvre garçon. Comment s'appelait-il ?
— Petitjean, dit l'abbé. Non ! Excusez-moi. Je pensais à autre chose. Il s'appelait Leverrier.
— C'est extraordinaire, remarqua Angel. J'en connaissais un à qui il n'est pas du tout arrivé la même chose.
— Alors, ce n'est pas le même, dit l'abbé. Ou, encore, je suis un menteur.
— Évidemment... dit Athanagore.
— Regardez, dit Cuivre, il y a une lumière pas loin.
— Nous devons être arrivés, proclama Petitjean. Excusez-moi, il faut que j'y aille seul pour commencer. Vous viendrez après. C'est le règlement.
— Il n'y a personne pour contrôler, dit Angel. Nous pourrions vous accompagner.
— Et ma conscience ?... dit Petitjean. Pimpanicaille, roi des papillons...
— En jouant à la balle s'est cassé le menton !... s'exclamèrent en chœur les trois autres.
— Bon, dit Petitjean. Si vous connaissez le rituel aussi bien que moi, vous pouvez venir tous les trois. Personnellement, je préfère cela, car, tout seul, je m'empoisonne.
Il fit un bond considérable, et retomba en tournant sur lui-même, accroupi sur ses talons. Sa soutane, déployée autour de lui, faisait une grande fleur noire que l'on distinguait vaguement sur le sable.
— Cela fait partie du rituel ? demanda l'archéologue.

— Non ! dit l'abbé. C'est un truc de ma grand-mère quand elle voulait pisser sur la plage sans qu'on la remarque. Je dois vous dire que je n'ai pas ma culotte apostolique. Il fait trop chaud. J'ai une dispense.
— Toutes ces dispenses doivent vous alourdir, remarqua Athanagore.
— Je les ai fait reproduire sur microfilm, dit Petitjean. Cela tient en un rouleau de faible volume réel.
Il se releva.
— Allons-y !
Claude Léon était installé dans une petite cabane en bois blanc, coquettement aménagée. Un lit de cailloux occupait un angle de la pièce principale et c'était tout.
Une porte menait à la cuisine. Par la fenêtre vitrée, ils aperçurent Claude lui-même, à genoux devant son lit, qui méditait, la tête entre ses mains. L'abbé entra.
— Coucou ! dit-il.
L'ermite releva la tête.
— Mais ce n'est pas encore le moment, dit-il. Je n'ai compté que jusqu'à cinquante.
— Vous jouez à cache-cache, mon fils ? dit Petitjean.
— Oui, mon père, dit Claude Léon. Avec Lavande.
— Ah, dit l'abbé. On peut jouer avec vous ?
— Bien sûr, dit Claude.
Il se releva.
— Je vais chercher Lavande et lui dire. Elle sera très contente.
Il passa dans la cuisine. Angel, Cuivre et l'archéologue entrèrent à la suite de l'abbé.
— Vous ne faites pas des prières spéciales quand vous rencontrez un ermite ? s'étonna Cuivre.
— Oh, non, dit l'abbé. Maintenant qu'il est du métier ! C'est bon pour les non-initiés, ces trucs-là. Pour le reste, on suit les règles ordinaires.
Léon revenait, suivi d'une négresse ravissante. Elle avait la figure ovale, le nez mince et droit, de grands yeux bleus et une extraordinaire masse de cheveux roux. Elle était vêtue d'un soutien-gorge noir.
— C'est Lavande, expliqua Claude Léon. Oh, dit-il en

voyant les trois autres visiteurs, bonjour. Comment allez-vous ?
— Je m'appelle Athanagore, dit l'archéologue. Celui-ci est Angel, et voilà Cuivre.
— Vous jouez à cache-cache ? proposa l'ermite.
— Parlons sérieusement, mon enfant, dit l'abbé. Il faut que je fasse mon inspection. J'ai des questions à vous poser pour mon rapport.
— Nous allons vous laisser, dit Athanagore.
— Pas du tout, dit Petitjean. J'en ai pour cinq minutes.
— Asseyez-vous, dit Lavande. Venez dans la cuisine, on va les laisser travailler.

Sa peau avait exactement la couleur des cheveux de Cuivre, et vice versa. Angel essaya de se représenter le mélange et il eut le vertige.

— Vous l'avez fait exprès, dit-il à Cuivre.
— Mais non, répondit Cuivre. Je ne la connaissais pas.
— Je vous assure, dit Lavande, c'est un hasard.

Ils passèrent dans la cuisine. L'abbé resta seul avec Léon.
— Alors ? dit Petitjean.
— Rien à signaler, dit Léon.
— Vous vous plaisez ici ?
— Ça va.
— Où en êtes-vous avec la grâce ?
— Ça va et ça vient.
— Idées ?
— Noires, dit Léon. Mais avec Lavande, c'est excusable. Noires, mais pas tristes. Noires et feu.
— C'est la couleur de l'enfer, dit l'abbé.
— Oui, dit Claude Léon, mais l'intérieur d'elle c'est du velours rose.
— Vrai ?
— La pure vérité.
— Picoti, picota, lève la queue et saute en bas.
— Amen ! répondit l'ermite.

L'abbé Petitjean réfléchissait.
— Ça m'a l'air d'être en ordre, tout ça, dit-il. Je crois que vous ferez un ermite présentable. Il faudrait que vous mettiez un écriteau. Les gens viendraient vous voir le dimanche.

— Je veux bien, dit Claude Léon.
— Avez-vous choisi un acte saint ?
— Quoi ?...
— On a dû vous expliquer, dit l'abbé. Se tenir debout sur une colonne ou se flageller cinq fois par jour, ou porter une chemise de crins ou manger des cailloux, ou rester en prières vingt-quatre heures sur vingt-quatre, etcétéra.
— Ils ne m'ont pas parlé de ça, dit Claude Léon. Est-ce que je peux chercher autre chose ? Tout ça ne me paraît pas assez saint, et puis on l'a déjà fait.
— Méfiez-vous de l'originalité, mon fils, dit l'abbé.
— Oui, mon père, répondit l'ermite.
Il médita quelques instants.
— Je peux baiser Lavande... proposa-t-il.
Ce fut au tour de l'abbé de penser avec intensité.
— Personnellement, dit-il, je n'y vois pas d'inconvénient. Mais avez-vous songé qu'il faudra le faire toutes les fois qu'il y aura des visiteurs ?
— C'est agréable, répondit Claude Léon.
— Alors, c'est d'accord. Du velours rose, réellement ?
— Réellement.
L'abbé frissonna, et les poils de son cou se hérissèrent. Il se passa la main sur le bas-ventre.
— Effrayant, dit-il. Eh bien, c'est tout ce que j'avais à vous dire. Je vous ferai livrer un supplément de conserves par l'Aide aux Ermites.
— Oh, j'en ai ! dit Claude.
— Il vous en faudra beaucoup. Vous aurez pas mal de visiteurs. Ils construisent un chemin de fer, par là.
— Mince, dit Claude Léon.
Il était pâle, mais positivement ravi.
— J'espère qu'ils viendront souvent...
— Vous m'effrayez, je vous le répète, dit l'abbé Petitjean. Et pourtant, je suis un dur. Pique, nique, douille...
— C'est toi l'andouille, termina l'ermite.
— Allons retrouver les autres, proposa Petitjean. Alors, pour votre acte saint, c'est entendu. Je ferai mon rapport dans ce sens.
— Merci, dit Claude.

PASSAGE

Sans l'ombre d'un doute, Amadis Dudu est un type horrible. Il embête tout le monde, et peut-être qu'au milieu, il va être supprimé, simplement parce qu'il est de mauvaise foi, hautain, insolent et prétentieux. De surcroît, homosexuel. Presque tous les personnages sont en place, maintenant, et il en sortira des choses de divers ordres. D'abord, la construction du chemin de fer, et ça représente un travail parce qu'ils ont oublié le ballast. C'est pourtant essentiel, et on ne peut pas le remplacer par des coquilles de petits escargots jaunes, comme personne ne l'a proposé. Pour l'instant, ils vont monter la voie sur les traverses et la laisser en l'air, en attente, et puis ils mettront le ballast en dessous, quand il arrivera. On peut, naturellement, faire une voie de cette façon-là. Pourtant, ce n'est pas cette histoire de ballast que je prévoyais quand j'annonçais que je parlerais aussi des cailloux du désert. Il y avait là, sans doute, une manière de représentation symbolique grossière, et faiblement intellectuelle, mais il va de soi que l'atmosphère d'un désert comme celui-ci se révèle, à la longue, passablement déprimante, à cause, notamment, de ce soleil à bandes noires. Je signale, pour terminer, qu'un personnage accessoire nouveau devait venir encore : Alfredo Jabes, qui sait ce que c'est qu'un modèle réduit ; mais il est trop tard maintenant. Cruc, son bateau fera naufrage, et tout sera terminé lorsqu'il arrivera. Alors j'en reparlerai seulement dans le passage suivant, ou même pas.

DEUXIÈME MOUVEMENT

I

Il faisait un temps frais et orageux, sans une trace de vent. Les herbes vertes se tenaient raides, comme à l'accoutumée, et le soleil, inlassable, blanchissait leurs pointes acérées. Accablés, les hépatrols se fermaient à moitié ; Joseph Barrizone avait baissé tous les stores de son restaurant au-dessus duquel montait une vibration. Devant, le taxi jaune et noir attendait, drapeau relevé. Les camions venaient de repartir en quête de ballast, et les ingénieurs travaillaient dans leurs chambres, tandis que les agents d'exécution commençaient à limer les bouts des rails qui n'étaient pas coupés d'équerre ; l'atmosphère résonnait du grincement mélodieux des limes neuves. Angel, de sa fenêtre, voyait Olive et Didiche qui s'en allaient, la main dans la main, remplir de lumettes un petit panier brun. A côté de lui, l'encre séchait sur la planche à dessin. Dans la pièce voisine, Anne faisait des calculs et, un peu plus loin, Amadis dictait des lettres à Rochelle, tandis que, dans le bar en bas, ce salaud d'Arland buvait un coup en attendant de retourner engueuler Marin et Carlo. Au-dessus de lui, Angel entendait résonner les pas du professeur Mangemanche qui avait aménagé tout le grenier en infirmerie modèle. Comme personne n'était malade, il se servait de sa table d'opérations pour fabriquer ses petits avions. De temps à autre, Angel l'entendait sauter de joie, et parfois, des éclats de voix venaient se ficher dans le plafond avec un bruit sec lorsqu'il engueulait l'interne dont le timbre geignard bourdonnait alors quelques instants.

De nouveau, Angel se pencha sur sa planche. Il n'y avait

pas le moindre doute à avoir, si l'on se tenait aux données d'Amadis Dudu. Il hocha la tête et reposa son tire-lignes. Il s'étira et, d'un pas lassé, s'en fut vers la porte.
— Je peux entrer ?
C'était la voix d'Angel. Anne releva la tête et dit oui.
— Salut, vieux.
— Bonjour, dit Angel. Ça avance ?
— Oui, dit Anne. C'est presque fini.
— Je trouve un truc embêtant.
— Quoi ?
— Il va falloir exproprier Barrizone.
— Sans blague ? dit Anne. C'est sûr ?
— C'est certain. J'ai refait le machin deux fois.
Anne regarda les calculs et le dessin.
— Tu as raison, dit-il. La voie va passer juste au milieu de l'hôtel.
— Qu'est-ce qu'on va faire, dit Angel. Il faut la dévier.
— Amadis ne voudra pas.
— On va le lui demander ?
— Allons-y, dit Anne.
Il déploya son corps massif et repoussa sa chaise.
— C'est la barbe, dit-il.
— Oui, dit Angel.
Anne sortit. Angel le suivit et ferma la porte. Anne parvint à la porte d'Amadis, derrière laquelle on entendait un bruit de voix, et les explosions sèches de la machine à écrire. Il tapa deux coups.
— Entrez ! cria Amadis.
La machine s'arrêta. Anne et Angel entrèrent, et Angel ferma la porte.
— Qu'est-ce que c'est ? demanda Amadis. Je n'aime pas être dérangé.
— Ça ne va pas, dit Anne. D'après vos données, la voie va couper l'hôtel.
— Quel hôtel ?
— Celui-ci. L'hôtel Barrizone.
— Eh bien, dit Amadis. Quelle importance ? On va le faire exproprier.
— On ne peut pas la dévier ?

— Vous êtes malade, mon ami, dit Amadis. D'abord, quel besoin avait Barrizone de s'installer en plein milieu du désert sans se demander si cela ne gênerait personne ?

— Cela ne gênait personne, fit observer Angel.

— Vous voyez bien que si, dit Amadis. Messieurs, vous êtes payés pour faire des calculs et des plans. Est-ce fait ?

— C'est en train, dit Anne.

— Eh bien, si ce n'est pas fini, terminez-les. Je vais saisir de cette affaire le Grand Conseil d'Administration, mais il est hors de doute que le tracé prévu doit être maintenu.

Il se tourna vers Rochelle.

— Continuons, mademoiselle.

Angel regarda Rochelle. Dans la lumière du store baissé, elle avait un visage doux et régulier, mais la fatigue tirait un peu ses yeux. Elle fit un sourire à Anne. Les deux garçons quittèrent le bureau d'Amadis.

— Alors ? dit Angel.

— Alors, on continue, dit Anne en haussant les épaules. Au fond, qu'est-ce que ça peut faire ?

— Oh, rien, murmura Angel.

Il avait envie d'entrer chez Amadis, de le tuer et d'embrasser Rochelle. Le plancher du couloir de bois brut sentait un peu la lessive, et du sable jaune sortait des joints. A l'exrémité du couloir, un faible courant d'air agitait une lourde branche d'hépatrol devant la fenêtre. Angel eut de nouveau cette sensation de s'éveiller qu'il avait éprouvée le soir de la visite à Claude Léon.

— J'en ai marre, dit-il. Viens te balader.

— Comment ça ?

— Laisse tes calculs. Viens faire un tour.

— Il faudra les finir quand même, dit Anne.

— On les finira après.

— Je suis vanné, dit Anne.

— C'est ta faute.

Anne sourit complaisamment.

— C'est ma faute, dit-il, pas complètement. Nous sommes deux dans le coup.

— Tu n'avais qu'à ne pas l'emmener, dit Angel.

— J'aurais moins sommeil.

— Tu n'es pas forcé de coucher avec elle tous les soirs.
— Elle aime ça, dit Anne.
Angel hésita avant de le dire.
— Elle aimerait ça avec n'importe qui.
— Je ne crois pas, répondit Anne.
Il réfléchit un peu. Il parlait sans fatuité.
— Moi, j'aimerais mieux qu'elle le fasse un peu avec tout le monde, et que ça me soit égal. Mais elle ne veut le faire qu'avec moi ; de plus, ça ne me serait pas encore égal.
— Pourquoi tu ne l'épouses pas ?
— Oh, dit Anne, parce qu'il y aura un moment où cela me sera égal. J'attends ce moment-là.
— Et si ça ne vient pas ?
— Ça pourrait ne pas venir, dit Anne, si elle était ma première femme. Mais il y a toujours une espèce de dégradation. La première, tu l'aimeras très fort, pendant deux ans, mettons. Tu t'apercevras, à ce moment-là, qu'elle ne te fait plus le même effet.
— Pourquoi ? dit Angel. Si tu l'aimes.
— Je t'assure, dit Anne. C'est comme ça. Ce peut être plus de deux ans, ou moins, si tu as mal choisi. Alors tu t'aperçois qu'une autre te fait l'effet que te faisait la première. Mais, cette nouvelle fois-ci, ça ne dure qu'un an. Et ainsi de suite. Note que tu peux toujours voir la première, l'aimer et coucher avec elle, mais ce n'est plus la même chose. Ça devient une sorte de réflexe.
— C'est pas intéressant, ton truc, dit Angel. Je ne crois pas que je sois comme ça.
— Tu n'y peux rien, dit Anne. On est tous comme ça. En fait, on n'a besoin d'aucune femme, spécialement.
— Physiquement, dit Angel, peut-être.
— Non, dit Anne. Pas seulement physiquement ; même intellectuellement, aucune femme n'est indispensable. Elles sont trop carrées.
Angel ne dit rien. Ils étaient arrêtés dans le couloir, Anne adossé au chambranle de la porte de son bureau. Angel le regarda. Il respira un peu plus fort et puis il parla.
— C'est toi qui dis ça, Anne... C'est toi qui dis ça ?...
— Oui, dit Anne. Je le sais.

— Si on me donnait Rochelle, dit Angel, si elle m'aimait, je n'aurais jamais besoin qu'une autre femme m'aime.

— Si, dans deux, trois ou quatre ans. Et si elle t'aimait encore de la même façon à ce moment-là, c'est toi qui t'arrangerais pour changer.

— Pourquoi ?

— Pour qu'elle ne t'aime plus.

— Je ne suis pas comme toi, dit Angel.

— Elles n'ont pas d'imagination, dit Anne, et elles croient qu'il suffit d'elles pour remplir une vie. Mais il y a tellement d'autres choses.

— Non, dit Angel. Je disais ça aussi avant de connaître Rochelle.

— Cela n'a pas changé. Cela n'a pas cessé d'être vrai parce que tu connais Rochelle. Il y a tant de choses. Rien que cette herbe verte et pointue. Rien que toucher cette herbe et craquer entre ses doigts une coquille d'escargot jaune, sur ce sable sec et chaud et regarder les petits grains luisants et bruns qu'il y a dans ce sable sec, et le sentir dans ses doigts. Et voir un rail nu et bleu et froid, et qui sonne clair, et voir la vapeur sortir d'une buse d'échappement, ou quoi... je ne sais pas, moi...

— C'est toi qui dis ça, Anne...

— Ou ce soleil et les zones noires... et qui sait ce qu'il y a derrière... Ou les avions du professeur Mangemanche, ou un nuage, ou creuser dans la terre et trouver des choses. Ou entendre une musique.

Angel fermait les yeux.

— Laisse-moi Rochelle, supplia-t-il. Tu ne l'aimes pas.

— Je l'aime, dit Anne. Mais je ne peux pas faire plus, ni que le reste n'existe pas. Je te la laisse, si tu veux. Elle ne veut pas. Elle veut que je pense tout le temps à elle, et que je vive en fonction d'elle.

— Encore, dit Angel. Dis-moi ce qu'elle veut.

— Elle veut que le reste du monde soit mort et desséché. Elle veut que tout s'écroule et que nous restions seuls tous les deux. Elle veut que je prenne la place d'Amadis Dudu. Alors, elle sera ma secrétaire.

— Mais tu l'abîmes, murmura Angel.

— Tu voudrais que ce soit toi ?
— Je ne l'abîmerais pas, dit Angel. Je ne la toucherais pas. Juste l'embrasser, et la mettre nue dans une étoffe blanche.
— Elles ne sont pas comme ça, dit Anne. Elles ne savent pas qu'il y a autre chose. Du moins très peu le savent. Ce n'est pas leur faute. Elles n'osent pas. Elles ne se rendent pas compte de ce qu'il y a à faire.
— Mais qu'est-ce qu'il y a à faire ?
— Être par terre, dit Anne. Être par terre sur ce sable avec un peu de vent et la tête vide ; ou marcher et voir tout, et faire des choses, faire des maisons de pierre pour les gens, leur donner des voitures, de la lumière, tout ce que tout le monde peut avoir, pour qu'ils puissent ne rien faire aussi et rester sur le sable, au soleil, et avoir la tête vide et coucher avec des femmes.
— Tantôt tu veux, dit Angel, et tantôt non.
— Je veux tout le temps, dit Anne, mais je veux le reste aussi.
— N'abîme pas Rochelle, dit Angel.
Il implorait, la voix tremblante. Anne se passa la main sur le front.
— Elle s'abîme elle-même, dit-il. Tu ne pourras pas l'empêcher. Après, quand je l'aurai quittée, elle aura l'air très abîmée, mais si elle t'aime, cela reviendra très vite. Presque comme avant. Pourtant, elle s'abîmera de nouveau deux fois plus vite, et tu ne pourras pas le supporter.
— Alors ?... dit Angel.
— Alors, je ne sais pas ce que tu feras, dit Anne. Et au fur et à mesure, elle s'abîmera avec une rapidité qui augmentera en progression géométrique.
— Tâche d'être horrible avec elle, dit Angel.
Anne rit.
— Je ne peux pas encore. Je l'aime encore, j'aime coucher avec elle.
— Tais-toi, dit Angel.
— Je vais finir mes calculs, dit Anne. Tu es ballot. Il y a des jolie filles partout.
— Elles m'ennuient, dit Angel. J'ai trop de peine.
Anne lui serra l'épaule dans sa main forte.

— Va te balader, dit-il. Va prendre l'air un peu. Et pense à autre chose.
— Je voulais me promener, dit Angel. C'est toi qui n'as pas voulu. Je ne peux pas penser à autre chose. Elle a tellement changé.
— Mais non, dit Anne. Elle sait seulement un peu mieux se débrouiller dans un lit.
Angel renifla et s'en alla. Anne riait. Il ouvrit sa porte et rentra dans son bureau.

II

Les pieds d'Angel dérapaient dans le sable chaud et il sentait les grains menus courir entre ses orteils, à travers la grille de cuir de ses spartiates. Il avait encore dans les oreilles les paroles d'Anne et la voix d'Anne, mais ses yeux voyaient la figure douce et fraîche de Rochelle, assise devant la machine à écrire dans le bureau d'Amadis Dudu, l'arc net de ses sourcils et sa bouche brillante.

Loin, devant lui, la première bande noire tombait sans un pli, coupant le sol d'une ligne sombre qui collait étroitement aux sinuosités des dunes, droite et inflexible. Il marchait vite, autant qu'il pouvait sur ce terrain instable, perdant quelques centimètres à chaque pas qu'il faisait en montant, et redégringolant les pentes arrondies à grande vitesse, heureux, physiquement, que ses empreintes soient les premières à marquer la piste jaune. Peu à peu sa peine se calmait, séchée, insidieusement, par la pureté poreuse de tout ce qui l'entourait, par la présence absorbante du désert.

La frange d'ombre se rapprochait, élevant indéfiniment une muraille nue et terne, plus attirante qu'une ombre vraie, car c'était plutôt une absence de lumière, un vide compact, une solution de continuité dont rien ne venait troubler la rigueur.

Il lui restait encore quelques pas à faire, et Angel entrerait dans le noir. Il était au pied de la muraille, et il avança timidement la main. Sa main disparut devant ses yeux et il sentit le froid de l'autre zone. Sans hésiter, il y pénétra tout entier, et le voile obscur l'enveloppa tout d'un coup.

Il marcha lentement. Il avait froid ; son cœur battait plus fort. Il fouilla dans sa poche, prit une boîte d'allumettes, en fit craquer une. Il eut l'impression qu'elle s'enflammait, mais la nuit restait complète. Il laissa tomber l'allumette, un peu effrayé, et se frotta les yeux. De nouveau, soigneusement, il gratta le petit morceau de phosphore sur la surface rugueuse de la boîte. Il entendit le chuintement de l'allumette qui prenait feu. Il remit la boîte dans sa poche gauche, et à tâtons, au jugé, approcha son index libre du mince éclat de bois. Il le retira aussitôt de la brûlure, et lâcha la seconde allumette.

Il se retourna avec précaution, et tenta de revenir à son point de départ. Il eut l'impression de marcher plus longtemps qu'à l'aller, et c'était toujours la nuit impénétrable. Il s'arrêta une seconde fois. Son sang circulait plus vite dans ses veines, et ses mains étaient glacées. Il s'assit ; il devait se calmer ; il mit ses mains sous ses aisselles pour se réchauffer.

Il attendit. Les battements de son cœur diminuaient d'intensité. Il conservait dans ses membres l'impression des mouvements exécutés depuis son entrée dans le noir. Posément, sans hâte, il s'orienta de nouveau, et d'un pas décidé marcha vers le soleil. Quelques secondes plus tard, il sentit le contact du sable chaud, et le désert, immobile et jaune, flamba devant ses yeux clignotants. Très loin, il apercevait la vibration au-dessus du toit plat de l'hôtel Barrizone.

Il s'éloigna du mur d'ombre et se laissa choir sur le sable mobile. Devant ses yeux, une lumette glissait paresseusement sur une herbe longue et courbe, qu'elle recouvrait d'une pellicule irisée. Il s'étendit, creusant une place à chacun de ses membres, et, relâchant complètement ses muscles et son cerveau, il se laissa respirer, tranquille et triste.

III

RÉUNION

1.

Le président Ursus de Janpolent fronça les sourcils en arrivant, car l'huissier n'était pas à son poste. Il passa néanmoins et pénétra dans la salle de réunion. Il fronça le sourcil derechef : personne autour de la table. Il atteignit, de l'index et du pouce réunis, l'amorce de sa montre d'or, amorce matérialisée sous les espèces d'une chaîne du même métal, et tira. Chose étrange assez, cette mécanique irréprochable portait la même heure qui l'avait tant fait se presser peu auparavant. S'expliquant ainsi les absences combinées et non complotées, comme il lui en était venu le soupçon, de l'huissier et des membres du Conseil, il fit en courant le chemin du retour à sa limousine et enjoignit à son chauffeur zélé de le mener quelque part, pour ce qu'il ne faudrait point que l'on vît arriver le premier un président de Conseil d'administration, fichtre non !

2.

L'huissier, un rictus las aux lèvres, émergea du buen-retiro à temps pour se rendre, sans lambiner, à l'armoire grande où restaient les collections de cartes postales obscènes. Un rictus las aux lèvres, et les mains tremblantes et la braguette humide, car c'était son jour. Cela coulait encore un peu, lui allumant le bas de l'échine d'éclairs discordants et décroissants, et raidissant ses vieux muscles fessiers tannés par des ans de chaise.

3.

Le petit chien écrasé par Agathe Marion qui conduisait, comme d'habitude, sans regarder, avait les poumons d'une curieuse couleur verte, ainsi que le constata l'agent-voyer dont le balai agile précipita la charogne dans une bouche d'égout. L'égout se mit à vomir peu après, et l'on dut détourner la circulation pour quelques jours.

4.

Après divers avatars, provoqués tant par la malignité des humains ou des choses que par les lois inexorables de la probabilité, ils se rencontrèrent à la porte de la salle des séances la quasi-totalité des y convoqués, qui s'introduisaient dans ce lieu après les frottement palmaires et éjaculations de parcelles de salive en usage dans la société civilisée, et que la société militarisée remplace par des ports de mains au chef et des claquements solaires accompagnés, dans de certains cas, d'interjections brèves, et hurlées de loin, ce qui fait qu'à tout prendre, on pourrait estimer que le militaire est hygiénique, opinion de laquelle on est forcé, quoique, de se défaire quand on voit les latrines d'icelui, avec une exception faite pour les militaires amerlauds lesquels chient en rang et tiennent leurs chambres à caca en état de propreté et d'odeur désinfectante constantes, ainsi qu'il arrive dans certains pays où l'on soigne la propagande et où l'on a l'heur de tomber sur des inhabitants persuasibles par de tels moyens, ce qui est le cas général à condition que la propagande ainsi soignée ne le soit pas à l'aveuglette, mais en tenant compte des désirs révélés par les offices de prospection et d'orientation, comme aussi de résultats de référenda que les gouvernements heureux ne manquent pas de prodiguer pour le bonheur encore accentué des peuplages qu'ils administrent.

Ainsi, le Conseil commença. Il en manquait qu'un membre, empêché, et qui vint, deux jours après, s'excuser, mais l'huissier fut sévère.

5.

— Messieurs, je donne la parole à notre dévoué secrétaire.

— Messieurs, avant de vous communiquer les résultats bruts des premières semaines de travaux, je désire vous don-

ner lecture, le rapporteur étant absent, du rapport reçu d'Exopotamie qu'il m'a heureusement fait tenir en temps voulu, et je désire, ici, rendre hommage à cette prudence, tout à l'honneur de sa prévoyance, car nul n'est à l'abri d'un contretemps.
— Tout à fait d'accord !
— De quoi s'agit-il ?
— Vous savez bien.
— Ah ! je me rappelle !
— Messieurs, voici la note en question.
— Malgré les difficultés de tous ordres, les efforts et l'ingéniosité du directeur technique Amadis Dudu ont abouti à la mise en place de tout le matériel nécessaire et il n'est pas besoin d'insister sur les capacités de dévouement et d'abnégation, ainsi que sur le courage et l'habileté professionnelle du directeur technique Dudu, car les énormes difficultés rencontrées, ainsi que la lâcheté sournoise et la malignité des agents d'exécution, des éléments et des ingénieurs en général, à l'exception du contremaître Arland, font que cette tâche, presque impossible, ne saurait être menée à bien que par lui.
— Tout à fait d'accord.
— Ce rapport est excellent.
— Je n'ai pas saisi. De quoi s'agit-il ?
— Mais si, vous savez bien !
— Ah ! Oui ! Passez-moi vos cartes.
— Messieurs, une circonstance se présente à laquelle il n'était pas possible d'apporter un remède préventif ou modificatoire ; c'est l'existence sur place, et dans l'axe juste de la voie future, d'un hôtel dit Hôtel Barrizone, et qu'il faut, propose notre directeur Dudu, exproprier, puis détruire partiellement par les moyens les plus convenables.
— Savez-vous ce que c'est qu'une lumette ?
— Cette position est renversante !
— Je crois qu'il faut donner notre approbation.
— Messieurs, je vais procéder à un vote à main levée.
— C'est inutile.
— Tout le monde est tout à fait d'accord.
— Parfaitement, il faut exproprier Barrizone.

— Messieurs, Barrizone sera donc exproprié. Notre secrétaire va s'occuper des démarches Étant donné qu'il s'agit d'une entreprise d'intérêt public, nul doute que les formalités à remplir ne soient très réduites.

— Messieurs, je propose un vote de félicitations à l'adresse de l'auteur du rapport qui vous a été lu, et qui n'est autre que notre directeur technique, Amadis Dudu.

— Messieurs, je pense que vous serez tous d'accord pour adresser une note de félicitations à Dudu, comme le propose notre éminent collègue Marion.

— Messieurs, selon les termes du rapport, l'attitude des subordonnés de Dudu se révèle odieuse. Je crois qu'il serait sage de diminuer leur traitement de vingt pour cent.

— On pourrait verser l'économie réalisée au compte de M. Dudu, au titre d'amélioration de son indemnité de déplacement.

— Messieurs, Dudu se refusera certainement à accepter quoi que ce soit.

— Tout à fait d'accord.

— Et puis ça fera des économies.

— On n'augmentera pas Arland non plus ?

— C'est absolument inutile. Ces hommes ont leur conscience pour eux.

— Mais on diminue les autres, naturellement.

— Messieurs, toutes ces décisions seront consignées par le secrétaire dans le procès-verbal de la séance. L'ordre du jour n'appelle aucune observation ?

— Que dites-vous de cette position ?

— C'est renversant !

— Messieurs, la séance est levée.

IV

Cuivre et Athanagore, bras dessus, bras dessous, arpentaient la piste en direction de l'hôtel Barrizone. Ils avaient laissé dans la galerie Brice et Bertil. Ceux-ci ne voulaient pas sortir avant d'avoir dégagé complètement la salle immense découverte quelques jours plus tôt. Les machines creusaient sans arrêt et c'étaient de nouveaux couloirs, de nouvelles salles, communiquant entre elles par des avenues bordées de colonnes, et regorgeant d'objets précieux tels que des épingles à cheveux, des fibules de savon et de bronze malléable, des statuettes votives, sans les urnes ou avec, et des tas de pots. Le marteau d'Atha ne chômait pas. Mais il fallait un peu de repos et de changement d'idées à l'archéologue, et Cuivre venait avec lui.

Ils montaient et descendaient les pentes arrondies, et le soleil les enveloppait d'or. Ils aperçurent la façade de l'hôtel et les fleurs rouges du haut de la dune d'où l'on dominait aussi tout le chantier du chemin de fer. Les agents d'exécution s'affairaient autour de piles immenses de rails et de traverses et Cuivre distingua les silhouettes, plus grêles, de Didiche et d'Olive qui jouaient sur les tas de bois. Sans s'arrêter, ils gagnèrent le bar de l'hôtel.

— Salut, la Pipe, dit Athanagore.

— Bon giorno, dit Pippo... Faccè la barba a six houres c'to matteïgno ?

— Non, dit Athanagore.

— Putain de nocce cheigno Benedetto !... s'exclama Pippo... Vous n'avez pas honte, patron ?

— Non, dit Athanagore. Ça marche, les affaires ?

— C'est la misère, dit Pippo. C'est la misère qui nous rend fous. Quand j'étais chef de rang trancheur à Spa, il fallait voir !... Mais ici !... C'est des pourrrques !...

— Des quoi ? demanda Cuivre.

— Des pourrrques. Des cochons, quoi !

— Donne-nous à boire, dit l'archéologue.

— Que je leur fous une de ces tartinasses diplomatiques, que je les envoie jusqu'à Versovie, dit Pippo.

Il illustrait cette menace d'une mimique appropriée qui consistait à tendre la main droite en avant, le pouce replié sur la paume.

Athanagore sourit.

— Donne-nous deux Turin.

— Voilà, patron, dit Pippo.
— Et qu'est-ce qu'ils vous ont fait ? demanda Cuivre.
— Eh, dit Pippo. Ils veulent me foutre ma baraque en l'air. Fini. Elle est morte.
Il se mit à chanter.
— Quant il a vu Guillaume.
Que Vittorio va le plaquer.
Il envoya-z-à Rome
Bülow pour contratter...
— C'est joli, ça, dit l'archéologue.
— Donne-lui Trente et Trieste,
Et même tout le Trentin.
Dis-lui-z-à Vittorio-o,
Que ça lui coûte rien.
Mais dans un aéro —
Gabriele D'Annunzio
Chantait comme un zoizeau.
Chi va piano va sano...
— J'ai entendu ça quelque part, dit l'archéologue.
— Chi va sano va lontano.
Chi va forte va à la morte.
Evviva la liberta !
Cuivre applaudit. Pippo ténorisait avec ce qui lui restait de voix, passablement éraillée. On entendit des coups sourds au plafond.
— Qu'est-ce que c'est ? demanda l'archéologue.
— Eh, c'est l'autre pourrrque ! dit Pippo.
Il avait, comme toujours, l'air à la fois furieux et réjoui. Il reprit :
— Amapolis Dudu. Il n'aime pas que je chante.
— Amadis, rectifia Cuivre.
— Amadis, Amapolis, Amadou, qu'est-ce que ça peut nous foutre ?
— Qu'est-ce que c'est que cette histoire de baraque ? dit Atha.
— C'est des histoires diplomatiques à Amapolis, dit Pippo. Il veut m'extérioriser... Putain, il n'a que des mots comme ça dans la gueule, ce pourrrque ! Il dit qu'il n'envisageait pas ça.

— T'exproprier ? dit Atha.
— C'est ça, dit Pippo. C'et le mot terrestre.
— Tu n'auras plus besoin de travailler, dit Atha.
— Qu'est-ce que j'en ai à foutre de leurs vacances ? dit Pippo.
— Bois un coup avec nous, dit Atha.
— Merci, patron.
— C'est le chemin de fer qui est gêné par l'hôtel ? demanda Cuivre.
— Oui, dit Pippo. C'est leur putain de chemin de fer. Tchin' Tchin'.
— Tchin' Tchin', répéta Cuivre, et ils vidèrent leurs verres tous les trois.
— Est-ce qu'Angel est là ? demanda Atha.
— Il est dans sa chambre, je crois, dit Pippo. Je ne suis pas sûr, hein. Je crois simplement. Il dessine, encore.
Il appuya sur une sonnerie derrière le bar.
— Il va venir, s'il est là, hein.
— Merci, dit l'archéologue.
— Cet Amapolis, conclut Pippo, c'est un pourrrque.
Il se remit à fredonner en essuyant des verres.
— Combien te dois-je ? dit l'archéologue, voyant qu'Angel ne descendait pas.
— Trente francs, dit Pippo. C'est la misère.
— Voilà, dit l'archéologue. Tu viens avec nous, voir le chantier ? Angel ne doit pas être chez lui.
— Eh ! je ne peux pas ! dit Pippo. Ils sont tous comme des mouches autour de moi, et si je m'en vais, ils vont tout boire.
— Alors, à bientôt, dit l'archéologue.
— A bientôt, patron.
Cuivre lui fit un beau sourire et Pippo se mit à bégayer ; puis, elle sortit derrière Atha et ils prirent le chemin du chantier.
L'air sentait les fleurs et la résine. Des herbes vertes, coupées sauvagement, s'amoncelaient en tas des deux côtés d'une espèce de piste tracée par les niveleuses, et de leurs tiges raides s'échappaient lentement de grosses gouttes vitreuses et odorantes, qui roulaient sur le sable et s'enrobaient de grains

jaunes. La voie suivait ce tracé amorcé par les machines selon les indications d'Amadis. Athanagore et Cuivre regardaient avec une vague tristesse les masses d'herbe dures rangées sans goût de part et d'autre du chemin, et les ravages exercés sur la surface lisse des dunes. Ils montèrent, puis descendirent, remontèrent encore et virent enfin le chantier.

Nus jusqu'à la ceinture, Carlo et Marin, courbés sous un soleil sans personnalité, agrippaient des deux mains des marteaux pneumatiques de fort calibre. L'air retentissait de pétarades sèches des engins, et du grondement du compresseur qui tournait à quelque distance de là. Ils travaillaient sans relâche, à demi aveuglés par le jet de sable soulevé par l'échappement et qui se collait à leur peau moite. Une mesure de voie était déjà aplanie et les deux côtés de la fouille s'élevaient nets et coupants. Ils avaient tranché dans la dune et se stabilisaient au niveau moyen du désert calculé par Anne et Angel selon les relevés topographiques effectués au préalable, et bien inférieur à la surface du sol qu'ils foulaient d'ordinaire. Il faudrait sans doute établir toute cette partie de la voie en déblai, et les monceaux de sable s'accumulaient des deux côtés.

Athanagore fronça le sourcil.

— Ça va être joli !... murmura-t-il.

Cuivre ne répondit rien. Ils se rapprochèrent des deux hommes.

— Bonjour, dit l'archéologue.

Carlo releva la tête. Il était grand et blond et ses yeux bleus, injectés de sang, paraissaient ne pas voir son interlocuteur.

— Salut !... murmura-t-il.

— Ça avance... apprécia Cuivre.

— C'est dur, dit Carlo. Tout dur. Comme de la pierre. Il n'y a que la couche du dessus qui soit du sable.

— C'est forcé, expliqua Athanagore. Il n'y a jamais de vent : le sable s'est pétrifié.

— Pourquoi pas en surface, alors ? demanda Carlo.

— Jusqu'à l'endroit où la chaleur du soleil cesse de pénétrer, expliqua l'archéologue, il ne pouvait pas y avoir de pétrification.

— Ah ! dit Carlo.

Marin s'arrêta à son tour.

— Si on arrête, dit-il, on va avoir ce salaud d'Arland sur le râble.

Carlo remit son marteau pneumatique en marche.

— Vous êtes tout seuls pour faire ça ? demanda Athanagore.

Il était forcé de crier pour dominer le vacarme infernal du marteau. Le long fleuret d'acier attaquait le sable en faisant jaillir une poussière bleuâtre, et, sur les deux poignées horizontales, les mains dures de Carlo se contractaient avec une sorte de désespoir.

— Tout seuls... dit Marin. Les autres cherchent le ballast.

— Les trois camions ? hurla Athanagore.

— Oui, répondit Marin sur le même ton.

Il avait une tignasse brune et hirsute, du poil sur le thorax et une figure de gosse ravagée. Ses yeux quittèrent l'archéologue et s'attardèrent sur la jeune femme.

— Qui c'est ? demanda-t-il à l'archéologue en arrêtant à son tour son marteau.

— Je m'appelle Cuivre, dit-elle en lui tendant la main. On fait le même boulot que vous, mais en dessous.

Marin sourit et serra doucement les doigts nerveux dans sa main sèche et craquelée.

— Salut... dit-il à son tour.

Carlo continuait à travailler. Marin regarda Cuivre avec regret.

— On ne peut pas s'arrêter, à cause d'Arland, sans ça, on aurait été prendre un verre.

— Et ta femme ?... cria Carlo.

Cuivre se mit à rire.

— Elle est jalouse comme ça ?

— Mais non, dit Marin, elle sait bien que je suis sérieux.

— T'aurais du mal, observa Carlo. Pas beaucoup le choix dans le coin...

— On se verra dimanche, promit Cuivre.

— Après la messe, dit Marin, pour rigoler.

— On ne va pas à la messe, par ici.

— Il y a un ermite, dit Athanagore. En principe, on ira voir l'ermite le dimanche.
— Qui est-ce qui a dit ça ? protesta Marin. J'aime mieux boire un coup avec la petite.
— L'abbé viendra vous expliquer tout ça, dit l'archéologue.
— Oh, zut, dit Marin. J'aime pas les curés.
— Qu'est-ce que tu veux faire d'autre ? lui fit remarquer Carlo. Tu veux te balader avec ta femme et les gosses ?
— Je n'aime pas les curés non plus, dit Athanagore, mais celui-là n'est pas comme les autres.
— Je sais, dit Marin, mais il a une soutane quand même.
— C'est un rigolo, dit Cuivre.
— C'est les plus dangereux.
— Grouille-toi, Marin, dit Carlo, ce salaud d'Arland va nous tomber sur le poil.
— On y va... murmura l'autre.
Les marteaux pneumatiques reprirent leur percussion brutale, et, de nouveau, le sable jaillit dans l'air.
— Au revoir, les garçons, dit Athanagore. Buvez un coup chez Barrizone et mettez ça sur mon ardoise.
Il s'éloigna. Cuivre agita la main vers Carlo et Marin.
— A dimanche ! dit Marin.
— Ta gueule ! dit Carlo. C'est pas pour ta poire !
— C'est un vieux con, dit Marin.
— Non, dit Carlo. Il a l'air brave.
— C'est un bon vieux con, dit Marin. Il y en a aussi.
— Tu nous fais chier, dit Carlo.
Il essuya la sueur de sa figure d'un revers de bras. Ils pesaient légèrement sur les masses pesantes. Des blocs compacts se détachaient et s'effondraient devant eux et le sable leur brûlait la gorge. Ils avaient l'oreille faite au bruit régulier des marteaux, tant qu'ils pouvaient murmurer et s'entendre. Ils se parlaient d'habitude en travaillant, pour alléger la peine qu'ils avaient, car il n'y aurait point de fin, et voici que Carlo rêvait tout haut.
— Quand on aura fini...
— On n'aura pas fini.

— Le désert ne dure pas tout le long...
— Il y a d'autre travail.
— Nous aurons le droit de nous étendre un peu...
— Nous pourrions nous arrêter de travailler...
— Nous serions tranquilles...
— Il y aurait de la terre, de l'eau, des arbres et la belle fille.
— S'arrêter de creuser...
— On n'aura jamais fini.
— Il y a ce salaud d'Arland.
— Il ne fait rien, il gagne plus.
— Cela n'arrivera pas.
— Peut-être que le désert dure jusqu'au bout.

Leurs doigts durs enserraient les poignées, le sang séchait dans leurs veines, et leur voix n'était plus perceptible, un murmure, une plainte contenue, couverte par la vibration des marteaux et qui dansait, bourdonnante autour de leurs figures en sueur, au coin de leurs lèvres brûlées. Dans le tissu compact de leur peau brune jouaient des muscles noueux, en bosses arrondies, qui remuaient comme des bêtes coordonnées.

Les yeux de Carlo se fermaient à demi, il sentait le long de ses bras tous les gestes du fleuret d'acier et le guidait, sans le voir, instinctivement.

Derrière eux s'ouvrait la grande tranche d'ombre de la coupure déjà creusée, au fond nivelé grossièrement et ils s'enfonçaient de plus en plus profondément dans la dune pétrifiée. Leurs têtes affleuraient le niveau de leur nouvelle entaille, et, loin sur l'autre dune, ils aperçurent un instant les silhouettes réduites de l'archéologue et de la fille orange. Et puis les blocs se détachèrent et roulèrent derrière eux. Ils seraient bientôt forcés de s'arrêter pour évacuer l'énorme amoncellement de déblais ; les camions n'étaient pas encore revenus. Les chocs répétés du piston d'acier sur la tige du fleuret et le sifflement de l'air d'échappement se répercutaient contre les parois de l'entaille avec une force intolérable, mais ni Marin ni Carlo ne l'écoutaient plus. Il y avait devant leurs yeux des étendues fraîches et vertes et des filles robustes, nues dans l'herbe, qui les attendaient.

V

Amadis Dudu relut le message qu'il venait de recevoir et qui portait l'en-tête du Siège général et la signature de deux membres du Conseil d'administration, dont le président. Ses yeux s'attardèrent sur certains mots avec une satisfaction gourmande et il commençait à préparer des phrases dans sa tête pour impressionner l'auditoire. Il fallait les réunir dans la grande salle de l'hôtel Barrizone ; le plus tôt serait le mieux. Après le travail, de préférence, et de toute façon. Et voir au préalable si Barrizone disposait d'une estrade. Une clause de la lettre concernait Barrizone lui-même et son hôtel. Les démarches allaient vite quand une puissante société s'en occupait. Les plans du chemin de fer étaient pratiquement terminés, mais toujours pas de ballast. Les camionneurs cherchaient sans relâche ; ils donnaient quelquefois de leurs nouvelles, ou bien l'un d'eux surgissait à l'improviste, avec son camion, et repartait presque aussitôt. Amadis était un peu exaspéré par cette histoire de ballast, mais la voie se construisait tout de même, à quelque distance du sol, sur des cales. Carlo et Marin ne faisaient rien. Heureusement, Arland réussissait à en tirer le maximum, et, à eux deux, ils arrivaient à poser trente mètres de voie par jour ; d'ici quarante-huit heures, on commencerait à couper l'hôtel en deux.

On frappa à la porte.

— Entrez ! dit sèchement Amadis.

— Bon giorno, dit la Pipe en entrant.

— Bonjour, Barrizone, dit Amadis. Vous désirez me parler ?

— Si, dit Pippo. Qu'est-ce qu'ils viennent faire, ces putains de chemins de fer, à le mettre juste devant mon hôtel ? Qu'est-ce que j'en ai à foutre ?

— Le Ministre vient de signer le décret d'expropriation vous concernant, dit Amadis. Je comptais vous en aviser ce soir.

— C'est des histoires diplomatiques et majuscules, ça, dit Pippo. Quand est-ce qu'ils vont enlever ça ?

— On va être obligés de démolir l'hôtel pour le faire passer au milieu, dit Amadis. Il fallait que je vous informe.

— Quoi ? dit Pippo. Démolir le fameux hôtel Barrizone ? Que ceux qui ont goûté de mes spaghetti à la Bolognese sont restés avec la Pipe toute leur vie.

— C'est regrettable, dit Amadis, mais le décret est signé. Considérez que l'hôtel est réquisitionné au profit de l'État.

— Et moi, alors ? dit Pippo. Qu'est-ce que je fous, là-dedans ? Je n'ai plus qu'à retourner chef de rang trancheur, hein ?

— Vous serez indemnisé, dit Amadis. Pas immédiatement, sans doute.

— Les pourrrques ! murmura Pippo.

Il tourna le dos à Amadis et sortit sans refermer la porte. Amadis le rappela.

— Fermez votre porte !

— Eh, ce n'est plus ma porte, dit la Pipe, furieux. Fermez-la vous-même !

Il s'en alla en marmottant des jurons à résonance méridionale.

Amadis pensa qu'il aurait dû faire réquisitionner Pippo en même temps que l'hôtel, mais le processus était plus complexe et les formalités auraient demandé trop de temps. Il se leva et fit le tour de son bureau. Il se trouva nez à nez avec Angel qui entrait sans frapper, et pour cause.

— Bonjour, monsieur, dit Angel.

— Bonjour, dit Amadis, sans lui tendre la main.

Il acheva son tour et se rassit.

— Fermez votre porte, s'il vous plaît, dit-il. Vous désirez me parler ?

— Oui, dit Angel. Quand serons-nous payés ?

— Vous êtes bien pressés.

— J'ai besoin d'argent et nous devrions être payés depuis trois jours.

— Est-ce que vous vous rendez compte que nous sommes dans un désert ?

— Non, dit Angel. Dans un vrai désert il n'y a pas de chemin de fer.
— C'est un sophisme, estima Amadis.
— C'est ce qu'on voudra, dit Angel. Le 975 passe souvent.
— Oui, dit Amadis, mais on ne peut pas confier un envoi à un conducteur fou.
— Le receveur n'est pas fou.
— J'ai voyagé avec lui, dit Amadis. Je vous assure qu'il n'est pas normal.
— C'est long, dit Angel.
— Vous êtes un gentil garçon, dit Amadis... Physiquement, je veux dire. Vous avez... une peau assez plaisante. Aussi, je vais vous apprendre quelque chose que vous ne saurez que ce soir.
— Mais non, dit Angel, puisque vous allez me le dire.
— Je vous le dirai si vous êtes vraiment un gentil garçon. Approchez-vous.
— Je ne vous conseille pas de me toucher, dit Angel.
— Regardez-le ! Il prend la mouche tout de suite ! s'exclama Amadis. Ne soyez pas si raide, voyons !
— Ça ne me dit rien du tout.
— Vous êtes jeune. Vous avez tout le temps de changer.
— Est-ce que vous me dites ce que vous avez à me dire ou est-ce que je dois m'en aller ? dit Angel.
— Eh bien, vous allez être diminués de vingt pour cent.
— Qui ?
— Vous, Anne, les agents d'exécution, et Rochelle. Tous, sauf Arland.
— Quel salaud, cet Arland ! murmura Angel.
— Si vous montriez de la bonne volonté, dit Amadis, j'aurais pu vous éviter ça.
— Je suis plein de bonne volonté, dit Angel. J'ai terminé mon travail trois jours plus tôt que vous ne me l'aviez demandé, et j'ai presque fini le calcul des éléments de la gare principale.
— Je n'insiste pas sur ce que moi j'entends par bonne volonté, dit Amadis. Pour plus d'éclaircissements, vous pourriez vous adresser à Dupont.

— Qui est Dupont ?
— Le cuisinier de l'archéologue, dit Amadis. Un gentil garçon, ce Dupont, mais quelle garce !
— Ah, oui ! Je vois qui vous voulez dire.
— Non, dit Amadis. Vous confondez avec Lardier. Lardier, il me dégoûte.
— Pourtant... dit Angel.
— Non, vraiment, Lardier est répugnant. D'ailleurs, il a été marié.
— Je comprends.
— Vous ne pouvez pas me blairer, hein ? demanda Amadis.
Angel ne répondit pas.
— Je sais bien. Cela vous gêne. Je n'ai pas l'habitude de faire des confidences à n'importe qui, vous savez, mais je vais vous avouer que je me rends parfaitement compte de ce que vous pensez tous de moi.
— Et alors ? dit Angel.
— Alors, je m'en fous, dit Amadis. Je suis pédéraste et qu'est-ce que vous voulez y changer ?
— Je ne veux rien y changer, dit Angel. En un sens je préfère ça.
— A cause de Rochelle ?
— Oui, dit Angel. A cause de Rochelle. J'aime mieux que vous ne vous occupiez pas d'elle.
— Parce que je suis séduisant ? demanda Amadis.
— Non, dit Angel. Vous êtes affreux, mais c'est vous le patron.
— Vous avez une drôle de façon de l'aimer, dit Amadis.
— Je sais comment elle est. Ce n'est pas parce que je l'aime que je ne la vois pas.
— Comment pouvez-vous aimer une femme ? dit Amadis.
Il semblait se parler à lui-même.
— C'est inconcevable ! Ces choses molles qu'elles ont partout. Ces espèces de replis humides...
Il frissonna.
— Horrible...
Angel se mit à rire.

— Enfin, dit Amadis, de toute façon, ne prévenez pas Anne que vous êtes diminués. Je vous ai dit ça confidentiellement. De femme à homme.
— Merci, dit Angel. Vous ne savez pas quand l'argent arrivera ?
— Je ne sais pas. Je l'attends.
— Bon.
Angel baissa la tête, regarda ses pieds, ne leur trouva rien de spécial et releva la tête.
— Au revoir, dit-il.
— Au revoir, dit Amadis. Ne pensez pas à Rochelle.
Angel sortit et rentra aussitôt.
— Où est-elle ?
— Je l'ai envoyée à l'arrêt du 975 porter le courrier.
— Bon, dit Angel.
Il quitta la pièce et ferma la porte.

VI

Pourquoi ce type d'invariance avait-il échappé au calcul tensoriel ordinaire ?
G.WHITROW, *La Structure de l'Univers*, Gallimard, p. 144.

— Prêt ! dit l'interne.
— Tournez, dit Mangemanche.
D'un geste énergique, l'interne lança l'hélice de bois dur. Le moteur éternua, fit un rot méchant et il y eut un retour. L'interne poussa un glapissement et prit sa main droite dans sa main gauche.
— Ça y est ! dit Mangemanche. Je vous avais dit de vous méfier.
— Nom de dieu ! dit l'interne. Nom de dieu de nom de dieu de merde ! Qu'est-ce que ça déménage !
— Faites voir ?

L'interne tendit la main. L'ongle de son index était tout noir.
— C'est rien, dit Mangemanche. Vous avez encore votre doigt. Ça sera pour la prochaine fois.
— Non.
— Si, dit Mangemanche. Ou alors, faites attention.
— Mais je fais attention, dit l'interne. Je n'arrête pas de faire attention, et ce nom de dieu de merde de moteur me part tout le temps dans les pattes. J'en ai marre, à la fin.
— Si vous n'aviez pas fait ce que vous avez fait... dit sentencieusement le professeur.
— Oh, la barbe, avec cette chaise...
— Bon.
Mangemanche recula, prit son élan et envoya à l'interne un direct en pleine mâchoire.
— Oh!... gémit l'interne.
— Vous ne sentez plus votre main, maintenant, hein ?
— Grrr... fit l'interne.
Il paraissait prêt à mordre.
— Tournez ! dit Mangemanche.
L'interne s'arrêta et se mit à pleurer.
— Ah ! Non ! cria Mangemanche. Assez ! Vous pleurez tout le temps, à la fin ! Ça devient une manie. Foutez-moi la paix, et tournez cette hélice... Ça ne prend plus, vos larmes.
— Mais, ça n'a jamais pris, dit l'interne vexé.
— Justement. Je ne comprends pas que vous ayez le culot d'insister.
— Oh, ça va, dit l'interne. Je n'insiste pas.
Il fouilla dans sa poche et exhiba un mouchoir très dégoûtant. Mangemanche s'impatientait.
— Ça avance, oui ou zut ?
L'interne se moucha et remit le mouchoir dans sa poche. Puis, il s'approcha du moteur, et, d'un air réticent, s'apprêta à lancer l'hélice.
— Allez ! commanda Mangemanche.
L'hélice fit deux tours, le moteur crachota soudain et partit, et les pales vernies disparurent dans un tourbillon gris.
— Augmentez la compression, dit Mangemanche.

— Je vais me brûler ! protesta l'interne.
— Oh !... dit le professeur excédé, ce que vous êtes...
— Merci, dit l'interne.
Il régla le petit levier.
— Arrêtez-le ! dit Mangemanche.
L'interne coupa l'arrivée d'essence en tournant le pointeau et le moteur s'arrêta, balançant son hélice d'un air mal assuré.
— Bon, dit le professeur. On va aller l'essayer dehors.
L'interne conservait son air renfrogné.
— Allons, dit Mangemanche. De l'entrain, que diable ! Ce n'est pas un enterrement.
— Pas encore, précisa l'interne, mais ça va venir.
— Prenez cet avion et amenez-vous, dit le professeur.
— On le laisse voler libre ou on l'attache ?
— Libre, bien sûr. Ça ne serait pas la peine d'être dans un désert.
— Jamais je ne me suis senti moins seul que dans ce désert-là.
— Assez de jérémiades, dit Mangemanche. Il y a une belle fille, vous savez, dans le coin. Elle a la peau d'une drôle de couleur, mais rien à dire sur sa forme.
— Oui ? demanda l'interne.
Il semblait plus compréhensif.
— Certes oui, dit Mangemanche.
L'interne rassemblait les éléments épars de l'avion qu'ils devaient monter à l'extérieur. Le professeur examina la pièce avec satisfaction.
— Gentille petite infirmerie que nous avons là, dit-il.
— Oui, dit l'interne. Pour ce qu'on y fait. Personne n'est malade dans ce sacré coin. Je suis en train d'oublier tout ce que je savais.
— Vous serez moins dangereux, assura Mangemanche.
— Je ne suis pas dangereux.
— Toutes les chaises ne sont pas de cet avis.
L'interne devint bleu roi et les veines de ses tempes se mirent à battre spasmodiquement.
— Écoutez, dit-il. Encore un mot sur cette chaise et je...
— Je quoi ? railla Mangemanche.

— J'en tue une autre...
— Quand vous voudrez, dit Mangemanche. En fait, qu'est-ce que vous voulez que ça me fasse ? Allons, venez.

Il sortit, et sa chemise jaune projeta dans l'escalier du grenier une lumière suffisante pour l'empêcher de trébucher sur les marches inégales. Mais l'interne n'y manqua point, et chut, sur les fesses, heureusement pour l'avion. Il arriva en bas presque en même temps que le professeur.

— C'est malin, dit celui-ci. Vous ne pouvez pas vous servir de vos pieds ?

L'interne se frotta les fesses d'une seule main. De l'autre, il maintenait les ailes et le fuselage du Ping 903.

Ils descendirent encore et se trouvèrent au rez-de-chaussée. Pippo, derrière son comptoir, vidait méthodiquement une bouteille de Turin.

— Salut ! dit le professeur.
— Bonjour, patron, dit Pippo.
— Ça va, les affaires ?
— Amapolis me fout dehors.
— Ce n'est pas vrai ?
— Il m'extériorise. Encore du majuscule. C'est pour de vrai.
— Il t'exproprie ?
— Eh, c'est comme il disait, fit la Pipe. Il m'extériorise.
— Qu'est-ce que tu vas faire ?
— Eh, je ne sais rien. Je n'ai plus qu'à me fourrer dans les cabinets, et c'est fini, elle est morte.
— Mais il est idiot, dit Mangemanche, ce type-là !

L'interne s'impatientait.

— On va le faire voler, cet avion ?
— Tu viens avec nous, la Pipe ? dit Mangemanche.
— Eh, je m'en fous, moi, de ce pourrrque d'avion !
— Alors, à tout à l'heure, dit Mangemanche.
— Au revoir, patron. Il est beau comme une cerise, cet avion.

Mangemanche sortit, suivi de l'interne.

— Quand est-ce qu'on peut la voir ? demanda ce dernier.
— Qui ?

— La belle fille.
— Oh, vous m'embêtez, dit Mangemanche. On va faire marcher cet avion, et c'est tout.
— Mince, alors, dit l'interne. Vous me faites miroiter ça devant les yeux, et puis pfuitt... plus rien. Vous êtes dur !
— Et vous ?
— Ben, je comprends que je le suis, dit l'interne. Ça fait trois semaines qu'on est là. Vous vous rendez compte, et j'ai pas fait ça une seule fois !
— Bien sûr ? dit Mangemanche. Même avec les femmes des agents d'exécution ? Qu'et-ce que vous faites à l'infirmerie le matin, quand je dors ?
— Je me... dit l'interne.
Mangemanche le regarda sans comprendre, et puis il éclata de rire.
— Bon sang ! dit-il. C'est... vous vous... C'est trop drôle !... C'est pour ça que vous êtes de si mauvaise humeur !...
— Vous croyez ? demanda l'interne un peu inquiet.
— Certainement. C'est très malsain.
— Oh ! dit l'interne. Vous ne l'avez jamais fait, hein ?
— Jamais tout seul, dit Mangemanche.
L'interne se tut, car ils gravissaient une haute dune et il avait besoin de tout son souffle. Mangemanche se remit à rire.
— Qu'est-ce qu'il y a ? demanda l'interne.
— Rien. Je pense seulement à la tête que vous devez avoir.
Il riait si fort qu'il s'effondra sur le sable. De grosses larmes jaillissaient de ses yeux et sa voix s'étranglait dans un hurlement d'allégresse. L'interne tournait la tête d'un air boudeur, et posa par terre les morceaux de l'avion qu'il se mit, agenouillé, à assembler tant bien que mal. Mangemanche reprenait son calme.
— D'ailleurs, vous avez très mauvaise mine.
— Vous êtes sûr ?
L'interne se sentait de plus en plus inquiet.
— Parfaitement sûr. Vous savez, vous n'êtes pas le premier.
— Je croyais... murmura l'interne.

Il considéra les ailes et la carlingue.
— Alors, vous pensez que d'autres l'ont fait avant moi ?
— Naturellement.
— Bien entendu, je le pensais aussi, dit l'interne. Mais dans les mêmes conditions ? Dans le désert, parce qu'il n'y a pas de femmes ?
— Sans doute, dit Mangemanche. Vous croyez que le symbole de saint Siméon Stylite signifie autre chose ? Cette colonne ? Ce type perpétuellement occupé de sa colonne ? Enfin, c'est transparent ! Vous avez étudié Freud, je suppose ?
— Mais non, dit l'interne. C'est démodé, voyons ! Il n'y a que les arriérés pour croire encore à ces choses-là.
— C'est une chose, dit Mangemanche, et la colonne en est une autre. Il y a tout de même des représentations et des transferts, comme disent les philosophes, et des complexes, et du refoulement, et de l'onanisme aussi dans votre cas particulier.
— Évidemment, dit l'interne, vous allez encore me dire que je ne suis qu'un crétin.
— Mais non, dit Mangemanche. Vous n'êtes pas très intelligent, c'est tout. On peut vous pardonner ça.
L'interne avait assemblé les ailes et le fuselage et disposait avec goût l'empennage. Il s'arrêta quelques instants pour réfléchir aux paroles de Mangemanche.
— Mais vous, lui dit-il. Comment faites-vous ?
— Comment est-ce que je fais quoi ?...
— Je ne sais pas...
— C'est une question vague, ça, dit Mangemanche. Si vague, dirai-je même, qu'elle en devient indiscrète.
— Je n'ai pas voulu vous vexer, dit l'interne.
— Oh, je sais bien. Mais vous avez le don de vous mêler de ce qui ne vous regarde pas.
— J'étais mieux là-bas, dit l'interne.
— Moi aussi, dit Mangemanche.
— J'ai le cafard.
— Ça va se passer. C'est ce sable.
— Ce n'est pas le sable. Cela manque d'infirmières, d'internes, de malades...

— De chaises aussi, hein ? dit Mangemanche.

L'interne hocha la tête et une expression d'amertume se répandit par plaques sur son visage.

— Vous me la reprocherez toute la vie, hein, cette chaise ?

— Ça ne fait encore pas très longtemps, dit Mangemanche. Vous ne vivrez pas vieux. Vous avez de trop mauvaises habitudes.

L'interne hésita, ouvrit la bouche et la referma sans rien dire. Il se mit à tripoter le cylindre et le moteur, et Mangemanche le vit sursauter, puis regarder sa main comme il l'avait fait une demi-heure auparavant. Une large déchirure saignait sur sa paume. Il se tourna vers Mangemanche. Il ne pleurait pas, mais il était très pâle et ses lèvres vertes.

— Il m'a mordu... murmura-t-il.

— Qu'est-ce que vous lui avez encore fait ? demanda Mangemanche.

— Mais... rien... dit l'interne.

Il posa l'avion sur le sable.

— Ça me fait mal.

— Faites voir.

Il tendit sa main.

— Passez-moi votre mouchoir, dit Mangemanche.

L'interne lui tendit son dégoûtant chiffon, et Mangemanche tant bien que mal lui banda la main en donnant tous les signes d'une répulsion prononcée.

— Ça va ?

— Ça va, dit l'interne.

— Je vais le lancer moi-même, dit le professeur.

Il saisit l'avion et mit adroitement le moteur en marche.

— Tenez-moi par la taille !... cria-t-il à l'interne pour dominer le bruit du moteur.

L'interne le saisit à pleins bras. Le professeur régla la vis d'admission et l'hélice se mit à tourner si vite que l'extrémité des pales commençait à passer au rouge sombre. L'interne se cramponnait à Mangemanche qui vacillait, secoué par le vent furieux du modèle.

— Je lâche, dit Mangemanche.

Le Ping 903 partit comme une balle et s'évanouit en quel-

ques secondes. Saisi, l'interne qui tirait toujours lâcha prise et s'étala. Il resta assis, le regard vide, tourné vers le point où l'avion venait de disparaître. Mangemanche renifla.
— Ma main me fait mal, dit l'interne.
— Otez cette loque, dit le professeur.
La plaie béait et des bourrelets verdâtres se soulevaient tout autour. Le centre, rouge noir, bouillonnait déjà à petites bulles rapides.
— Hé !... dit Mangemanche.
Il empoigna l'interne par le bras.
— Venez soigner ça !...
L'autre se leva et se mit à galoper sur ses jambes molles. Ils couraient tous deux vers l'hôtel Barrizone.
— Et l'avion ? dit l'interne.
— Il a l'air de marcher, dit Mangemanche.
— Il va revenir ?
— Je pense. Je l'ai réglé pour ça.
— Il va très vite...
— Oui.
— Comment va-t-il s'arrêter ?
— Je ne sais pas... dit Mangemanche. Je n'y avais pas du tout pensé.
— C'est ce sable... dit l'interne.
Ils entendirent un bruit aigu et quelque chose siffla un mètre au-dessus de leurs têtes, puis il y eut une sorte d'explosion et les vitres de la salle du rez-de-chaussée s'étoilèrent d'un trou net dont la forme était celle du Ping. A l'intérieur, ils entendirent des bouteilles tomber, l'une après l'autre, et se fracasser sur le sol.
— Je file en avant, dit Mangemanche.
L'interne s'arrêta et vit la silhouette noire du professeur dévaler la pente en trombe. Son col jaune vif luisait au-dessus de sa redingote démodée. Il ouvrit la porte et disparut dans l'hôtel. Puis l'interne regarda sa main et se remit à galoper à pas pesants et incertains.

VII

Angel espérait retrouver Rochelle et la raccompagner jusqu'au bureau d'Amadis et il se hâtait à travers les dunes, marchant vite dans les montées et courant à longues enjambées dans les descentes. A ce moment-là, ses pieds s'enfonçaient loin dans le sable avec un bruit étouffé et mat. Il atterrissait parfois sur une touffe d'herbe et percevait alors le craquement des tiges dures et l'odeur de résine fraîche.

L'arrêt du 975 se trouvait à deux mesures environ de l'hôtel. A l'allure d'Angel, il ne fallait pas longtemps. Il aperçut Rochelle qui revenait au moment où elle se détacha tout en haut de la dune. Il était dans le creux. Il voulait courir pour monter la pente, mais il ne pouvait pas et la rejoignit à mi-côte.

— Bonjour ! dit Rochelle.
— Je suis venu vous chercher.
— Anne travaille ?
— Je crois.

Il y eut un silence ; cela commençait mal. Heureusement, Rochelle se tordit le pied et prit le bras d'Angel pour consolider sa marche.

— Ce n'est pas commode, dans ces dunes, dit Angel.
— Non, avec des souliers à hauts talons, surtout.
— Vous en mettez toujours pour sortir ?
— Oh, je ne sors pas souvent. Je reste plutôt avec Anne à l'hôtel.
— Vous l'aimez beaucoup ? demanda Angel.
— Oui, dit Rochelle, il est très propre, et très bien bâti et très sain. J'aime énormément coucher avec lui.
— Mais intellectuellement... dit Angel.

Il s'efforçait de ne pas penser aux paroles de Rochelle. Elle rit.

— Intellectuellement, je suis servie. Quand j'ai fini de tra-

vailler avec Dudu, je ne songe pas à tenir des conversations intellectuelles !...
— Il est idiot.
— Il connaît son métier, en tout cas, dit Rochelle. Et je vous jure que, pour le travail, c'est un homme à qui on ne la fait pas.
— C'est un sale type.
— Ils sont très gentils avec les femmes.
— Il me dégoûte.
— Vous ne pensez qu'au physique.
— Ce n'est pas vrai, dit Angel. Avec vous, oui.
— Vous m'ennuyez, dit Rochelle. J'aime bien parler avec vous ; j'aime bien coucher avec Anne ; et j'aime bien travailler avec Dudu ; mais je ne peux pas imaginer que je coucherais avec vous. Cela me paraît obscène.
— Pourquoi ? dit Angel.
— Vous attachez tellement d'importance à ça...
— Non, j'attache de l'importance à ça avec vous.
— Ne dites pas ça. Ça... ça m'ennuie... ça me dégoûte un peu.
— Mais je vous aime, dit Angel.
— Mais oui, vous m'aimez, bien sûr. Ça me fait plaisir ; je vous aime bien aussi, comme si vous étiez mon frère, je vous l'ai déjà dit ; mais je ne peux pas coucher avec vous.
— Pourquoi ?
Elle eut un petit rire.
— Après Anne, dit-elle, on n'a plus envie de rien que de dormir.
Angel ne répondit pas. Elle était dure à tirer, car ses souliers la gênaient pour marcher. Il la regarda de profil. Elle portait un pull-over de tricot mince à travers lequel saillaient les pointes de ses seins, un peu affaissés, mais tentants encore. Son menton avait une courbe vulgaire, et Angel l'aimait plus que n'importe qui.
— Qu'est-ce qu'il vous fait faire, Amadis ?
— Il me dicte du courrier ou des rapports. Il a toujours du travail à me donner. Des notes sur le ballast, sur les agents d'exécution, sur l'archéologue, sur tout.
— Je ne voudrais pas que vous...

Il s'arrêta.
— Que je quoi ?
— Rien... Si Anne s'en allait, est-ce que vous iriez avec lui ?
— Pourquoi voulez-vous qu'Anne s'en aille ? Les travaux sont loin d'être terminés.
— Oh, dit Angel, je ne veux pas qu'Anne s'en aille. Mais s'il ne vous aimait plus ?
Elle rit.
— Vous ne diriez pas ça si vous le voyiez...
— Je ne veux pas le voir, dit Angel.
— Bien sûr, dit Rochelle. Ça serait dégoûtant. Nous ne nous tenons pas toujours très bien.
— Taisez-vous ! dit Angel.
— Vous m'ennuyez. Vous êtes toujours triste. C'est assommant.
— Mais je vous aime !... dit Angel.
— Mais oui. C'est assommant. Quand Anne en aura assez de moi, je vous ferai signe.
Elle rit encore.
— Vous allez rester célibataire longtemps !...
Angel ne répondit pas. Ils se rapprochèrent de l'hôtel. Soudain, il entendit un sifflement violent et le fracas d'une explosion.
— Qu'est-ce que c'est ? dit Rochelle distraitement.
— Je ne sais pas... dit Angel.
Ils s'arrêtèrent pour écouter. Il n'y eut qu'un silence ample et majestueux, puis un vague cliquetis de verre.
— Quelque chose est arrivé... dit Angel. Dépêchons-nous !..
C'était un prétexte pour la serrer un peu plus.
— Laissez-moi... dit Rochelle. Allez voir. Je vous retarderais.
Angel soupira et partit sans se retourner. Elle progressait avec précaution sur ses talons trop hauts. Maintenant, on entendait des bruits de voix.
Il vit, dans la paroi vitrée, un trou de forme précise. Des éclats de vitre jonchaient le sol. Des gens s'agitaient dans la salle. Angel poussa la porte et entra. Il y avait Amadis,

l'interne, Anne et le docteur Mangemanche. Devant le comptoir reposait le corps de Joseph Barrizone. La moitié supérieure de sa tête manquait.

Angel leva les yeux et vit, fiché dans le mur opposé à la façade vitrée, le Ping 903, engagé jusqu'au train d'atterrissage dans la maçonnerie. Sur le plan supérieur gauche, il y avait le reste du crâne de la Pipe qui glissa doucement jusqu'à l'extrémité effilée de l'aile et s'abattit sur le sol avec un choc mat, amorti par les cheveux noirs frisés de la Pipe.

— Qu'est-il arrivé ? dit Angel.

— C'est l'avion, expliqua l'interne.

— Je comptais justement, dit Amadis, lui apprendre que les agents d'exécution commenceront à couper l'hôtel demain soir. Il y avait des dispositions à prendre. C'est insupportable, écoutez.

Il semblait s'adresser à Mangemanche. Ce dernier taquinait nerveusement sa barbiche.

— Il faut le transporter, dit Anne. Aidez-moi.

Il prit le cadavre par les aisselles et l'interne saisit les pieds. A reculons, Anne se dirigea vers l'escalier. Il monta lentement ; il maintenait loin de lui la tête saignante de Pippo et le corps s'incurvait entre leurs bras pour traîner presque sur les marches, inerte et inconsistant. L'interne souffrait beaucoup à cause de sa main.

Amadis regarda la salle. Il regarda le docteur Mangemanche. Il regarda Angel. Rochelle, qui arrivait tout doucement, entra dans la pièce.

— Ah ! dit Amadis. Vous voilà ! Il y avait du courrier.

— Oui, dit Rochelle. Qu'y a-t-il ?

— Rien, dit Amadis. Un accident. Venez, j'ai des lettres urgentes à vous dicter. On vous expliquera ça.

Il alla rapidement vers l'escalier. Rochelle le suivait. Angel ne la quitta pas des yeux tout le temps qu'elle fut visible, puis il reporta son regard vers la tache noire devant le comptoir. Un des sièges de cuir blanc était tout éclaboussé de gouttelettes irrégulières en rangée lâche.

— Venez, dit le professeur Mangemanche.

Ils laissèrent la porte ouverte.

— C'est le modèle réduit ? dit Angel.

— Oui, répondit Mangemanche. Il marchait bien.
— Trop, dit Angel.
— Non, pas trop. Lorsque j'ai quitté mon cabinet, je pensais trouver le désert. Comment vouliez-vous que je sache qu'il y avait un restaurant en plein milieu ?
— C'est un hasard, dit Angel. Personne ne vous reproche rien.
— Vous croyez ?... dit Mangemanche. Je vous expliquerai. On se figure, lorsqu'on n'a jamais fait de modèle réduit, que c'est un divertissement un peu enfantin. Mais c'est inexact. Il y a autre chose. Vous n'en avez jamais fait ?
— Non.
— Vous ne pouvez pas vous rendre compte, alors. Il y a, positivement, une ivresse du modèle réduit. Courir derrière un modèle réduit qui file devant vous, tout droit, en montant lentement, ou qui tourne autour de votre tête avec un petit frémissement, tellement raide et gauche dans l'air, et qui vole... Je pensais que le Ping irait vite, mais pas si vite. C'est ce moteur.

Il s'arrêta brusquement.
— Je ne pensais plus à l'interne.
— Encore un accident ? demanda Angel.
— Il s'est fait mordre par le moteur, dit Mangemanche. Je l'ai laissé monter le corps de Pippo. Il a fait ça machinalement.

Ils revenaient sur leurs pas.
— Il faut que j'aille le soigner. Pouvez-vous m'attendre là ? Je ne serai pas long...
— Je vous attends, dit Angel.

Le professeur Mangemanche partit au pas de gymnastique et Angel le vit pénétrer dans l'hôtel.

Brillantes et vives, les fleurs d'hépatrol s'ouvraient largement aux nappes de lumière jaune qui s'abattaient sur le désert. Angel s'assit sur la table. Il avait l'impression de vivre au ralenti. Il regrettait de ne pas avoir aidé l'interne à porter Pippo.

De sa place, il entendait les coups amortis des lourds marteaux de Marin et Carlo qui enfonçaient dans les traverses pesantes les crampons à tête recourbée destinés à maintenir les rails. De temps à autre, une des masses de fer heurtait l'acier du rail, et en tirait un long cri vibrant qui perçait la poitrine. Plus loin encore, il percevait les rires joyeux de Didiche et Olive. Ils chassaient la lumette, pour changer.

Rochelle était une sale garce. De quelque façon qu'on la prenne. Et ses seins... De plus en plus bas. Anne va la bousiller complètement. La distendre. L'amollir. La presser. Une demi-peau de citron. Elle a toujours de belles jambes. La première chose qu'on...

Il s'arrêta et se mit à penser 45 degrés plus à gauche. Il est absolument inutile de formuler des commentaires obscènes à l'égard d'une fille qui, à tout prendre n'est qu'un trou, du poil autour, et qui... Encore 45 degrés, car ça ne suffit pas. Il faut la prendre et arracher ce qu'elle a sur le dos, et crocher dans ça à coups d'ongle, l'amocher à son tour. Mais, sortie des mains d'Anne, il ne restera plus rien à faire. Déjà tant abîmée, tant flétrie, cernes, marbrures, muscles mous, rodée, salie, relâchée. La cloche et son battant. De l'espace entre. Plus rien de frais. Plus rien de neuf. L'avoir eue avant Anne. La première fois. Son odeur neuve. Ceci pouvait se faire, par exemple, après avoir été traîner dans un petit club de danse, un retour en voiture, le bras autour de la taille, un accident, elle a peur. Ils viennent de renverser Cornélius Onte qui gît sur le trottoir. Il est heureux. Il n'ira pas en Exopotamie, et pour voir, Messieurs et Mesdames, l'homme embrasser la femme, il suffit de se retourner ; ou d'arriver, dans le train, au moment où l'homme embrasse la femme, car l'homme embrasse tout le temps la femme et la prend par tout le corps avec ses mains et cherche l'odeur de la femme sur tout le corps de la femme ; mais ce n'est pas l'homme qu'il faut. De cela résulte, en fait, l'impression de la possibilité, et il suffit de terminer sa vie à plat ventre sur une chose à se coucher, et de baver en laissant pendre sa tête, et de s'imaginer qu'on peut baver toute sa vie ; imagination déraisonnable s'il en fut, car on n'a pas assez de bave disponible pour ça. Baver, la tête pendante, a pourtant une action lénifiante et les gens ne le font pas assez. Il faut dire, à leur décharge...

Il est absolument inutile de formuler des commentaires obscènes à l'égard d'une fille qui...

Le professeur Mangemanche donna un petit coup de poing sur la tête d'Angel, qui tressaillit.

— Et l'interne ? demanda-t-il.

— Heu... dit Mangemanche.

— Quoi ?

— Je vais attendre jusqu'à demain soir, et on lui coupera la main.

— A ce point-là ?

— On peut vivre avec une main, dit Mangemanche.

— C'est sans main, dit Angel.

— Oui, dit Mangemanche. En poussant ce raisonnement assez loin, et compte tenu de certaines hypothèses de base, on doit arriver à vivre absolument sans corps.

— Ce ne sont pas des hypothèses admissibles, dit Angel.

— En tout cas, dit le professeur, je vous préviens qu'on va me coffrer bientôt.

Angel s'était relevé. Derechef, il s'éloignait de l'hôtel.

— Pourquoi ?

Le professeur Mangemanche atteignit un petit carnet dans sa poche intérieure gauche. Il l'ouvrit à la dernière page. Sur deux colonnes s'alignaient des noms. Un nom de plus dans la colonne de gauche que dans celle de droite.

— Regardez, dit le professeur.

— C'est votre carnet à malades ? dit Angel.

— Oui. Ceux de gauche, je les ai guéris. Ceux de droite sont morts. Tant que j'ai de l'avance à gauche, je peux y aller.

— Comment ça ?

— Je veux dire que je peux tuer des gens jusqu'à concurrence du nombre de gens que j'ai guéris.

— Les tuer de but en blanc ?

— Oui. Naturellement. Je viens de tuer Pippo et je suis juste à égalité.

— Mais vous n'aviez pas plus d'avance que ça !

— Après la mort d'une de mes malades, dit Mangemanche, il y a deux ans, j'ai fait de la neurasthénie, alors j'ai tué pas mal de gens. Bêtement, en fait ; je n'en ai pas vraiment profité.

— Mais vous pourriez en guérir de nouveaux, dit Angel, et vivre une vie tranquille.
— Personne n'est malade ici, dit le professeur. Je ne peux pas inventer. En outre, je n'aime pas la médecine.
— Mais l'interne ?
— C'est encore de ma faute. Si je le guéris, ça sera annulé. S'il en meurt...
— La main en moins, ça ne compte pas ?
— Oh, tout de même non ! dit le professeur. Tout de même pas une simple main !
— Je vois, dit Angel, qui ajouta : pourquoi va-t-on vous coffrer ?
— C'est la loi. Vous devriez le savoir.
— Vous savez, dit Angel, en général, on ne sait rien. Et les gens qui devraient savoir, même, c'est-à-dire ceux qui savent manipuler les idées, les triturer, et les présenter de telle sorte qu'ils s'imaginent avoir une pensée originale, ne renouvellent jamais leur fond de choses à triturer, de sorte que leur mode d'expression est toujours de vingt ans en avance sur la matière de cette expression. Il résulte de ceci qu'on ne peut rien apprendre avec eux parce qu'ils se contentent de mots.
— Ce n'est pas utile de vous perdre dans des discours philosophiques pour m'expliquer que vous ne connaissez pas la loi, dit le professeur.
— Certainement, dit Angel, mais il est nécessaire que ces réflexions trouvent leur place quelque part. Si tant est qu'il s'agisse de réflexions. Pour ma part j'inclinerais à les traiter de simples réflexes d'individu sain et susceptible de constater.
— Constater quoi ?
— Constater, objectivement, et sans préjugés.
— Vous pouvez ajouter : sans préjugés bourgeois, dit le professeur. Ça se fait.
— Je veux bien, dit Angel. Ainsi, les individus en question ont étudié si longuement et si à fond les formes de la pensée que les formes leur masquent la pensée elle-même. Vient-on à leur mettre le nez dedans, ils vous bouchent la vue au moyen d'un autre morceau de forme. Ils ont enrichi la forme elle-même d'un grand nombre de pièces et de dispositifs

mécaniques ingénieux, et s'efforcent de la confondre avec la pensée en question, dont la nature purement physique, d'ordre réflexe, émotionnel et sensoriel, leur échappe en totalité.

— Je ne comprends pas du tout, dit Mangemanche.

— C'est comme en jazz, dit Angel. La transe.

— J'entrevois, dit Mangemanche. Vous voulez dire : de la même façon, certains individus y sont sensibles et d'autres pas.

— Oui, dit Angel. C'est très curieux, lorsqu'on est en transe, de voir des gens pouvoir continuer à parler et à manœuvrer leurs formes. Lorsqu'on sent la pensée, je veux dire. La chose matérielle.

— Vous êtes fumeux, dit Mangemanche.

— Je ne cherche pas à être clair, dit Angel, parce que ça m'embête tellement d'essayer d'exprimer une chose que je ressens si clairement ; et, par ailleurs, je me fous en totalité de pouvoir ou non faire partager mon point de vue aux autres.

— On ne peut pas discuter avec vous, dit Mangemanche.

— Je crois qu'on ne peut pas, dit Angel. Vous m'accorderez cette circonstance atténuante que c'est la première fois, depuis le début, que je me hasarde à quelque chose de ce genre.

— Vous ne savez pas ce que vous voulez, dit Mangemanche.

— Lorsque je suis satisfait dans mes bras et dans mes jambes, dit Angel, et que je peux rester mou et relâché comme un sac de son, je sais que j'ai ce que je veux, parce qu'alors, je peux penser à comme je voudrais que ce soit.

— Je suis complètement abruti, dit Mangemanche. La menace impendante, implicite et implacable dont je suis présentement l'objet ne doit pas être étrangère, pardonnez-moi l'allitération, à l'état nauséeux et voisin du coma dans lequel se trouve ma carcasse de quadragénaire barbu. Vous feriez mieux de me parler d'autre chose.

— Si je parle d'autre chose, dit Angel, je vais parler de Rochelle, et ça foutra par terre l'édifice péniblement construit

par mes soins depuis quelques minutes. Parce que j'ai envie de baiser Rochelle.
— Mais bien sûr, dit Mangemanche. Moi aussi. Je compte le faire, après vous, si vous n'y voyez pas d'inconvénient, et si la police m'en laisse le temps.
— J'aime Rochelle, dit Angel. Il est probable que ça va m'entraîner à faire des blagues. Car je commence à en avoir assez. Mon système est trop parfait pour pouvoir jamais être réalisé : en outre, il est incommunicable ; aussi, je serais forcé de le mettre en application tout seul, et les gens ne s'y prêteraient pas. Par conséquent, ce que je peux faire comme blagues n'a pas d'importance.
— Quel système ? dit Mangemanche. Vous m'abrutissez littéralement, aujourd'hui.
— Mon système de solutions à tous les problèmes, dit Angel. J'ai réellement trouvé des solutions à tout. Elles sont excellentes et d'un bon rendement, mais je suis le seul à les connaître, et je n'ai pas le temps de les faire connaître aux autres, car je suis très occupé. Je travaille et j'aime Rochelle. Vous voyez ?
— Des gens font beaucoup plus de choses, dit le professeur.
— Oui, dit Angel, mais il me faut encore le temps de rester par terre, à plat ventre, et de baver. Je le ferai bientôt. J'attends beaucoup de cette pratique.
— Si le type vient m'arrêter demain, dit Mangemanche, je vous demanderai de soigner l'interne. Je lui couperai la main avant de m'en aller.
— On ne peut pas encore vous arrêter, dit Angel. Vous avez droit à un cadavre de plus.
— Ils vous arrêtent quelquefois d'avance, répondit le professeur. La loi va tout de travers, en ce moment.

VIII

A grands pas, l'abbé Petitjean arpentait la piste. Il portait un bissac lourdement chargé et balançait négligemment son bréviaire au bout d'une ficelle, comme font les bachoteurs leur encrier. Pour se charmer l'ouïe, de plus, il chantait (et pour se sanctifier aussi) un vieux cantique :

        Une souris ver-teu
        Qui courait dans l'her-beu
        Je l'attrapeu par la queu
        Je la montre à ces messieurs
        Ces messieurs me di-seu
        Trempez-la dans l'hui-leu
        Trempez-la dans l'eau
        Ça fera un escargeau
        Tout cheau
        Dans la cuiller à peau
        Rue Lazare Carneau
        Numéro Zéreau

D'un coup de talon vigoureux, il scandait les accents traditionnels du morceau et l'état physique résultant de cet ensemble d'activités lui semblait satisfaisant. Il y avait bien, par moments, une touffe d'herbes pointues juste au milieu du chemin, et, par-ci par-là, du scrub spinifex picoteux et malfaisant qui lui griffait les mollets sous sa soutane, mais que sont ces choses ? Rien. L'abbé Petitjean en avait vu d'autres, car Dieu est grand.

Il vit un chat passer de gauche à droite et pensa qu'il approchait. Et puis, il se trouva brusquement au milieu du campement d'Athanagore. Au milieu même de la tente d'Athanagore. Où travaillait d'ailleurs ce dernier, fort occupé d'une de ses boîtes standard, laquelle refusait de s'ouvrir.

— Salut ! dit l'archéologue.
— Salut ! dit l'abbé. Qu'est-ce que vous faites ?

— J'essaie d'ouvrir cette boîte, dit Athanagore, mais je n'y arrive pas.
— Alors, ne l'ouvrez pas, dit l'abbé. Ne forçons point notre talent.
— C'est une boîte de fasin, dit Athanagore.
— Qu'est-ce que c'est, le fasin ?
— C'est un mélange, dit l'archéologue. Ce serait long à dire.
— Je vous en prie, dit l'abbé. Qu'y a-t-il de neuf ?
— Barrizone est mort ce matin, dit Athanagore.
— Magni nominis umbra... dit l'abbé.
— Jam proximus ardet Ucalegon...
— Oh ! estima Petitjean, il ne faut pas croire aux présages. Quand est-ce qu'on l'ensable ?
— Ce soir ou demain.
— On va y aller, dit l'abbé. A tout à l'heure.
— Je viens avec vous, dit l'archéologue. Une seconde.
— On boit un coup avant ? proposa Petitjean.
— Du Cointreau ?
— Non !... J'en ai amené.
— J'ai aussi du zython, suggéra l'archéologue.
— Merci... sans façons.
Petitjean dégrafa les sangles de son bissac, et après une brève recherche, exhiba une gourde.
— Voilà, dit-il. Goûtez.
— Après vous...
Petitjean s'exécuta et but un bon coup. Puis il tendit l'appareil à l'archéologue. Celui-ci porta l'embouchure à ses lèvres, renversa la tête en arrière, et se redressa presque aussitôt.
— Il n'y en a plus... dit-il.
— Ça ne m'étonne pas... Je suis toujours le même, dit l'abbé. Buveur et indiscret... et goinfre en outre.
— Je n'y tenais pas spécialement, dit l'archéologue, j'aurais fait semblant.
— Ça ne fait rien, dit l'abbé. Je mérite une punition. Combien y a-t-il de pruneaux dans une caisse de pruneaux d'agents ?
— Qu'est-ce que vous appelez des pruneaux d'agents ? demanda l'archéologue.

— Oui, dit Petitjean, évidemment, vous êtes en droit de me poser cette question. C'est une expression imagée qui m'est propre et sert à désigner les cartouches de 7,65 mm, lesquelles munissent les égalisateurs d'agents.

— Ceci concorde avec la tentative d'explication que je m'efforçais d'élaborer, dit l'archéologue. Eh bien, disons vingt-cinq.

— C'est trop, zut ! dit l'abbé. Dites trois.

— Alors, trois.

Petitjean tira son chapelet et le dit trois fois, si vite que les grains polis se mirent à fumer entre ses doigts agiles. Il le remit dans sa poche et agita les mains en l'air.

— Ça brûle !... dit-il. C'est bien fait. Je me fous du monde, aussi.

— Oh, dit Athanagore, personne ne vous en fait grief.

— Vous causez bien, dit Petitjean. Vous êtes un homme bien élevé. C'est plaisir de rencontrer quelqu'un de son niveau dans un désert plein de sable et de lumettes gluantes.

— Et d'élymes, dit l'archéologue.

— Ah oui, dit l'abbé. C'est les petits escargots jaunes ? Au fait, que devient votre jeune amie, la femme aux beaux seins ?

— Elle ne sort guère, dit l'archéologue. Elle creuse avec ses frères. Ça avance. Mais les élymes, ce ne sont pas des escargots. Plutôt des herbes.

— Alors, on ne la verra pas ? demanda l'abbé.

— Pas aujourd'hui.

— Mais, qu'est-ce qu'elle est venue faire ici ? dit Petitjean. Une belle fille, une peau extraordinaire, des cheveux superbes, une poitrine à se faire excommunier, intelligente et ferme comme une bête, et on ne la voit jamais. Elle ne couche pas avec ses frères, quand même ?

— Non, dit l'archéologue. Je crois qu'Angel lui plaisait.

— Alors ? Je peux les marier, si vous voulez.

— Il ne pense qu'à Rochelle, dit l'archéologue.

— Elle ne me botte pas. Elle est trop repue.

— Oui, dit Athanagore. Mais il l'aime.

— Est-ce qu'il l'aime ?

— Déterminer s'il l'aime vraiment serait une tâche intéressante.
— Peut-il continuer à l'aimer en la voyant coucher avec son ami ? dit Petitjean. Je vous parle de tout ça, n'y voyez pas une curiosité sexuelle de refoulé. Personnellement, je trique aussi à mes moments perdus.
— Je pense bien, dit Athanagore. Ne vous excusez pas. En fait, je crois qu'il l'aime pour de bon. Je veux dire jusqu'à continuer à courir après sans aucun espoir. Et jusqu'à ne pas être intéressé par Cuivre qui ne demanderait que ça.
— Oh ! Oh ! dit Petitjean. Il doit se griffer !
— Se quoi ?
— Se griffer. Excusez-moi, c'est de l'argot de sacristie.
— Je... Ah ! Oui ! dit Athanagore. J'ai compris. Non, pourtant, je ne crois pas qu'il se griffe.
— Dans ces conditions, dit Petitjean, on devrait pouvoir le faire coucher avec Cuivre.
— J'aimerais qu'il le fît, dit Athanagore. Ils sont plaisants tous les deux.
— Il faut les emmener voir l'ermite, dit l'abbé. Vraiment, il a un acte saint qui rupine vachement. Oh, zut ! Encore ! Tant pis. Rappelez-moi de dire quelques chapelets tout à l'heure.
— Qu'y a-t-il ? demanda l'archéologue.
— Je n'arrête pas de blasphémer, dit Petitjean. Mais ça n'a pas grande importance. Je récapitulerai tout à l'heure. Pour en revenir à nos moutons, je vous disais que le spectacle de l'ermite est assez intéressant.
— Je n'y ai pas encore été, dit l'archéologue.
— Vous, dit l'abbé, ça ne vous ferait pas grand-chose. Vous êtes vieux.
— Oui, dit l'archéologue, je m'intéresse plutôt aux objets et aux souvenirs du passé. Mais la vue de deux jeunes êtres bien faits dans des positions simples et naturelles ne me rebute nullement.
— Cette négresse... dit Petitjean.
Il n'acheva pas.
— Qu'est-ce qu'elle a ?
— Elle... est très douée. Très souple, je veux dire. Ça vous ennuierait de me parler d'autre chose ?

— Pas du tout, dit l'archéologue.
— Je commence à m'énerver, dit Petitjean. Et je ne veux pas importuner votre jeune amie. Parlez-moi par exemple d'un bon verre d'eau froide dans le cou, ou du supplice du maillet.
— Qu'est-ce que c'est que le supplice du maillet ?
— Fort usité chez certains Indiens, dit l'abbé, il consiste à presser doucement le scrotum du patient sur un billot de bois, de façon à faire saillir les glandes et à les écraser d'un coup sec au moyen d'un maillet de bois... Ouille ! Ouille !... ajouta-t-il en se tortillant sur place. Ce que ça doit faire mal !
— C'est bien imaginé, dit l'archéologue... Ça m'en rappelle un autre...
— N'insistez pas... dit l'abbé plié en deux. Je suis tout à fait calmé.
— Parfait, dit Athanagore. Nous allons pouvoir partir ?
— Comment ? s'étonna l'abbé. Nous ne sommes pas encore partis ? C'est stupéfiant ce que vous êtes bavard.
L'archéologue se mit à rire et enleva son casque colonial qu'il accrocha à un clou.
— Je vous suis, dit-il.
— Une oie, deux oies, trois oies, quatre oies, cinq oies, six oies !... dit l'abbé.
— Sept oies, dit l'archéologue.
— Amen ! dit Petitjean.
Il se signa et sortit le premier de la tente.

IX

Ces excentriques sont ajustables...
La Mécanique à l'exposition de 1900, Dunod, tome 2, p. 204.

— Vous disiez que ce sont des élymes ? demanda l'abbé Petitjean en désignant les herbes.

— Pas celles-là, observa l'archéologue. Il y a aussi des élymes.

— C'est sans aucun intérêt, remarqua l'abbé. A quoi bon connaître le nom si l'on sait ce qu'est la chose ?

— C'est utile pour la conversation.

— Il suffirait de donner un autre nom à la chose.

— Naturellement, dit l'archéologue, mais on ne désignerait pas la même chose par le même nom, suivant l'interlocuteur avec lequel on serait en train de converser.

— Vous faites un solécisme, dit l'abbé. L'interlocuteur que l'on serait en train de convertir.

— Mais non, dit l'archéologue. D'abord, ce serait un barbarisme, ensuite, ça ne veut absolument pas dire ce que je voulais dire.

Ils avançaient vers l'hôtel Barrizone. L'abbé avait familièrement passé son bras sous celui d'Athanagore.

— Je veux bien vous croire... dit l'abbé. Mais ça m'étonne.

— C'est votre déformation confessionnelle.

— Où en êtes-vous de vos fouilles, à part ça ?

— Nous avançons très vite. Nous suivons la ligne de foi.

— A quoi correspond-elle, sensiblement ?

— Oh... dit l'archéologue... Je ne sais pas... Voyons...

Il parut chercher.

— Approximativement, elle ne doit pas passer loin de l'hôtel.

— Vous avez trouvé des momies ?

— Nous en mangeons à tous les repas. Ce n'est pas mauvais. Elles sont, en général, bien préparées, mais il y a souvent trop d'aromates.

— J'en ai goûté autrefois, dans la Vallée des Rois, dit l'abbé. C'est la spécialité de la région.

— Ils les fabriquent. Les nôtres sont authentiques.

— J'ai horreur de la viande de momie, dit l'abbé. Je crois que j'aime encore mieux votre pétrole.

Il lâcha le bras d'Athanagore.

— Excusez-moi une seconde.

L'archéologue le vit prendre son élan et exécuter un double tour dans l'espace. Il retomba sur les mains et se mit à faire la roue. Sa soutane, déployée autour de lui, se collait à ses jambes et dessinait les bosses de ses gros mollets. Il fit une douzaine de tours et s'arrêta sur les mains, puis se remit debout d'un coup.

— J'ai été élevé chez les Eudistes, expliqua-t-il à l'archéologue. C'est une formation sévère mais bienfaisante pour l'esprit et le corps.

— Je regrette, dit Athanagore, de ne pas avoir suivi la carrière religieuse. En vous voyant, je me rends compte de ce que j'ai perdu.

— Vous n'avez pas mal réussi, dit l'abbé.

— Découvrir une ligne de foi à mon âge... dit l'archéologue. C'est trop tard maintenant...

— Les jeunes gens en profiteront.

— Sans doute.

Ils aperçurent l'hôtel du haut de l'éminence qu'ils venaient de gravir. Juste devant, la voie du chemin de fer, brillante et neuve, scintillait au soleil sur ses cales. Deux hauts remblais de sable s'élevaient à droite et à gauche et l'extrémité se perdait derrière une autre dune. Les agents d'exécution achevaient d'enfoncer les derniers crampons dans les traverses et on voyait la lueur des coups de marteau sur la tête des crampons avant d'entendre le choc.

— Mais ils vont couper l'hôtel !... dit Petitjean.

— Oui... Les calculs ont montré que c'était nécessaire.

— C'est idiot ! dit l'abbé. Il n'y a pas tellement d'hôtels dans ce coin.

— C'est ce que j'ai pensé, dit l'archéologue. Mais c'est l'idée de Dudu.

— Je ferais bien un jeu de mots facile sur ce nom de Dudu, dit l'abbé, mais on croirait qu'il y a eu préméditation dans son choix. Et je suis bien placé pour dire que ce n'est pas le cas.

Ils se turent car le bruit devenait intolérable. Le taxi jaune et noir s'était un peu déplacé pour laisser passer la voie ; les hépatrols fleurissaient toujours avec la même exubérance. L'hôtel laissait, comme d'habitude, un fort tremblement s'élever au-dessus de son toit plat et le sable restait le sable, c'est-à-dire jaune, pulvérulent et tentant. Quant au soleil, il luisait sans modification, et le bâtiment dissimulait aux regards des deux hommes la zone limite noire et froide qui s'étendait loin derrière, de droite et de gauche, dans sa matité morte.

Carlo et Marin s'arrêtèrent, d'abord afin de laisser passer l'abbé et Athanagore, ensuite parce que c'était fini pour maintenant. Il fallait démolir un bout de l'hôtel avant de continuer, et ils devaient, au préalable, en sortir le corps de Barrizone.

Ils laissèrent tomber leurs lourdes masses et, d'un pas lent, marchèrent vers les piles de traverses et de rails pour préparer, en attendant, le montage de la section suivante. Le profil grêle des appareils de levage en acier mince se dessinait au-dessus des tas de matériaux, découpant le ciel en triangles cernés de noir.

Ils escaladèrent le remblai, s'aidèrent de leurs mains, car la pente était raide, et dévalèrent l'autre versant, échappant aux regards de l'abbé et de son compagnon.

Ceux-ci entrèrent dans la salle principale et Athanagore referma derrière lui la porte vitrée. Il faisait chaud à l'intérieur, et une odeur de médicament s'abattait sur le sol par l'escalier, s'accumulant à hauteur de mouton dans la pièce et s'infiltrant dans les recoins concaves disponibles. Il n'y avait personne.

Ils levèrent la tête et entendirent marcher à l'étage supérieur. L'abbé se dirigea vers l'escalier, et en entreprit la montée, suivi par l'archéologue. L'odeur leur levait le cœur. Athanagore s'efforçait de ne pas respirer. Ils arrivèrent au couloir de l'étage, et le bruit de voix les guida jusqu'à la chambre où reposait le corps. Ils frappèrent et on leur dit d'entrer.

On avait mis ce qui restait de Barrizone dans une grande caisse et il y tenait juste car l'accident l'avait un peu raccourci. Le reste de son crâne lui recouvrait la figure ; à la place de son visage, on ne distinguait qu'une masse de cheveux noirs frisés. Dans la pièce, il y avait Angel qui parlait tout seul et s'arrêta en les voyant.

— Bonjour ! dit l'abbé. Comment ça va ?
— Comme ça... dit Angel.
Il serra la main de l'archéologue.

— Vous parliez, il me semble, dit l'abbé.
— J'ai peur qu'il ne s'ennuie, dit Angel. J'essayais de lui dire des choses. Je ne crois pas qu'il entende, mais ça ne peut que le calmer. C'était un brave type.
— C'est un sale accident, dit Athanagore. C'est décourageant, une histoire comme ça.
— Oui, dit Angel. C'est aussi l'avis du professeur Mangemanche. Il a brûlé son modèle réduit.
— Zut ! dit l'abbé. J'espérais le voir marcher.
— C'est assez effrayant à voir, dit Angel. Il paraît, du moins...
— Comment ça ?
— Parce qu'on ne voit rien. Ça va trop vite. On entend juste le bruit.
— Où est le professeur ? demanda Athanagore.
— En haut, dit Angel. Il attend qu'on vienne l'arrêter.
— Pourquoi ?
— Son carnet à malades est à égalité, expliqua Angel. Et il a peur que l'interne ne s'en sorte pas. Il doit être en train de lui couper la main.
— Encore le modèle réduit ? s'enquit Petitjean.
— Le moteur a mordu l'interne à la main, dit Angel. L'infection s'y est mise tout de suite. Alors, il faut lui couper la main.
— Ça ne va pas, tout ça, dit l'abbé. Aucun de vous n'a encore été voir l'ermite, je parie.
— Non, avoua Angel.
— Comment voulez-vous vivre dans des conditions pareilles ? dit l'abbé. On vous offre un acte saint de premier choix, vraiment réconfortant, et personne ne va le voir...
— Nous ne sommes plus croyants, dit Angel. Moi, personnellement, je pense surtout à Rochelle.
— Elle est débectante, dit l'abbé. Quand vous pourriez vous appuyer la copine d'Athanagore !... Vous êtes atroce avec votre femme molle.

L'archéologue regardait par la fenêtre et ne prenait pas part à la conversation.

— Je voudrais tant coucher avec Rochelle, dit Angel. Je

l'aime avec intensité, persévérance et désespoir. Ça vous fait peut-être rigoler, mais ce n'est pas autre chose.

— Elle se fout de votre gueule, dit l'abbé. Mince et zut ! Si j'étais à votre place !...

— Je veux bien embrasser Cuivre, dit Angel, et la tenir dans mes bras, mais je ne serai pas moins malheureux.

— Oh, dit l'abbé, vous me faites mal ! Allez voir l'ermite, sacré nom d'une pipe !... Ça vous fera changer d'avis !...

— Je veux Rochelle, dit Angel. Il est temps que je l'aie. Elle est de plus en plus abîmée. Ses bras ont pris la forme du corps de mon ami, et ses yeux ne disent plus rien, et son menton s'en va, et ses cheveux sont gras. Elle est molle, c'est vrai, elle est molle comme un fruit un peu pourri, et elle a la même odeur de chair chaude qu'un fruit un peu pourri, et elle attire autant.

— Ne faites pas de littérature, dit Petitjean. Un fruit pourri, c'est dégueulasse. C'est gluant. Ça s'écrase.

— C'est simplement très mûr... dit Angel. C'est plus que mûr. D'un côté, c'est mieux.

— Vous n'êtes pas d'âge.

— Il n'y a pas d'âge. Je préférerais son aspect d'avant. Mais ça ne se présente plus de la même façon.

— Mais ouvrez les yeux ! dit l'abbé.

— J'ouvre les yeux, et je la vois tous les matins sortir de la chambre d'Anne. Encore toute ouverte, toute humide de tout, toute chaude et collante, et j'ai envie de ça. J'ai envie de l'étaler sur moi, elle doit se prêter comme du mastic.

— C'est écœurant, dit l'abbé. C'est Sodome et Gomorrhe en moins normal. Vous êtes un grand pécheur.

— Elle doit sentir l'algue qui a mijoté au soleil dans l'eau de mer, dit Angel. Quand ça commence à se décomposer. Et faire ça avec elle, c'est sûrement comme avec une jument, avec beaucoup de place et plein de recoins, et une odeur de sueur et de pas lavé. Je voudrais qu'elle ne se lave pas pendant un mois, et qu'elle couche avec Anne tous les jours une fois par jour pour qu'il en soit dégoûté, et puis la prendre juste à la sortie. Encore pleine.

— Ça suffit, à la fin, dit l'abbé. Vous êtes un salaud.

Angel regarda Petitjean.

— Vous ne comprenez pas, dit-il. Vous n'avez rien compris. Elle est foutue.
— Je comprends, qu'elle l'est ! dit l'abbé.
— Oui, dit Angel. Dans ce sens-là aussi. Mais c'est fini pour moi.
— Si je pouvais vous botter les fesses, dit Petitjean, ça ne se passerait pas comme ça.
L'archéologue se retourna.
— Venez avec nous, Angel, dit-il. Venez voir l'ermite. On va prendre Cuivre et on ira ensemble. Il faut vous changer les idées et ne pas rester avec la Pipe. C'est fini ici, mais pas pour vous.
Angel passa une main sur son front et il parut se calmer un peu.
— Je veux bien, dit-il. On va emmener le docteur.
— Allons le chercher ensemble, dit l'abbé. Combien doit-on monter de marches pour arriver au grenier ?
— Seize, dit Angel.
— C'est trop, dit Petitjean. Trois suffiront. Mettons quatre.
Il tira son chapelet de sa poche.
— Je grignote mon retard, dit-il. Excusez-moi. Je vous suis.

X

Quand vous présentez des tours de table, il serait ridicule d'opérer avec de plus grandes ardoises.

Bruce ELLIOT, *Précis de prestidigitation*, Payot, p. 223.

Angel entra le premier. Dans l'infirmerie, il n'y avait que l'interne, étendu de tout son long sur la table d'opérations et le docteur Mangemanche, en blouse blanche de chirurgien vétérinaire, qui stérilisait un scalpel à la flamme bleue d'une lampe à alcool avant de le plonger dans une bouteille d'acide nitrique. Une boîte carrée, nickelée, pleine à moitié d'eau et d'instruments brillants, bouillait sur un réchaud électrique, et, d'un ballon de verre empli d'un liquide rouge, montait une vapeur turbulente. L'interne, tout nu, et les yeux fermés, frissonnait sur la table, attaché par des sangles solides qui pénétraient profondément dans ses chairs amollies par l'oisiveté et les mauvaises pratiques, ne disait rien, et le professeur Mangemanche sifflotait un passage de « Black, Brown and Beige », toujours le même, parce qu'il n'arrivait pas à se rappeler le reste. Il se retourna au bruit des pas d'Angel ; à ce moment Athanagore et l'abbé Petitjean apparurent également.

— Bonjour, docteur, dit Angel.
— Salut ! dit Mangemanche. Ça biche ?
— Ça biche.
Le professeur salua l'archéologue et l'abbé.
— On peut vous aider ? demanda Angel.
— Non, dit le professeur. Ça va être fini tout de suite.
— Il est endormi ?
— Pensez-vous... dit Mangemanche. Pas pour une petite chose comme ça.
Il avait l'air inquiet et jetait des regards furtifs derrière lui.
— Je l'ai insensibilisé à coups de chaise sur la tête, dit-il. Mais vous n'avez pas rencontré un inspecteur de police, en venant ?
— Non, dit Athanagore. Il n'y a personne, professeur.
— Ils doivent venir m'arrêter, dit Mangemanche. J'ai dépassé mon nombre.
— Ça vous ennuie ? demanda l'abbé.
— Non, dit Mangemanche. Mais j'ai horreur des inspecteurs. Il faut que je coupe la main de cet imbécile et je m'en irai.
— C'est grave ? demanda Angel.
— Regardez vous-même.
Angel et l'abbé s'approchèrent de la table. Athanagore restait quelques pas en arrière. La main présentait un vilain

aspect. Le professeur, pour son opération, l'avait étendue le long du corps de l'interne. La plaie béait, d'un vert vif, et une mousse abondante refluait sans cesse du centre vers les bords, maintenant complètement brûlés et déchiquetés. Une humeur liquide s'écoulait entre les doigts de l'interne et souillait le linge épais sur lequel reposait son corps agité d'un tremblement rapide. Par moments, une grosse bulle arrivait à la surface de la blessure et éclatait, criblant le corps du patient, au voisinage de sa main, d'une infinité de petites taches irrégulières.

Petitjean détourna la tête le premier, l'air ennuyé. Angel regardait le corps flasque de l'interne, sa peau grise et ses muscles relâchés, et les quelques poils noirs miteux qu'il avait sur la poitrine. Il vit les genoux bosselés, les tibias pas bien droits et les pieds sales, et serra les poings, puis il se retourna vers Athanagore et ce dernier lui mit la main sur l'épaule.

— Il n'était pas comme ça en arrivant... murmura Angel. Est-ce que le désert fait cet effet-là à tout le monde ?

— Non, dit Athanagore. Ne vous frappez pas, mon petit. Une opération, ce n'est pas agréable.

L'abbé Petitjean alla vers une des fenêtres de la longue pièce et regarda dehors.

— Je pense qu'ils viennent chercher le corps de Barrizone, dit-il.

Carlo et Marin marchaient en direction de l'hôtel, portant une sorte de brancard.

Le professeur Mangemanche fit quelques pas et jeta un coup d'œil à son tour.

— Oui, dit-il. Ce sont les deux agents d'exécution. Je croyais que c'étaient des inspecteurs.

— Personne n'a besoin d'aller les aider, je suppose, dit Angel.

— Non, assura Petitjean. Il suffira d'aller voir l'ermite. Au fait, professeur, nous étions venus vous chercher pour ça.

— J'en ai pour très peu de temps, dit Mangemanche. Mes instruments sont prêts. De toute façon, je ne viendrai pas avec vous. Sitôt que j'aurai fini, je m'en irai.

Il retroussa ses manches.

— Je vais lui couper la main. Ne regardez pas si ça vous

dégoûte. C'est indispensable. Je pense qu'il en crèvera parce qu'il est dans un triste état.
— On ne peut rien faire ? demanda Angel.
— Rien, dit le professeur.
Angel se détourna ; l'abbé et l'archéologue en firent autant. Le professeur transvasa le liquide rouge du ballon dans une sorte de cristallisoir et saisit un scalpel. Les trois autres entendirent la lame grincer sur les os du poignet, et c'était fini tout de suite. L'interne ne bougeait plus. Le professeur étancha le sang avec une poignée de coton et de l'éther, puis il saisit le bras de l'interne et plongea l'extrémité saignante dans le liquide du cristallisoir qui se figea aussitôt autour du moignon, formant une sorte de croûte.
— Qu'est-ce que vous faites ? demanda Petitjean qui regardait à la dérobée.
— C'est de la cire de bayou, dit Mangemanche.
Il prit délicatement la main coupée au moyen d'une paire de pinces nickelées et la déposa sur une assiette de verre, puis l'arrosa d'acide nitrique. Une fumée rousse s'éleva et les vapeurs corrosives le firent tousser.
— J'ai fini, dit-il. On va le détacher et le réveiller.
Angel s'occupa de défaire les courroies des pieds et l'abbé celle du cou. L'interne ne remuait toujours pas.
— Il est probablement mort, dit Mangemanche.
— Comment est-ce possible ? demanda l'archéologue.
— L'insensibilisation... j'ai dû taper trop fort.
Il rit.
— Je plaisante. Regardez-le.
Les paupières de l'interne se soulevèrent d'un coup comme deux petits volets rigides, et il se dressa sur son séant.
— Pourquoi suis-je à poil ? demanda-t-il.
— Sais pas... dit Mangemanche en commençant à déboutonner sa blouse. J'ai toujours pensé que vous aviez du goût pour l'exhibitionnisme.
— Si vous cessiez de me dire des vacheries, ça vous ferait mal, hein ? lança l'interne, hargneux.
Il regarda son moignon.
— Vous appelez ça du travail propre ? dit-il.

— La barbe ! dit Mangemanche. Vous n'aviez qu'à le faire vous-même.
— C'est ce que je ferai la prochaine fois, assura l'interne. Où sont mes vêtements ?
— Je les ai brûlés... dit Athanagore. Ce n'était pas la peine de contaminer tout le monde.
— Alors, moi, je suis à poil, et je reste à poil ? dit l'interne. Eh bien, merde !
— Assez, dit Mangemanche. Vous m'embêtez, à la fin.
— Ne vous disputez pas, dit Athanagore. Il y a sûrement d'autres vêtements.
— Vous, le vieux, dit l'interne, passez la main.
— Ça va ! dit Mangemanche. Vous allez la fermer ?
— Qu'est-ce qui vous prend ? demanda l'abbé. Bateau, ciseau...
— Des clous, dit l'interne. Vous me les cassez avec vos conneries. Je vous chie sur la gueule, tous, tant que vous êtes !
— C'est pas ça la réponse, dit Petitjean. Il faut répondre : La bataille au bord de l'eau.
— Ne lui parlez pas, dit Mangemanche. C'est un sauvage et un malappris.
— Ça vaut mieux que d'être un assassin... dit l'interne.
— Sûrement pas, dit Mangemanche. Je vais vous faire une piqûre.
Il s'approcha de la table et renoua prestement les courroies, maintenant d'une main le patient qui n'osait se défendre, de crainte d'abîmer son beau moignon de cire tout neuf.
— Ne le laissez pas faire... dit l'interne. Il va me zigouiller. C'est une vieille crapule.
— Foutez-nous la paix, dit Angel. Nous n'avons rien contre vous. Laissez-vous soigner.
— Par ce vieil assassin ? dit l'interne. M'a-t-il assez emmerdé avec cette chaise ? Et qui est-ce qui rigole, maintenant ?
— C'est moi, dit Mangemanche.
Il lui enfonça rapidement l'aiguille dans la joue ; l'interne poussa un cri aigu, puis son corps se détendit et il ne bougea plus.

— Voilà, dit Mangemanche. Maintenant, je fiche le camp.
— Il va dormir et se calmer ? demanda l'abbé.
— Il aura l'éternité pour ça ! dit Mangemanche. C'était du cyanure des Karpathes.
— La variété active ? dit l'archéologue.
— Oui, répondit le professeur.
Angel regardait sans comprendre.
— Quoi ?... murmura-t-il. Il est mort ?
Athanagore l'entraîna vers la porte. L'abbé Petitjean suivait. Le professeur Mangemanche ôtait sa blouse. Il se pencha sur l'interne et lui mit le doigt dans l'œil. Le corps resta immobile.
— Personne n'y pouvait rien, dit le professeur. Regardez.
Angel se retourna. Le biceps de l'interne, du côté du moignon, venait de se craqueler et de s'entrouvrir. La chair, autour de la déchirure, se soulevait en bourrelets verdâtres, et des millions de petites bulles montaient en tourbillonnant des profondeurs obscures de la plaie béante.
— Au revoir, les enfants, dit Mangemanche. Je regrette tout ça. Je ne pensais pas que cela tournerait de cette façon. En fait, si Dudu avait réellement disparu, comme on pensait qu'il le ferait, rien ne se serait passé ainsi et l'interne et Barrizone seraient encore vivants. Mais on ne peut pas remonter le courant. Trop de pente, et puis...
Il regarda l'heure.
— Et puis, on est trop vieux.
— Au revoir, docteur, dit Athanagore.
Le professeur Mangemanche avait un sourire triste.
— Au revoir, dit Angel.
— Ne vous en faites pas, dit l'abbé. Les inspecteurs sont des gourdes en général. Voulez-vous une place d'ermite ?
— Non, dit Mangemanche. Je suis fatigué. C'est bien comme ça. Au revoir, Angel. Ne faites pas l'andouille. Je vous laisserai mes chemises jaunes.
— Je les porterai, dit Angel.
Ils revinrent sur leurs pas et serrèrent la main du professeur Mangemanche. Puis, l'abbé Petitjean le premier, ils descen-

dirent l'escalier bruyant. Angel venait le troisième. Il se retourna une dernière fois. Le professeur Mangemanche lui fit un signe d'adieu. Les coins de sa bouche trahissaient son émotion.

XI

Athanagore était au milieu. A sa gauche marchait Angel, qu'il tenait par l'épaule, et l'abbé lui avait pris le bras droit. Ils allaient vers le campement d'Athanagore, pour chercher Cuivre et l'emmener voir Claude Léon.

Ils se turent d'abord, mais l'abbé Petitjean ne pouvait pas supporter ça très longtemps.

— Je me demande pourquoi le professeur Mangemanche a refusé une place d'ermite, dit-il.

— Il en avait assez, je pense, dit Athanagore. Soigner les gens toute sa vie pour arriver à ce résultat...

— Mais tous les docteurs en sont là... dit l'abbé.

— On ne les arrête pas tous, dit Athanagore. Ils camouflent, en général. Le professeur Mangemanche n'a jamais voulu avoir recours au truquage.

— Mais... comment camouflent-ils ? demanda l'abbé.

— Ils passent leurs malades à d'autres confrères plus jeunes, au moment où ils vont mourir, et ainsi de suite.

— Il y a là quelque chose qui m'échappe. Si le malade meurt à ce moment, il y a toujours un médecin qui trinque ?

— Souvent, dans ce cas-là, le malade guérit.

— Dans quel cas ? dit l'abbé. Excusez-moi, mais je ne vous suis pas bien.

— Quand un vieux médecin le passe à un confrère plus jeune, dit Athanagore.

— Mais le docteur Mangemanche n'était pas un vieux médecin... dit Angel.

— Quarante, quarante-cinq... estima l'abbé.

— Oui, dit Athanagore. Il n'a pas eu de chance.
— Oh, dit l'abbé, tout le monde tue des gens, tous les jours. Je ne comprends pas pourquoi il a refusé une place d'ermite. La religion a été inventée pour placer les criminels. Alors ?
— Vous avez eu raison de lui proposer, dit l'archéologue, mais il est trop honnête pour accepter.
— Il est noix, dit l'abbé. Personne ne le lui demande d'être honnête. Qu'est-ce qu'il va faire, maintenant ?
— Je ne pourrais pas dire... murmura Athanagore.
— Il va s'en aller, dit Angel. Il ne peut pas se faire arrêter. Il s'en ira exprès dans un sale endroit.
— Parlons d'autre chose, proposa l'archéologue.
— C'est une bonne idée, dit l'abbé Petitjean.

Angel ne dit rien. Tous trois continuèrent à marcher en silence. De temps à autre, ils écrasaient des escargots, et le sable jaune volait en l'air. Leurs ombres progressaient avec eux, verticales et minuscules. Ils pouvaient les percevoir en écartant les jambes, mais par un hasard curieux, celle de l'abbé était à la place de l'ombre de l'archéologue.

XXIII

Louise :
— *Oui.*

François de CUREL, *Le repas du lion,* G. Grès, acte 4, sc. 2, p. 175.

Le professeur Mangemanche jeta un regard rectiligne autour de lui. Tout semblait en ordre. Le corps de l'interne, sur la table d'opérations, continuait à éclater par places et à bouillonner et c'était la seule chose à arranger. Il y avait dans un coin un grand bac doublé de plomb et Mangemanche roula la table jusque-là, puis il coupa les courroies à coups de bistouri et bascula le corps dans le réservoir. Il revint à l'étagère garnies de bonbonnes et de flacons, en choisit deux, et répandit leur contenu sur la charogne. Puis il ouvrit la fenêtre et s'en alla.

Dans sa chambre, il changea de chemise, se peigna devant la glace, vérifia la position de sa barbiche et brossa ses souliers. Il ouvrit son armoire, repéra la pile des chemises jaunes, la prit avec soin et la porta jusqu'à la chambre d'Angel. Puis, sans revenir sur ses pas, sans se retourner, sans émotion, en somme, il descendit l'escalier. Il sortit par la porte de derrière. Sa voiture était là.

Anne travaillait dans sa chambre et le directeur Dudu dictait du courrier à Rochelle. Ils sursautèrent tous trois au bruit du moteur et se penchèrent aux fenêtres. C'était de l'autre côté. Ils descendirent à leur tour, intrigués. Anne remonta presque aussitôt car il avait peur qu'Amadis ne lui fît le reproche d'abandonner son travail aux heures de travail. Le professeur Mangemanche exécuta une volte avant de partir pour de bon, mais le vacarme des engrenages l'empêcha d'entendre ce que lui criait Amadis. Il se borna à agiter la main et, à la vitesse maximum, il absorba la première dune. Les roues agiles dansaient sur le sable et des jets de pulvérin filaient de toutes parts ; à contre-jour, ils formaient des arcs-en-terre du plus gracieux effet. Le professeur Mangemanche goûta cette polychromie.

En haut de la dune, il évita de justesse un cycliste suant, vêtu d'une saharienne de toile cachou du modèle réglementaire et de forts souliers à clous dont les tiges laissaient émerger deux rebords de chaussettes de laine grise. Une casquette complétait la tenue de vélocipédiste. C'était l'inspecteur chargé d'arrêter Mangemanche.

Ils se croisèrent, et Mangemanche salua le cycliste au passage, d'un geste amical. Puis il dévala la pente.

Il regardait ce paysage si propice à l'essai des modèles réduits et il cru sentir dans ses mains la vibration forcenée du Ping 903 au moment où il s'arrachait à son étreinte pour le seul vol réussi de sa carrière.

Le Ping était détruit, Barrizone et l'interne en train de se décomposer, et lui, Mangemanche, filait devant l'inspecteur qui venait l'arrêter, parce que son petit carnet portait un nom de trop dans la colonne de droite, ou un nom de pas assez dans la colonne de gauche.

Il tâchait d'éviter les touffes d'herbes luisantes pour ne pas ravager l'harmonie du désert aux courbes si pures — sans ombres, à cause de ce soleil perpétuellement à la verticale, et tiède seulement, pourtant, tiède et mou. Même à cette allure, il n'y avait presque pas de vent, et, sans le bruit du moteur, il roulerait dans le plus complet silence. Montée, descente. Il lui plut d'attaquer les dunes en oblique. La zone noire se rapprochait capricieusement, tantôt par à-coups brusques, tantôt avec une lenteur imperceptible, selon la direction que le professeur imprimait à son engin mobile. Il ferma les yeux un temps. Il y était presque. Et au dernier moment, il fit pivoter le volant d'un quart de tour, et s'éloigna selon une large courbe dont la sinuosité épousait très exactement l'arête de sa réflexion.

Deux petites silhouettes accrochèrent son regard et le professeur reconnut Olive et Didiche. Accroupis sur le sable, ils s'amusaient à un jeu. Mangemanche accéléra et s'arrêta juste à côté d'eux. Il descendit.

— Bonjour... dit-il. A quoi jouez-vous ?

— On chasse la lumette... dit Olive. On en a déjà un million.

— Un million deux cent douze, précisa Didiche.

— C'est parfait ! dit le professeur. Vous n'êtes pas malades ?

— Non, dit Olive.

— Pas beaucoup... confirma Didiche.

— Qu'est-ce qu'il y a ? dit Mangemanche.

— Didiche a mangé une lumette.

— C'est ballot, dit le professeur. Ça doit être infect. Pourquoi as-tu fait ça ?

— Parce que, répondit Didiche. Pour voir. Ce n'est pas si mauvais.

— Il est fou, assura Olive. Je ne veux plus me marier avec lui.

— Tu as raison... dit le professeur. S'il te faisait manger des lumettes, hein, tu vois ça ?

Il caressa la tête blonde de la fille. Sous le soleil, ses cheveux s'étaient décolorés par mèches et sa peau brillait d'un beau hâle. Les deux enfants, agenouillés devant leur panier de lumettes, le regardaient avec un peu d'impatience.

— Vous me dites au revoir ? proposa Mangemanche.

— Vous vous en allez ? demanda Olive. Où vous allez ?

— Je ne sais pas, dit le professeur. Je peux te donner une bise ?

— Pas de blagues, hein ?... dit le garçon.

Mangemanche se mit à rire.

— Tu as eu peur, hein ? Puisqu'elle ne veut plus t'épouser, elle pourrait bien partir avec moi ?

— Pensez-vous ! protesta Olive. Vous êtes trop vieux.

— Elle préfère l'autre type, le type au nom de chien.

— Mais non, dit Olive. Tu dis des bêtises. Le type au nom de chien, il s'appelle Anne.

— Tu aimes mieux Angel ? dit Mangemanche.

Olive rougit et baissa le nez.

— Elle est idiote, affirma Didiche. Il est beaucoup trop vieux aussi. Elle croit qu'il s'occupe d'une petite fille comme elle !

— Tu n'es pas tellement plus âgé qu'elle, dit le professeur.

— J'ai six mois de plus, dit fièrement Didiche.

— Ah, oui... dit Mangemanche. Dans ce cas...

Il se pencha et embrassa Olive. Il embrassa aussi Didiche, qui était un peu étonné.

— Au revoir, docteur, dit Olive.

Le professeur Mangemanche monta dans sa voiture. Didiche s'était levé et regardait les mécaniques.

— Vous me laisseriez conduire ? demanda-t-il.

— Une autre fois, dit Mangemanche.

— Où vous allez ? demanda Olive.

— Là-bas... dit Mangemanche.

Il montra la bande sombre.

— Mince ! dit le garçon. Mon père m'a dit que si jamais j'y mettais les pieds qu'est-ce qu'il me passerait !

— Le mien aussi ! confirma Olive.

— Vous n'avez pas essayé ? demanda le professeur.

— Oh, à vous, on peut vous le dire... On a essayé et on n'a rien vu...
— Comment êtes-vous sortis ?
— Olive n'y avait pas été. Elle me tenait du bord.
— Ne recommencez pas ! dit le professeur.
— Ce n'est pas drôle, dit Olive. On n'y voit rien. Tiens, qui est-ce qui vient ?
Didiche regarda.
— On dirait un cycliste.
— Je m'en vais, dit Mangemanche. Au revoir, les enfants.
Il embrassa Olive encore une fois. Elle se laissait toujours faire quand on l'embrassait doucement.
Le moteur du véhicule gémit sur une note haute, et Mangemanche accéléra brutalement. La voiture renâcla au bas de la dune et l'avala d'un coup. Cette fois, Mangemanche ne changea pas de direction. Il maintenait son volant d'une poigne assurée et son pied écrasait le système à vitesse. Il eut l'impression de se ruer à la rencontre d'un mur. La zone noire grandit, envahit tout son champ de vision, et la voiture disparut brutalement au milieu des ténèbres massives. A l'endroit où elle venait de pénétrer dans la nuit subsistait une légère dépression, qui se combla peu à peu. Lentement, comme un plastique reprend sa forme, la surface impénétrable redevint lisse et parfaitement plane. Un double sillon dans le sable marquait encore le passage du professeur Mangemanche.
Le cycliste mit pied à terre à quelques mètres des deux enfants qui le regardaient venir. Il s'approcha en poussant sa machine. Les roues s'enfonçaient jusqu'à la jante et le frottement du sable avait poli les nickels jusqu'à les rendre parfaitement éblouissants.
— Bonjour, les enfants, dit l'inspecteur.
— Bonjour, monsieur, répondit Didiche.
Olive se rapprocha de Didiche. Elle n'aimait pas la casquette.
— Vous n'avez pas vu un bonhomme qui s'appelle Mangemanche ?
Olive lui donna un coup de coude.

— On ne l'a pas vu aujourd'hui, dit-elle.
Didiche ouvrit la bouche, mais elle ne le laissa pas continuer.
— Il est parti hier prendre l'autobus.
— Tu me racontes des blagues, dit l'inspecteur. Il y avait un bonhomme en voiture, avec vous, tout à l'heure.
— C'est le laitier, dit Olive.
— Tu veux aller en prison, pour dire des mensonges ? dit l'inspecteur.
— Je ne veux pas vous parler, dit Olive. Je ne dis pas de mensonges.
— Qui c'était, hein ? demanda l'inspecteur à Didiche. Dis-le-moi et je te prête ma bicyclette.
Didiche regarda Olive et la bicyclette brillait fameusement.
— C'était... commença-t-il.
— C'était un des ingénieurs, dit Olive. Celui qui a un nom de chien.
— Ah oui ? dit l'inspecteur. Celui qui a un nom de chien, vraiment ?
Il s'approcha d'Olive et prit un air menaçant.
— Je l'ai vu là-bas, à l'hôtel, celui qui a un nom de chien, petite malheureuse !
— Ce n'est pas vrai, dit Olive. C'était lui.
L'inspecteur leva la main comme pour la frapper, et elle fit un geste de défense en mettant son bras devant sa figure. Cela faisait ressortir ses petits seins ronds et l'inspecteur avait des yeux.
— Je vais essayer une autre méthode, proposa-t-il.
— Vous m'ennuyez, dit Olive. C'était un des ingénieurs.
L'inspecteur se rapprocha encore.
— Tiens ma bicyclette, dit-il à Didiche. Tu peux faire un tour dessus.
Didiche regarda Olive. Elle avait l'air effrayé.
— Laissez-la, dit-il. Ne touchez pas Olive.
Il lâcha la bicyclette que l'inspecteur venait de lui fourrer dans les mains.
— Je ne veux pas que vous touchiez à Olive, dit-il. Tout le monde cherche à l'embrasser et à la toucher. J'en ai assez, à la

fin !... C'est mon amie à moi, et si vous m'embêtez, je casse votre bicyclette.

— Dis donc, dit l'inspecteur, tu veux aller en prison ? Toi aussi ?

— C'était le professeur, dit le garçon. Maintenant, je vous l'ai dit. Laissez Olive tranquille.

— Je la laisserai tranquille si je veux, dit l'inspecteur. Elle mérite d'aller en prison.

Il saisit Olive par les deux bras. Didiche prit son élan et donna un coup de pied dans la roue avant, de toute sa force, au beau milieu des rayons. Cela fit du bruit.

— Laissez-la, dit-il. Ou je vous donne des coups de pied aussi.

L'inspecteur lâcha Olive et devint tout rouge de colère. Il fouilla dans sa poche et exhiba un gros égalisateur.

— Si tu continues, je vais te tirer dessus.

— Ça m'est égal, dit le garçon.

Olive se jeta sur Didiche.

— Si vous tirez sur Didiche, cria-t-elle, je ferai tellement de bruit que vous serez mort. Laissez-nous. Vous êtes un vieux crabe. Allez-vous-en, avec votre sale casquette ! Vous êtes affreux et vous ne me toucherez pas. Si vous me touchez, d'abord, je vous mordrai.

— Je sais ce que je vais faire, dit l'inspecteur. Je vais vous tirer dessus à tous les deux, et, après, je pourrai te toucher tant que je voudrai.

— Vous êtes un sale vieux flique, dit Olive. Vous ne faites pas votre métier. Votre femme et votre fille ne seront pas fières de vous. Tirer sur les gens, voilà ce qu'ils savent faire les fliques, maintenant. Mais aider les vieilles dames et les enfants à traverser les rues, oui ! On peut y compter ! Ou bien ramasser les petits chiens égarés ! Vous avez des égalisateurs et des casquettes et vous ne pouvez même pas arrêter tout seul un pauvre homme comme le professeur Mangemanche !

L'inspecteur réfléchit, remit son égalisateur dans sa poche, et se détourna. Il resta debout un instant, puis il remit sa bicyclette sur ses roues. Celle d'avant ne tournait plus. Elle était toute tordue. Il empoigna le guidon et regarda par terre autour de lui. On voyait distinctement l'empreinte des roues du professeur. L'inspecteur hocha la tête. Il regarda les enfants. Il avait l'air honteux. Et puis il partit dans la direction qu'avait prise Mangemanche.

Olive restait avec Didiche. Ils avaient peur tous les deux. Ils virent l'inspecteur s'éloigner, monter et descendre le long des dunes, et devenir tout réduit, en traînant sa bicyclette inutilisable. Il marchait d'un pas égal, sans ralentir, bien droit entre les deux ornières laissées par la voiture du professeur, et puis il respira un bon coup et pénétra dans la zone noire. La dernière chose qu'on vit, c'était le morceau de verre rouge attaché au garde-boue, et il s'éteignit comme un œil sous un coup de poing.

Olive partit la première vers l'hôtel en courant, Didiche venait derrière elle et l'appelait, mais elle pleurait et n'écoutait pas. Ils avaient oublié le petit panier brun au fond duquel grouillaient les lumettes, et Olive trébuchait souvent parce que ses yeux pensaient à autre chose.

XIII

L'abbé Petitjean et Angel attendaient sous la tente d'Athanagore. L'archéologue était parti chercher la fille brune et les avait laissés quelques instants.

Le premier, Petitjean rompit le calme.

— Êtes-vous toujours dans les mêmes dispositions stupides ? demanda-t-il. Sexuellement parlant, je veux dire ?

— Oh, dit Angel, vous aviez raison d'avoir envie de me botter les fesses. Ce que je voulais faire, c'est répugnant. J'en avais vraiment envie, car j'ai besoin physiquement d'une femme en ce moment.

— A la bonne heure ! dit l'abbé. Comme ça, je comprends. Vous n'avez qu'à vous occuper de la petite qui va venir.

— Je le ferai sans doute, dit Angel. A un moment de ma vie, je n'ai pas pu. Je voulais aimer la première femme avec qui je coucherais.

— Vous avez réussi ?

— J'ai réussi, dit Angel, mais je ne suis pas convaincu tout à fait, puisque j'ai eu deux fois la même impression maintenant que j'aime Rochelle.

— L'impression de quoi ? dit Petitjean.

— L'impression de savoir, dit Angel. D'être sûr. Sûr de ce qu'il faut faire. De pourquoi je suis vivant.

— Et pourquoi ? dit Petitjean.

— C'est ce que je n'arrive pas à dire, dit Angel. On a un mal énorme à le dire quand on n'est pas habitué aux mots.

— Revenons au début, proposa Petitjean. Vous m'embrouillez, et, ma parole, je perds le fil. C'est insolite. Suis-je pas Petitjean, hein ? Pourtant ?

— J'ai donc, dit Angel, aimé une femme. C'était la première fois pour nous deux. Ça a réussi, je vous disais. Maintenant, j'aime Rochelle. Il n'y a pas très longtemps. Elle... Je lui suis égal.

— N'employez pas ces tournures mélancoliques, dit Petitjean. Vous ne savez pas.

— Elle couche avec Anne, dit Angel. Il l'amoche. Il la bousille. Il la démolit. Qu'est-ce que ça change ?

— Ça change, dit Petitjean. Vous n'en voulez pas à Anne.

— Non, dit Angel, mais peu à peu je ne l'aime plus. Il jouit trop. Et il a dit, au début, qu'il se fichait d'elle.

— Je sais, dit l'abbé. Et après, ils les épousent.

— Il ne l'épousera plus. Elle ne m'aime pas, donc, et moi je l'aime, mais je vois qu'elle est presque finie.

— Elle est encore bien. Malgré vos répugnantes descriptions.

— Ce n'est pas suffisant. Peu m'importait, vous comprenez, qu'elle ait été mieux qu'elle n'est, avant que je la rencontre. Il me suffit qu'il y ait eu cette dégradation, pas par moi, depuis que je la connais.

— Mais elle aurait subi cette dégradation de la même façon avec vous.

— Non, dit Angel. Je ne suis pas une brute. Je l'aurais laissée en repos bien avant de l'abîmer. Pas pour moi, mais pour elle. Pour qu'elle puisse retrouver quelqu'un d'autre.

Elles n'ont guère que ça pour trouver des hommes. Leur forme.

— Oh, dit l'abbé, vous me faites marrer. Il y a des poux qui trouvent des hommes.

— Je ne les compte pas, dit Angel. Je vous demande pardon de ça, mais quand je dis femme, ça veux dire jolie femme. Les autres sont dans un monde tellement étranger.

— Comment trouvent-elles, alors ?

— C'est comme les produits de conseil en médecine, dit Angel. Ces produits qui ne font pas de publicité, jamais, et que les médecins recommandent à leurs clients. Qui se vendent uniquement de cette façon. De bouche à oreille. Ces femmes, les laides, se marient avec des gens qui les connaissent. Ou qu'elles saisissent, par leur odeur. Des choses comme ça. Ou des paresseux.

— C'est affreux, dit Petitjean. Vous me révélez une quantité de détails que ma vie chaste et mes longues méditations m'ont empêché d'apprendre. Je dois dire qu'un prêtre, ce n'est pas la même chose. Les femmes viennent vous trouver, et, théoriquement, vous n'auriez qu'à choisir : mais elles sont toutes laides, et vous êtes obligé de ne pas choisir. C'est une façon de résoudre le problème. Arrêtez-moi, car je m'embrouille à mon tour.

— Je dis donc, continua Angel, qu'on doit quitter ou laisser libre une jolie femme avant de l'avoir réduite à zéro. Ça a toujours été ma règle de conduite.

— Elles n'accepteront pas toujours de vous quitter, dit Petitjean.

— Si. On peut le faire soit d'accord avec elles, car il y en a qui comprennent ce que je vous ai expliqué et, à partir de ce moment, vous pouvez vivre toute votre vie sans les perdre ; soit en étant volontairement assez méchant avec elles pour qu'elles vous quittent d'elles-mêmes ; mais c'est une façon triste, car il faut vous souvenir qu'au moment où vous les laissez libres, vous devez les aimer encore.

— C'est à cela, sans doute, que vous reconnaissez qu'elles ne sont pas abîmées complètement ? A ce que vous les aimez encore ?

— Oui, dit Angel. C'est pourquoi c'est si difficile. Vous ne pouvez pas rester complètement froid. Vous les laissez, volontairement, vous leur trouvez même un autre garçon, et vous croyez que ça marche, alors vous êtes jaloux.

Il resta silencieux. L'abbé Petitjean avait pris la tête entre ses mains et plissait son front dans une réflexion appliquée.

— Jusqu'à ce que vous en trouviez vous-même une autre, dit-il.

— Non. Vous êtes encore jaloux quand vous en avez vous-même une autre. Mais vous devez garder votre jalousie pour vous. Vous ne pouvez pas ne pas être jaloux, puisque vous n'êtes pas allé jusqu'au bout avec celle d'avant. Il y a toujours ce reste-là. Que vous ne prendrez jamais. C'est ça, la jalousie. Que vous ne prendrez jamais si vous êtes un type bien, je veux dire.

— Un type comme vous, plutôt, précisa l'abbé complètement à côté de la question.

— Anne est en train d'aller jusqu'au bout, dit Angel. Il ne s'arrêtera pas. Il ne restera rien. Si on le laisse faire.

— Si on ne le laisse pas faire, dit l'abbé, est-ce qu'il en restera assez ?

Angel ne répondit pas. Sa figure était un peu pâle, et l'effort d'expliquer, une fois de plus, l'avait épuisé. Ils étaient tous deux assis sur le lit de l'archéologue et Angel s'allongea, les bras sous sa tête, et regarda, au-dessus de lui, la toile opaque et serrée.

— C'est la première fois, dit Petitjean, que je reste aussi longtemps sans dire une connerie plus grosse que moi. Je me demande ce qui se passe.

— Rassurez-vous, dit Angel. La voilà.

XIV

— Ce que m'avait dit Claude Léon, expliqua l'abbé Petitjean, c'est qu'à l'intérieur, la négresse est comme du velours rose.

L'archéologue hocha la tête. Ils étaient un peu en avant, et ensuite venaient Cuivre et Angel, qui la tenait par la taille.

— Vous êtes bien mieux que l'autre jour... lui dit-elle.

— Je ne sais pas, répondit Angel. C'est probable, si vous le croyez. J'ai l'impression d'être près de quelque chose.

L'abbé Petitjean insistait.

— Je ne suis pas curieux, dit-il, mais je voudrais bien savoir s'il a raison.

— Il doit avoir essayé, dit Athanagore.

Cuivre prit la main d'Angel dans ses doigts durs.

— J'aimerais être quelque temps avec vous, dit-elle. Je pense qu'après, vous seriez tout à fait bien.

— Je ne crois pas que cela suffise, dit Angel. Naturellement, vous êtes très jolie, et c'est une chose que je pourrais très bien faire. C'est la première condition.

— Après, vous pensez que je ne suffirais plus ?

— Je ne peux pas dire, dit Angel. Il faut que je sois débarrassé de cette idée de Rochelle. C'est impossible parce que je l'aime ; et c'est d'ailleurs ça l'idée. Vous suffiriez sans doute ; mais en ce moment je suis assez désespéré, et je ne peux rien affirmer. Après Rochelle, il y aura pour moi une période morte, et c'est dommage que vous arriviez juste à ce moment.

— Je ne vous demande pas de sentiments, dit-elle.

— Ils viendront ou non, mais vous ne comptez pas pour cette chose précise. C'est à moi d'y arriver. Vous voyez qu'avec Rochelle je n'y suis pas arrivé.

— Vous ne vous êtes pas assez donné de mal.

— Tout ceci était confus dans ma tête, dit Angel. Je commence à débrouiller l'écheveau depuis très peu de temps. L'influence catalytique du désert y est probablement pour beaucoup, et je compte également, dans l'avenir, sur les chemises jaunes du professeur Mangemanche.

— Il vous les a laissées ?

— Il m'a promis de me les laisser.

Il regarda Petitjean et l'archéologue. Ils avançaient à grands pas et Petitjean expliquait en faisant des gestes, tout au sommet de la dune au pied de laquelle Cuivre et Angel venaient d'arriver ; et leurs têtes commencèrent à descendre de l'autre côté puis disparurent. Le creux de sable sec était accueillant et Angel soupira.

Cuivre s'arrêta et s'étendit sur le sable. Elle tenait toujours la main d'Angel et attira le garçon contre elle. Comme d'habitude, elle ne portait qu'un short et une chemisette de soie légère.

XV

Amadis terminait son courrier et Rochelle le notait sous la dictée, qui faisait une grande ombre mouvante dans la pièce. Il alluma une cigarette et se renversa dans son fauteuil. Une pile de lettres s'accumulait sur l'angle droit du bureau, prêtes à partir, mais le 975 ne venait plus depuis plusieurs jours et le courrier aurait du retard. Amadis était ennuyé de ce contretemps. Des décisions devaient survenir, il fallait rendre compte, remplacer Mangemanche peut-être, tâcher de résoudre le problème du ballast, essayer de diminuer les appointements du personnel, sauf Arland.

Il sursauta car le bâtiment venait de trembler sous un choc violent. Puis il regarda sa montre et sourit. C'était l'heure. Carlo et Marin commençaient à démolir l'hôtel. La partie dans laquelle se trouvait le bureau d'Amadis resterait debout, et celle où travaillait Anne, également. Seul le milieu, la chambre de Barrizone, allait s'effondrer. Celle de Mangemanche partiellement, et celle de l'interne aussi. La chambre de Rochelle et la chambre d'Angel ne bougeraient pas non plus. Les agents d'exécution vivaient au rez-de-chaussée ou dans les caves.

Les coups retentissaient maintenant à intervalles irréguliers, par séries de trois, et l'on entendait l'écroulement pierreux des gravats et du plâtre, et le claquement des morceaux de vitres sur le sol du restaurant.

— Tapez-moi tout ça, dit Amadis, et nous aviserons pour le courrier. Il faut trouver une solution.

— Bien, monsieur, dit Rochelle.

Elle posa son crayon et découvrit sa machine à écrire, bien au chaud sous sa housse et qui frissonna au contact de l'air. Rochelle la calma d'un geste et prépara ses carbones.

Amadis se leva. Il remua les jambes pour mettre ses affaires en place et quitta la pièce. Rochelle entendait son pas dans l'escalier. Elle regarda dans le vague une minute, et se mit à son travail.

De la poussière de plâtre emplissait la grande salle du rez-de-chaussée et Amadis vit à contre-jour les silhouettes des agents d'exécution dont les lourds marteaux s'abaissaient et se relevaient avec effort.

Il se boucha le nez et sortit de l'hôtel par la porte opposée ; dehors, il vit Anne, les mains dans les poches, qui fumait une cigarette.

— Bonjour !... dit Anne sans se déranger.
— Et votre travail ? remarqua Amadis.
— Vous croyez qu'on peut travailler avec ce vacarme ?
— Là n'est pas la question. Vous êtes payé pour travailler dans un bureau, et non pour flâner les mains dans les poches.
— Je ne peux pas travailler dans ce bruit.
— Et Angel ?
— Je ne sais pas où il est, dit Anne. Il se balade avec l'archéologue et le curé, je crois.
— Rochelle est la seule à travailler, dit Amadis. Vous devriez avoir honte et vous rappeler que je signalerai votre attitude au Conseil d'administration.
— Elle fait un travail mécanique. Elle n'a pas besoin de réfléchir.
— Quand on est payé pour ça, on doit au moins faire semblant, dit Amadis. Remontez dans votre bureau.
— Non.

Amadis chercha quelque chose à dire, mais Anne avait une drôle d'expression dans la figure.

— Vous ne travaillez pas vous-même, dit Anne.
— Je suis le directeur. Je surveille le travail des autres, notamment, et je veille à son exécution.
— Mais non, dit Anne. On sait bien ce que vous êtes. Un pédéraste.

Amadis ricana.
— Vous pouvez continuer, ça ne me vexe pas.
— Alors, je ne continue pas, dit Anne.
— Qu'est-ce qui vous prend ? Vous montrez plus de déférence, d'habitude, vous, et Angel, et tous. Qu'est-ce que vous avez ? Vous devenez fous ?
— Vous ne pouvez pas vous rendre compte, dit Anne. Rappelez-vous que vous êtes normalement, c'est-à-dire ordinairement anormal. Cela doit vous soulager. Mais nous sommes à peu près normaux, alors, de temps en temps il nous faut des crises.
— Qu'entendez-vous par crises ? Ce que vous êtes en train de faire ?
— Je vous explique. A mon avis...
Il s'arrêta.
— Je ne peux vous donner que mon avis. Je pense que les autres... ceux qui sont normaux, vous donneraient le même. Mais peut-être pas.
Amadis Dudu approuva et parut donner des signes d'impatience. Anne s'adossa au mur de l'hôtel, qui tremblait toujours sous les chocs brutaux des masses de fer. Il regardait par-dessus la tête d'Amadis et ne se pressait pas de parler.
— En un sens, dit-il, vous avez certainement une existence horriblement monotone et ordinaire.
— Comment ça ?
Amadis ricana encore.
— Je pense plutôt que c'est une preuve d'originalité que d'être pédéraste.
— Non, dit Anne. C'est idiot. Ça vous limite énormément. Vous n'êtes plus que ça. Un homme normal ou une femme normale peut faire tellement plus de choses et revêtir un nombre tellement plus grand de personnalités. Peut-être est-ce en cela que vous êtes plus étroit...
— Un pédéraste a l'esprit étroit, selon vous ?
— Oui, dit Anne. Un pédéraste ou une gouine, ou tous ces gens-là, ont un esprit horriblement étroit. Je ne pense pas que ce soit leur faute. Mais, en général, ils s'en glorifient. Alors que c'est une faiblesse sans importance.
— C'est sans nul doute une faiblesse sociale, dit Ama-

dis. Nous sommes toujours brimés par les gens qui mènent une vie normale : je veux dire ceux qui couchent avec les femmes ou qui ont des enfants.

— Vous dites des idioties, dit Anne. Je ne pensais pas du tout au mépris des gens pour les pédérastes ni à leurs rires. Les gens normaux ne se sentent pas tellement supérieurs ; ce n'est pas ça qui vous brime ; ce sont les cadres de la vie, et les individus dont l'existence se réduit à ces cadres, qui vous accablent ; mais cela ne compte pas. Ce n'est pas parce que vous vous réunissez entre vous, avec des manies, des affectations, des conventions et tout cela que je vous plains. C'est vraiment parce que vous êtes si limités. A cause d'une légère anomalie glandulaire ou mentale, vous recevez une étiquette. C'est déjà triste. Mais, ensuite, vous vous efforcez de correspondre à ce qu'il y a sur l'étiquette. De lui faire dire la vérité. Les gens se moquent de vous à la façon du gosse qui se moque d'un infirme, sans penser. S'ils pensaient, ils vous plaindraient ; mais c'est une infirmité qui fait moins sérieux qu'aveugle. D'ailleurs, les aveugles sont les seuls infirmes dont on puisse se moquer puisqu'ils ne le voient pas, et c'est pour cela que personne ne s'en moque.

— Pourquoi, alors, me traitez-vous de pédéraste en vous moquant de moi ?

— Parce qu'en ce moment, je me laisse aller, parce que vous êtes mon directeur, que vous avez sur le travail des idées que je ne peux plus piffer et que j'utilise tous les moyens, mêmes injustes.

— Mais vous avez toujours travaillé très régulièrement, dit Amadis. Et, tout à coup, paf !... Vous vous mettez à déconner sans arrêt.

— C'est ça que j'appelle être normal, dit Anne. Pouvoir réagir, même si ça vient après un temps d'abrutissement ou de fatigue.

— Vous vous prétendez normal, insista Amadis, et vous couchez avec ma secrétaire jusqu'à être vaincu par cet abrutissement idiot.

— Je suis presque au bout, dit Anne. Je crois que ce sera bientôt fini avec elle. J'ai envie d'aller voir cette négresse...

Amadis eut un frisson de dégoût.

— Faites ce que vous voudrez en dehors des heures de travail, dit-il. Mais, d'abord, ne m'en parlez pas. Et ensuite, allez vous remettre au boulot.

— Non, dit Anne, posément.

Amadis se renfrogna et passa sa main nerveusement dans ses cheveux filasse.

— C'est formidable, dit Anne, quand on se met à penser à tous ces types qui travaillent pour rien. Qui restent huit heures par jour dans leur bureau. Qui peuvent y rester huit heures par jour.

— Mais vous avez été comme ça, jusqu'ici, dit Amadis.

— Vous m'assommez, avec ce qui a été. Est-ce qu'on n'a plus le droit de comprendre, même après avoir été cul pendant un bout de temps ?

— Ne dites pas ces mots-là, observa Amadis. Même si vous ne me visez pas personnellement, ce dont je doute, ça me fait un effet désagréable.

— Je vous vise en tant que directeur, dit Anne. Tant pis si les moyens que j'emploie atteignent en vous une autre cible. Mais vous voyez à quel point vous êtes limité, à quel point vous voulez coller à votre étiquette. Vous êtes aussi limité qu'un bonhomme inscrit à un parti politique.

— Vous êtes un sale type, dit Amadis. Et vous me déplaisez physiquement. Et un feignant.

— Il y en a plein les bureaux, dit Anne. Il y en a des masses. ils s'emmerdent le matin. Ils s'emmerdent le soir. A midi, ils vont bouffer des choses qui n'ont plus figure humaine, dans des gamelles en alpax, et ils digèrent l'après-midi en perçant des trous dans des feuilles, en écrivant des lettres personnelles, en téléphonant à leurs copains. De temps en temps, il y a un autre type, un qui est utile. Un qui produit des choses. Il écrit une lettre et la lettre arrive dans un bureau. C'est pour une affaire. Il suffirait de dire oui, chaque fois, ou non, et ça serait fini, et l'affaire réglée. Mais ça ne se peut pas.

— Vous avez de l'imagination, dit Amadis. Et une âme poétique, épique et tout. Pour la dernière fois, allez à votre travail.

— A peu près pour chaque homme vivant, il y a comme ça un homme de bureau, un homme parasite. C'est la justification de l'homme parasite, cette lettre qui réglerait l'affaire de l'homme vivant. Alors, il le fait traîner pour prolonger son existence. L'homme vivant ne le sait pas.

— Assez, dit Amadis. Je vous jure que c'est idiot. Je vous garantis qu'il y a des gens qui répondent tout de suite aux lettres. Et qu'on peut travailler comme ça. Et être utile.

— Si chaque homme vivant, poursuivit Anne, se levait et cherchait, dans les bureaux, qui est son parasite personnel, et s'il le tuait...

— Vous me navrez. Je devrais vous vider et vous remplacer, mais, sincèrement, je pense que c'est le soleil et votre manie de coucher avec une femme.

— Alors, dit Anne, tous les bureaux seraient des cercueils, et, dans chaque petit cube de peinture verte ou jaune et de linoléum rayé, il y aurait un squelette de parasite, et on remiserait les gamelles en alpax. Au revoir. Je vais voir l'ermite.

Amadis Dudu resta muet. Il vit Anne s'éloigner à pas larges et vigoureux, et monter la dune sans effort, détendant ses muscles bien réglés. Il construisit une ligne capricieuse d'empreintes alternées qui s'arrêta tout en haut du sable arrondi, et son corps continua seul, puis disparut.

Le directeur Dudu se retourna et rentra dans l'hôtel. Le bruit des marteaux venait de cesser. Carlo et Marin commençaient à déblayer le tas de matériaux accumulé devant eux. Au premier étage, on entendait le cliquetis de la machine et le timbre grêle de la sonnerie à la fin des lignes, couvert par le raclement métallique des pelles. Des champignons bleu-vert poussaient déjà sur les gravats.

PASSAGE

Le professeur Mangemanche est certainement mort à l'heure qu'il est et cela fait déjà un joli tableau de chasse. L'inspecteur, parti à sa recherche, a dû résister plus longtemps, car il était plus jeune et échauffé par sa rencontre avec Olive. Malgré tout, on ne peut pas savoir ce qui leur est arrivé derrière la zone noire. Il y a place pour l'incertitude, comme disent les marchands de perroquets qui parlent. Une chose assez curieuse, on n'a pas encore assisté à la fornication de l'ermite et de la négresse : étant donné l'importance initiale relativement considérable du personnage de Claude Léon, cela paraît un retard inexplicable. Il serait bon qu'ils le fissent enfin devant des spectateurs impartiaux, car les conséquences de cet acte répété doivent avoir sur le physique de l'ermite des répercussions telles qu'on pourra prédire avec vraisemblance s'il tiendra le coup ou s'il mourra d'épuisement. Sans préjuger de la suite des événements, on devrait enfin être en mesure de déterminer avec précision ce que va faire Angel. Il est permis de penser que les opinions et les actes d'Anne, son camarade (qui a un nom de chien, mais ce dernier facteur n'intervient pas de façon stricte), ont une influence assez forte sur Angel, à qui il ne manque que de s'éveiller de façon régulière au lieu de le faire par intervalles, et rarement quand il faudrait ; presque toujours, heureusement, en présence d'un témoin. La fin des autres personnages est, en vérité, moins prévisible : soit que l'enregistrement irrégulier de leurs actes aboutisse à une indétermination à plusieurs degrés de liberté, soit qu'ils n'aient pas d'existence réelle, malgré des efforts dans ce sens. Il est à présumer que leur peu d'utilité risque d'aboutir à leur suppres-

sion. *On a certainement noté la faible présence du personnage principal, qui est évidemment Rochelle, et celle du* **Deus ex machina**, *qui est soit le receveur, soit le conducteur du 975, soit encore le chauffeur du taxi jaune et noir (dont la couleur permet de reconnaître qu'il s'agit d'un véhicule condamné). Ces éléments ne sont d'ailleurs que les adjuvants de la réaction — ils n'interviennent pas dans le processus de celle-ci, non plus que dans l'équilibre finalement atteint.*

TROISIÈME MOUVEMENT

I

Amadis surveillait les gestes de Carlo et Marin. La brèche pratiquée dans l'hôtel n'avait pas encore atteint la hauteur voulue, car elle se limitait encore au rez-de-chaussée, et devait, en définitive, sectionner complètement le bâtiment, mais les deux agents d'exécution nettoyaient la place avant de continuer. Adossé au mur, près de l'escalier du premier, Dudu, les mains dans les poches, réfléchissait, en se grattant, aux paroles d'Anne et se demandait s'il ne pourrait pas se passer de ses services. Il décida donc de jeter, en montant, un coup d'œil sur le travail des deux ingénieurs ; s'il était terminé ou à peu près, le moment semblait venu de les congédier.

Il suivait du regard les nombreuses mesures de voie déjà construites ; ainsi posée sur des cales, elle avait l'air d'un jouet. Le sable bien nivelé sous les traverses attendait le ballast ; les wagons et la machine, démontés, reposaient sous des bâches près des piles de rails et de traverses du chantier.

Carlo s'arrêta. Son dos lui faisait mal. Il le déplia lentement et posa les mains sur le manche de sa pelle, puis s'essuya le front avec son poignet. Ses cheveux luisaient de sueur et la poussière s'était collée sur son corps humide. Son pantalon, accroché au bas des reins, faisait de grosses poches molles aux genoux et il regardait par terre en tournant lentement la tête à droite et à gauche. Marin continuait à déblayer et les éclats de verre sonnaient sur la tôle de sa pelle ; il les rejetait, d'un coup de reins, sur le tas de déblais derrière lui.

— Reprenez votre travail, dit Amadis à Carlo.
— Je suis fatigué, dit Carlo.
— Vous n'êtes pas payé pour flemmarder.
— Je ne flemmarde pas, monsieur. Je reprends le souffle.
— Si vous n'avez pas assez de souffle pour faire ce travail, il ne fallait pas l'accepter.
— Je n'ai pas demandé à le faire, monsieur. Je suis forcé de le faire.
— Personne ne vous forçait, dit Amadis. Vous avez signé un contrat.
— Je suis fatigué, dit Carlo.
— Je vous dis de reprendre votre travail.
Marin s'arrêta à son tour.
— On ne peut pas travailler comme des brutes sans jamais respirer, dit-il.
— Si, dit Amadis. Les contremaîtres sont là pour faire respecter cette règle irréfragable.
— Cette quoi ? dit Marin.
— Cette règle irréfragable.
— Vous nous faites suer, dit Marin.
— Je vous prie d'être poli, dit Amadis.
— Pour une fois que ce salaud d'Arland nous fout la paix, dit Marin, foutez-nous-la aussi.
— Je compte bien rappeler Arland à l'ordre, dit Amadis.
— Nous faisons notre boulot, dit Marin. Ça nous regarde, la manière que nous le faisons.
— Pour la dernière fois, dit Amadis, je vous donne l'ordre de reprendre votre travail.
Carlo lâcha le manche de sa pelle qu'il garda entre ses avant-bras et cracha dans ses mains sèches. Marin laissa tomber sa pelle.
— On va vous casser la gueule, dit-il.
— Ne fais pas ça, Marin... murmura Carlo.
— Si vous me touchez, dit Amadis, je proteste.
Marin fit deux pas vers lui et le regarda, et avança encore jusqu'à le toucher.
— Je vais vous casser la gueule, dit-il. On n'a jamais dû le

faire. Vous puez le parfum. Vous êtes une sale tante et un emmerdeur.
— Laisse-le, Marin, dit Carlo. C'est le patron.
— Il n'y a pas de patron dans le désert.
— Ce n'est plus le désert, remarqua ironiquement Amadis. Vous avez déjà vu des chemins de fer dans le désert ?
Marin réfléchit.
— Viens travailler, Marin, dit Carlo.
— Il me casse, avec ses phrases, dit Marin. Si je commence à écouter ce qu'il dit, il va m'entourlouper. Je sais que je ne dois pas lui casser la gueule, mais je crois que je vais le faire quand même, sinon il va m'entourlouper.
— Après tout, dit Carlo, si tu le fais, je peux t'aider.
Amadis se raidit.
— Je vous interdit de me toucher, dit-il.
— Si on vous laisse parler, dit Carlo, c'est sûr qu'on sera refaits. Vous voyez la chose.
— Vous êtes des imbéciles et des brutes, dit Amadis. Reprenez vos pelles, sinon vous ne serez pas payés.
— On s'en fout, dit Marin. Vous avez du fric là-haut et on n'a pas encore été payés. On prendra ce qu'on nous doit.
— Vous êtes des voleurs, dit Amadis.
Le poing de Carlo décrivit une brève trajectoire, rigide et fulgurante, et la joue d'Amadis craqua. Il laissa échapper un gémissement.
— Retirez ça, dit Marin. Retirez ça ou vous êtes un homme mort.
— Des voleurs, dit Amadis. Pas des travailleurs, des voleurs.
Marin s'apprêtait à frapper.
— Laisse, dit Carlo. Pas à deux. Laisse-moi.
— Tu es trop excité, dit Marin. Tu vas le tuer.
— Oui, dit Carlo.
— Je suis furieux aussi, dit Marin, mais si c'est ça, c'est lui qui gagne.
— S'il avait peur, dit Carlo, ça serait tellement plus facile.
— Des voleurs, répéta Amadis
Les bras de Carlo retombèrent.

— Vous êtes une sale tante, dit-il. Dites ce que vous voudrez. Qu'est-ce que vous voulez que ça nous fasse, des histoires de tante ? Vous avez les foies.
— Non, dit Amadis.
— Attendez un peu, dit Marin. Je vais dire à ma femme de s'occuper de vous.
— Assez, dit Amadis. Reprenez votre travail.
— Quel salaud ! dit Carlo.
— Des voleurs et des imbéciles, dit Amadis.
Le pied de Marin l'atteignit au bas-ventre. Il poussa un cri étouffé et tomba sur le sol, replié sur lui-même. Sa figure était blanche et il haletait comme un chien qui a couru.
— Tu as eu tort, dit Carlo. J'étais calmé.
— Oh, ça va, dit Marin. J'ai pas tapé fort. Il va pouvoir marcher dans cinq minutes. Il avait envie de ça.
— Je crois, dit Carlo. Tu as raison.
Ils ramassèrent leurs outils.
— On va être virés, dit Carlo.
— Tant pis, murmura son camarade. On se reposera. Il y a plein d'escargots dans ce désert. C'est les gosses qui disent ça.
— Oui, dit Carlo. On va en faire un drôle de plat.
— Quand le chemin de fer sera fini.
— Quand il sera fini.
Ils entendirent un grondement lointain.
— Tais-toi, dit Marin. Qu'est-ce que c'est ?
— Oh ! dit Carlo. C'est sûrement les camions qui reviennent.
— Il va falloir mettre le ballast, dit Marin.
— Sous toute la voie... dit Carlo.
Martin se courba sur sa pelle. Le bruit des camions grandissait, passa par un maximum, puis ils perçurent la clameur aigre des freins et le silence se fit.

II

L'abbé Petitjean saisit le bras de l'archéologue et lui montra du doigt la cabane de l'ermite.
— Nous y sommes, dit-il.
— Bon. Attendons les gosses... dit l'archéologue.
— Oh, dit l'abbé. Ils sont sûrement capables de se passer de nous.
Athanagore sourit.
— Je l'espère bien pour Angel.
— Le veinard ! dit Petitjean. J'aurais bien usé quelques dispenses pour cette fille.
— Allons, allons... dit l'archéologue.
— Sous ma douillette, précisa Petitjean, bat un cœur viril.
— Libre à vous de l'aimer avec votre cœur... dit l'archéologue.
— Heu... Bien sûr... approuva Petitjean.
Ils étaient arrêtés et regardaient derrière eux, si on peut dire. Derrière les eux de cinq secondes plus tôt.
— Les voilà ! dit Athanagore. Où est Cuivre ?
— Ce n'est pas Angel, dit l'abbé. C'est son copain.
— Vous avez de bons yeux.
— Non, dit Petitjean. Je pense qu'Angel n'est tout de même pas assez noix pour faire ça aussi vite avec une fille pareille.
— C'est bien l'autre, constata Athanagore. Vous le connaissez ?
— Peu. Il est toujours en train de dormir, de travailler ou de prendre de l'exercice avec la secrétaire du pédé.
— Il court... dit l'archéologue.
Anne s'approchait rapidement.
— C'est un beau gars, dit Petitjean.
— On ne le voit jamais... Qu'est-ce qui le prend ?

— Les choses prennent une tournure particulière en ce moment.

— Vous avez raison, dit l'archéologue. Pauvre professeur Mangemanche.

Ils se turent.

— Bonjour ! dit Anne. Je suis Anne.

— Bonjour, dit Athanagore.

— Comment allez-vous ? demanda Petitjean avec intérêt.

— Mieux, dit Anne. Je vais la balancer.

— Votre coquine ?

— Ma coquine. Elle m'embête.

— Alors vous en cherchez une autre ?

— Tout juste, monsieur l'abbé, dit Anne.

— Oh ! je vous prie ! protesta l'abbé. Pas de ces vocables prétentiards. Et d'abord...

Il s'éloigna de quelques pas et se mit à tourner autour des autres en tapant vigoureusement ses pieds sur le sol.

— Trois petits bonhommes s'en allaient au bois ! chanta-t-il.

— Quand ils revenaient ils disaient tout bas... reprit l'archéologue.

— Atchoum ! Atchoum ! Atchoum !... dit Anne en se mettant au pas.

Petitjean s'arrêta et se gratta le nez.

— Il sait les formules aussi ! dit-il à l'archéologue.

— Oui... constata ce dernier.

— Alors, on l'emmène ? dit Petitjean.

— Bien sûr, dit Anne. Je veux voir la négresse.

— Vous êtes un salaud, dit Petitjean. Il vous les faut toutes, alors ?

— Mais non, dit Anne. C'est fini avec Rochelle.

— C'est fini ?

— C'est fini, tout à fait.

Petitjean réfléchit.

— Est-ce qu'elle le sait ? demanda-t-il.

Anne parut légèrement tourmenté.

— Je ne lui ai pas encore dit...

— C'est, à ce que je constate, dit l'abbé, une décision unilatérale et soudaine.
— Je l'ai prise en courant pour vous rattraper, expliqua l'ingénieur.
Athanagore paraissait ennuyé.
— Vous êtes gênant, dit-il. Ça va encore faire des histoires avec Angel.
— Mais non, dit Anne. Il va être très content. Elle est libre.
— Mais qu'est-ce qu'elle va penser ?
— Oh, je ne sais pas, dit Anne. Ce n'est pas une cérébrale.
— C'est vite dit...
Anne se gratta la joue.
— Peut-être que ça va l'ennuyer un peu, admit-il. Personnellement, ça ne me fait rien ; aussi, je ne peux pas m'en préoccuper.
— Vous réglez les choses avec rapidité.
— Je suis ingénieur, expliqua Anne.
— Vous seriez archevêque, dit l'abbé, ça ne serait pas une raison pour plaquer une fille sans la prévenir, quand vous avez couché avec elle encore hier.
— Encore ce matin, dit Anne.
— Vous profitez du moment où votre camarade Angel commence à trouver la voie de l'apaisement, dit Petitjean, pour le rejeter dans l'incertitude. Ce n'est pas sûr du tout qu'il veuille quitter la voie de l'apaisement pour cette fille que vous avez triturée comme un broyeur à boulets.
— Qu'est-ce que c'est, la voie de l'apaisement ? dit Anne. Qu'est-ce qu'il a fait, Angel ?
— Il s'envoie une sacrée poule ! dit Petitjean. Le cochon !...
Il claqua la langue avec bruit et se signa presque aussitôt.
— J'ai encore dit un mot prohibé, s'excusa-t-il.
— Faites donc... approuva Anne machinalement. Comment est-elle, cette femme ? Ce n'est pas la négresse, au moins ?
— Certainement pas, dit Petitjean. La négresse est réservée à l'ermite.

— Il y en a une autre ? dit Anne. Une bien ?
— Allons, dit Athanagore. Laissez votre ami tranquille...
— Mais il m'aime beaucoup, dit Anne. Il ne dira rien si je me l'envoie.
— Vous dites des choses antipathiques, observa l'archéologue.
— Mais il va être heureux comme un entrepreneur de savoir que Rochelle est libre !
— Je ne crois pas, dit l'archéologue. Il est trop tard.
— Il n'est pas trop tard. Elle est encore très bien, cette fille. Et elle en sait un peu plus qu'avant.
— Ce n'est pas agréable pour un homme. Un garçon comme Angel n'aimera pas recevoir des leçons de cet ordre.
— Ah ? dit Anne.
— C'est drôle, dit Petitjean. Parfois vous devez parler d'une façon intéressante, mais, en ce moment, vous êtes odieux.
— Vous savez, moi, dit Anne, les femmes, j'en fais ce qu'il faut, mais ça se borne là. Je les aime bien, mais, pour tous les jours, je préfère les copains ; pour parler, justement.
— Angel n'est peut-être pas comme vous, dit Athanagore.
— Il faut le tirer de là, dit Anne. Qu'il couche avec Rochelle et il en aura vite assez.
— Il cherche autre chose, dit Petitjean. Ce que je cherche, moi, dans la religion... enfin... en principe... parce que je fais quelques bénignes entorses au règlement... Mais je dirai une cinquantaine de chapelets récapitulatifs ; quand je dis une cinquantaine... mettons trois.
— Ce que vous lui offrez de faire, dit l'archéologue, il peut l'avoir avec n'importe quelle fille. Il l'a en ce moment.
— Le cochon ! dit Anne. Il ne m'a pas dit ça. Voyez-vous cet Angel !
— Il cherche autre chose, répéta Petitjean. Ne pensez pas qu'à la trique. Il y a...
Il chercha.
— Je ne sais pas ce qu'il y a, dit-il. Pour les femmes, au

fond, je suis un peu de votre avis. Il faut les tripoter ; mais on peut penser à autre chose.

— Bien sûr, dit Anne. Pour le reste, je vous dis, j'aime mieux les copains.

— Ce qu'il cherche, dit Athanagore, c'est difficile à dire. Il faudrait que vous en eussiez la notion. Je ne peux pas vous raconter des mots qui ne correspondront à rien en vous.

— Allez-y, dit Anne.

— Je crois qu'il cherche un témoin, dit Athanagore. Quelqu'un qui le connaisse et qu'il intéresse assez pour pouvoir se contrôler sans s'observer lui-même.

— Pourquoi pas cette autre fille ? dit Anne.

— C'est Rochelle qu'il a aimée d'abord et le fait qu'elle ne l'aime pas, à la réflexion, lui a semblé un gage d'impartialité. Encore fallait-il arriver à l'intéresser suffisamment pour qu'elle soit ce témoin...

— Angel est un brave type, dit Anne. Je regrette qu'il ait des idées comme ça. Il a toujours été un peu terne.

L'archéologue hésita un moment.

— Peut-être que j'invente, dit-il. Je doute que cela se passe si facilement.

— Comment, si facilement ?

— Je ne sais pas si Angel va se trouver tellement heureux de pouvoir aimer Rochelle en toute liberté. Je crois qu'elle le dégoûte, maintenant.

— Mais non, dit Anne. Il serait difficile.

— Vous l'avez amochée, dit Petitjean. Et, au fait, peut-être qu'elle n'a pas du tout envie de vous remplacer par lui.

— Oh, dit Anne, je lui expliquerai...

— Si nous continuions à marcher, dit Petitjean.

— Je vous suis, dit Anne.

— Je vais vous demander une chose, dit l'archéologue.

Ils se remirent en route tous les trois. Anne dépassait ses deux compagnons de toute une tête. La sienne, pour être précis.

— Je vais vous demander de ne pas le dire à Angel.

— Quoi ?

— Que Rochelle est libre.

— Mais il va être content !

— Je préférerais que Rochelle le sût avant lui.
— Pourquoi ?
— Pour la construction de la chose, dit l'archéologue. Je pense que ça ne peut rien arranger de le dire à Angel tout de suite.
— Ah ! Bon ! dit Anne. Mais je lui dirai après ?
— Naturellement, dit l'archéologue.
— En somme, dit Anne, il faut d'abord que je prévienne Rochelle, et Angel seulement après ?
— C'est normal, dit Petitjean. Supposez que vous changiez d'avis après avoir prévenu Angel et sans l'avoir dit à Rochelle. Pour vous, ça ne cassera rien. Pour Angel, c'est une déception de plus.
— Bien sûr, dit Anne.
— La vraie raison n'est pas celle-ci, naturellement, expliqua l'archéologue. Mais il est inutile que vous la sachiez.
— Celle-ci me suffit, dit Anne.
— Je vous remercie, dit l'archéologue. Je compte sur vous.
— Allons voir la négresse, dit Anne.

III

> *Par exemple, la rubrique « BALLET » comporte tous nos disques de musique de ballet et se trouve à la place alphabétique du mot ballet dans la section classique.*
>
> Catalogue Philips, 1946, p. III.

Rochelle vit entrer Amadis. Il se tenait le bas-ventre d'une main ; il s'appuyait de l'autre au chambranle de la porte et aux murs, et il avait mal. Il boita jusqu'à son fauteuil et s'y laissa tomber avec un air d'épuisement. Il clignait des yeux et son front se remontait en rides successives qui en déformaient la surface molle.

Rochelle s'arrêta de travailler et se leva. Elle ne l'aimait pas.

— Qu'est-ce que je peux faire pour vous ? dit-elle. Vous êtes souffrant ?

— Ne me touchez pas, dit Amadis. C'est un de ces ouvriers qui m'a frappé.

— Voulez-vous vous étendre ?

— Il n'y a rien à faire, dit Amadis. Physiquement. Pour le reste, ils ne perdent rien pour attendre.

Il s'agita légèrement.

— J'aurai voulu voir Dupont.

— Qui, Dupont ?

— Le cuisinier de l'archéologue.

— Où voulez-vous que je le trouve ?

— Il doit être encore avec cette cochonnerie de Lardier... murmura Amadis.

— Vous ne voulez rien prendre ? dit Rochelle. Je peux vous préparer du thé d'édréanthes.

— Non, dit Amadis. Rien.

— Bon.

— Merci, dit Amadis.

— Oh, dit Rochelle, je ne fais pas ça pour vous être agréable. Je ne vous aime pas du tout.

— Je sais, dit Amadis. On prétend pourtant, d'habitude, que les femmes aiment bien les homosexuels.

— Les femmes qui n'aiment pas les hommes, dit Rochelle. Ou les femmes qui généralisent.

— On dit qu'elles se sentent en confiance avec eux, qu'elles n'ont pas peur d'être importunées, etc.

— Quand ils sont beaux, dit Rochelle, c'est possible. Moi, je n'ai pas peur d'être importunée.

— Qui vous importune ici, à part Anne ?

— Vous êtes indiscret, dit Rochelle.

— Ça n'a pas d'importance, dit Amadis. Anne et Angel redeviennent des hommes ordinaires, je les ai renvoyés.

— Anne ne m'importe pas, dit Rochelle. Je fais l'amour avec lui. Il me touche. Il me malaxe.

— Angel vous importune ?

— Oui, dit Rochelle, parce que je veux bien. Il a l'air

moins costaud que son ami. Et puis, je préférais Anne, au début, parce qu'il est moins compliqué.

— Angel est compliqué ? Je trouve qu'il est idiot et paresseux. Et, pourtant, physiquement, il est mieux qu'Anne.

— Non, dit Rochelle. Pas à mon goût. Mais, enfin, il n'est pas mal.

— Vous pourriez coucher avec lui ?

— Bien sûr ! dit Rochelle. Maintenant je peux. Je ne pourrai plus avoir grand-chose d'Anne.

— Je vous demande tout ça parce que vous êtes un monde tellement étrange pour moi, dit Amadis. Je voudrais comprendre.

— C'est le coup que vous avez reçu qui vous rappelle que vous êtes un homme ? dit Rochelle.

— J'ai très mal, dit Amadis, et je suis insensible à l'ironie.

— Quand cesserez-vous de croire qu'on se moque de vous ? dit Rochelle. Si vous saviez comme ça m'est égal !

— Passons, dit Amadis. Vous dites qu'Angel vous importune ; est-ce que cela vous ennuie ?

— Non, dit Rochelle. C'est une espèce de réserve de sécurité.

— Mais il doit être jaloux d'Anne.

— Comment pouvez-vous le savoir ?

— Je raisonne par analogie, dit Amadis. Je sais bien ce que je voudrais faire à Lardier.

— Quoi ?

— Le tuer, dit Amadis. A coups de pied dans le ventre. Tout écraser.

— Angel n'est pas comme vous. Il n'est pas si passionné.

— Vous devez vous tromper, dit Amadis. Il en veut à Anne.

Rochelle le regarda inquiète.

— Vous ne le pensez pas pour de bon ?

— Si, dit Amadis. Ça va se régler comme ça. Qu'est-ce que vous voulez que ça me fasse ? Je ne le dis pas pour vous embêter.

— Vous parlez comme si vous le saviez vraiment, dit

Rochelle. Je crois que vous voulez m'acheter. Les airs mystérieux, ça ne prend pas avec moi.

— Il n'y a pas d'airs mystérieux, dit Amadis. Je souffre et je comprends des choses. A propos, où en est votre travail ?

— Il est terminé, dit Rochelle.

— Je vais vous donner autre chose. Prenez votre bloc.

— Vous devez beaucoup moins souffrir, dit Rochelle.

— Le ballast est arrivé, dit Amadis. Il faut préparer les feuilles de paie des chauffeurs des camions et leur proposer de travailler à la voie.

— Ils refuseront, dit Rochelle.

— Prenez une note de service, dit Amadis. On peut s'arranger pour qu'ils ne refusent pas.

Rochelle fit trois pas et saisit son bloc et son crayon. Amadis s'accouda quelques instants à son bureau, la tête entre ses mains, et il commença à dicter.

IV

— Cet acte saint est vraiment de premier ordre, dit l'abbé Petitjean.

Anne, l'archéologue et l'abbé revenaient à petits pas.

— La négresse... dit Anne. Vingt dieux !...

— Allons, allons, dit l'archéologue.

— Foutez la paix à Claude Léon, dit l'abbé. Il ne se débrouille pas si mal.

— Je lui donnerais bien un coup de main, dit Anne.

— La main n'est pas exactement ce qu'il utilise, dit Petitjean. Vous avez mal suivi le détail.

— Oh, Gygho !... dit Anne. Parlez d'autre chose. Je ne peux plus marcher.

— Ça fait de l'effet, dit l'abbé. Je suis d'accord. Mais moi, j'ai une soutane.

— Qu'est-ce qu'il faut faire pour être prêtre ? demanda Anne.

— Vous, dit Petitjean, vous ne savez pas ce que vous voulez. Tantôt ci, tantôt ça. Tantôt vous dites des conneries, tantôt vous avez l'air intelligent, tantôt vous êtes sensible, et tantôt aussi salaud qu'un marchand de bestiaux qui ne pense qu'à ça. Excusez-moi, mon langage reste bien inférieur à ma pensée.
— Ça va bien, dit Anne. Je vois.
Il se mit à rire et prit le bras de l'abbé.
— Petitjean, dit-il, vous êtes un mâle !
— Merci, dit Petitjean.
— Et vous, vous êtes un lion, continua Anne en se tournant vers l'archéologue. Je suis content de vous connaître.
— Je suis un vieux lion, dit Athanagore. Et la comparaison serait plus exacte si vous aviez choisi un animal fouisseur.
— Mais non, dit Anne. Vos fouilles, c'est de la blague. Vous en parlez toujours et on ne les voit jamais.
— Vous voudriez les voir ?
— Sûr ! dit Anne. Tout m'intéresse.
— Tout vous intéresse un peu, dit Petitjean.
— Tout le monde est comme ça, dit Anne.
— Et les spécialistes, alors ? observa l'archéologue. Mon modeste exemple ne signifie rien, mais seule l'archéologie compte pour moi.
— Pas vrai, dit Anne. C'est un genre.
— Mais pas du tout ! dit Athanagore, indigné.
Anne rit de nouveau.
— Je vous mets en boîte, dit-il. Vous y mettez bien des pots en faïence qui ne vous ont rien fait...
— Taisez-vous, homme superficiel ! dit Athanagore.
Il n'était pas en colère.
— Alors, dit Anne, on va voir vos fouilles ?
— On y va, dit Petitjean.
— Venez, dit l'archéologue.

V

Angel venait à leur rencontre. Il marchait d'un pas incertain, tout chaud encore du corps de Cuivre. Elle était repartie de l'autre côté, pour rejoindre Brice et Bertil et les aider dans leur travail. Elle savait qu'il valait mieux ne pas rester près du garçon inquiet qui venait de la prendre dans un creux de sable délicatement, tendrement, sans vouloir la blesser. Elle rit et courut. Ses jambes fines s'élevaient, élastiques, au-dessus du sol clair, et son ombre dansait près d'elle et lui donnait quatre dimensions.

Lorsqu'il fut tout près d'eux, Angel les regarda avec application. Il ne s'excusait pas de les avoir quittés. Anne était là aussi, fort et gai, comme avant Rochelle ; ainsi, Rochelle était finie.

Il restait un chemin très court à faire jusqu'au campement d'Athanagore. Ils parlaient seulement et les choses étaient prêtes à s'accomplir.

Car Angel savait ce qu'était Cuivre, et il perdait d'un coup tout ce qu'Anne avait eu de Rochelle.

VI

— Je descends, le premier, dit Athanagore. Faites attention. Il y a, en bas, un tas de pierres à emballer.

Son corps s'engagea dans l'ouverture du puits et ses pieds prirent un appui solide sur les barreaux d'argent.

— Passez ! dit Anne en s'effaçant devant Petitjean.

— C'est un sport ridicule, dit Petitjean. Hé, vous, en bas, ne levez pas les yeux. Ça ne se fait pas !

Il rassembla sa soutane dans une main et mit le pied sur le premier échelon.

— Ça va, dit-il. Je descends quand même.

Anne restait près d'Angel.

— Jusqu'où crois-tu que ça descend ? dit-il.

— Je ne sais pas, dit Angel d'une voix étranglée. C'est profond.

Anne se pencha sur l'ouverture.

— On ne voit pas grand-chose, dit-il. Petitjean doit être arrivé. C'est le moment.

— Pas encore... dit Angel avec désespoir.

— Mais si, dit Anne.

Il s'était agenouillé près de l'orifice du puits et scrutait l'ombre dense.

— Non, répéta Angel. Pas encore.

Il parlait plus bas, d'une voix effrayée.

— Il faut y aller, dit Anne. Allons ! Tu as peur ?

— Je n'ai pas peur... murmura Angel.

Sa main toucha le dos de son ami, et, brusquement il le poussa dans le vide. Le front d'Angel était humide de sueur. Il y eut un craquement quelques secondes après, et la voix de Petitjean qui criait tout au fond du puits.

Les jambes d'Angel tremblaient et ses doigts hésitèrent avant de trouver le premier barreau. Ses pieds l'emmenaient en bas et il sentait son corps comme du mercure froid. L'entrée du puits, au-dessus de lui, se découpait en bleu-noir sur un fond d'encre. Le sous-sol s'éclaira vaguement, et il accéléra sa descente. Il entendait Petitjean réciter des mots d'une voix monotone. Il ne regardait pas en bas.

VII

— C'est ma faute, dit l'archéologue à Petitjean.

— Non, dit Petitjean. Je suis coupable aussi.

— Il fallait lui laisser dire à Angel que Rochelle était libre.

— Alors, dit Petitjean, c'est Angel qui serait là.
— Pourquoi fallait-il choisir ?
— Parce qu'il faut choisir, dit Petitjean. C'est emmerdant, mais c'est comme ça.

Anne avait le cou cassé et son corps reposait sur les pierres. Sa figure était neutre et son front portait une large éraflure, à demi cachée par ses cheveux en désordre. Une de ses jambes se repliait sous lui.

— Il faut l'ôter de là, dit Petitjean, et l'allonger.

Ils virent arriver les pieds d'Angel et son corps et Angel s'approcha doucement.

— Je l'ai tué, dit-il. Il est mort.
— Je crois qu'il s'est trop penché, dit l'archéologue. Ne restez pas là.
— C'est moi... dit Angel.
— Ne le touchez pas, dit Petitjean. Ce n'est pas la peine. C'est un accident.
— Non, dit Angel.
— Si, dit l'archéologue. Vous pouvez tout de même accepter ça de lui.

Angel pleurait et sa figure était chaude.

— Attendez-nous par là, dit Athanagore. Suivez le couloir.

Il s'approcha d'Anne. Avec douceur, il lissa les cheveux blonds, et regarda le corps meurtri et pitoyable.

— Il était jeune, dit-il.
— Oui, murmura Petitjean. Ils sont jeunes.
— Ils meurent tous... dit Athanagore.
— Pas tous... il en reste. Vous et moi, par exemple.
— Nous sommes en pierre, dit l'archéologue. Ça ne compte pas.
— Aidez-moi, dit Petitjean.

Ils avaient beaucoup de mal à le soulever. Le corps relâché s'affaissait et traînait par terre. Les pieds de Petitjean dérapaient sur le sol humide. Ils le soulevèrent du tas de pierres et l'allongèrent contre le mur de la galerie.

— Je suis retourné, dit Athanagore. C'est ma faute.
— Je vous répète que non, dit Petitjean. Il n'y avait rien d'autre à faire.

— C'est ignoble, dit Athanagore, que nous ayons été forcés de prêter la main à ça.
— Nous devions être déçus, de toute façon, dit Petitjean. Il se trouve que nous sommes déçus dans notre chair. C'est plus dur à supporter, mais ça passera mieux.
— Ça passera pour vous, dit Athanagore. Il était beau.
— Ils sont beaux, dit Petitjean. Tous ceux qui restent.
— Vous êtes trop dur, dit l'archéologue.
— Un prêtre ne peut pas avoir de cœur, dit Petitjean.
— Je voudrais arranger ses cheveux, dit l'archéologue. Avez-vous un peigne ?
— Je n'en ai pas, dit Petitjean. Ce n'est pas la peine. Venez.
— Je ne peux pas le laisser.
— Ne vous laissez pas aller. Il est près de vous parce qu'il est mort et que vous êtes vieux. Mais il est mort.
— Et je suis vieux, mais vivant, dit l'archéologue. Et Angel est tout seul.
— Il n'aura guère de compagnie, maintenant, dit Petitjean.
— Nous resterons avec lui.
— Non, dit Petitjean. Il s'en ira. Il s'en ira seul. Les choses ne vont pas se tasser si facilement. Nous ne sommes pas encore au bout.
— Qu'est-ce qui peut arriver ?... soupira Athanagore d'une voix lasse et brisée.
— Ça va venir, dit Petitjean. On ne travaille pas dans le désert sans conséquences. Les choses sont mal embringuées. Ça se sent.
— Vous avez l'habitude des cadavres, dit Athanagore. Moi pas. Seulement des momies.
— Vous n'êtes pas dans le coup, dit Petitjean. Vous pouvez juste souffrir, sans rien en tirer.
— Vous en tirez quelque chose, vous ?
— Moi ? dit Petitjean. Je n'en souffre pas. Venez.

VIII

Ils trouvèrent Angel dans la galerie. Ses yeux étaient secs.
— Il n'y a rien à faire ? demanda-t-il à Petitjean.
— Rien, dit Petitjean. Simplement prévenir les autres en revenant.
— Bon, dit Angel. Je leur dirai. Nous allons voir les fouilles.
— Mais oui, dit Petitjean. On est là pour ça.
Athanagore ne parlait pas et son menton ridé frémissait. Il passa entre eux deux et prit la tête de la colonne.
Ils suivirent le chemin compliqué qui menait au front de taille. Angel observait attentivement le toit des galeries et les piédroits et paraissant chercher à se rendre compte de l'orientation du terrain. Ils arrivèrent à la galerie principale tout au bout de laquelle on entrevoyait, à des mesures, le point lumineux que faisaient les appareils d'éclairage. Angel s'arrêta à l'entrée.
— Elle est là-bas ? dit-il.
Athanagore le regarda sans comprendre.
— Votre amie ? répéta Angel. Elle est là-bas ?
— Oui, dit l'archéologue. Avec Brice et Bertil. Elle travaille.
— Je ne veux pas la voir, dit Angel. Je ne peux pas la voir. J'ai tué Anne.
— Arrêtez, dit Petitjean. Si vous répétez encore une fois cette stupidité, je me charge de vous.
— Je l'ai tué, dit Angel.
— Non, dit Petitjean. Vous l'avez poussé et il est mort en arrivant sur les cailloux. C'est un hasard.
— Vous êtes un jésuite... dit Angel.
— Je crois avoir déjà dit que j'ai été élevé chez les Eudistes, dit Petitjean avec calme. Si on se donnait la peine de faire

attention quand je parle, cela n'irait pas plus mal. Vous aviez l'air de réagir correctement, tout à l'heure, et puis, vous flanchez de nouveau. Je vous préviens que je ne vous laisserai pas faire. Pomme de reinette et pomme d'api...
— Tapis, tapis rouge... dirent machinalement Angel et l'archéologue.
— Je pense que vous savez la suite, dit Petitjean, aussi je n'insiste pas. Maintenant, je ne veux pas vous forcer à aller voir ces trois types au bout du couloir. Je ne suis pas un bourreau.
Athanagore toussa ostensiblement.
— Parfaitement, dit Petitjean en se tournant vers lui, je ne suis pas un bourreau.
— Certainement non, dit Athanagore. Votre soutane serait rouge au lieu d'être noire.
— Et la nuit, dit Petitjean, ça ferait le même effet.
— Ou pour un aveugle, dit l'archéologue. Vous n'arrêtez pas d'énoncer des truismes...
— Vous êtes bien accrocheur, dit Petitjean. Je cherche à vous remonter le moral à tous les deux.
— Ça marche très bien, dit Athanagore. On arrive presque à avoir envie de vous engueuler.
— Quand vous y serez tout à fait, dit Petitjean, j'aurai réussi.
Angel se taisait et regardait le bout de la galerie, puis il se retourna et scruta attentivement l'autre côté.
— Quelle direction avez-vous suivie pour creuser ? demanda-t-il à l'archéologue.
Il faisait un effort pour parler naturellement.
— Je ne sais pas, dit l'archéologue. A peu près deux mesures à l'est du méridien...
— Ah... dit Angel.
Il restait immobile.
— Il faudrait se décider, dit Petitjean... On y va ou on n'y va pas ?
— Il faudra que je regarde les calculs, dit Angel.
— Qu'y a-t-il ? demanda l'archéologue.
— Rien, dit Angel. Une supposition. Je ne veux pas y aller.

— Bon, dit Petitjean. Alors, on s'en retourne.
Ils firent demi-tour.
— Vous venez à l'hôtel ? demanda Angel à l'abbé.
— Je vous accompagne, dit Petitjean.
L'archéologue marchait derrière, cette fois, et son ombre était petite à côté de celle de ses deux compagnons.
— Il faut que je me dépêche, dit Angel. Je veux voir Rochelle. Je veux lui dire.
— Je peux lui dire, dit l'abbé.
— Dépêchons-nous, dit Angel. Il faut que je la voie. Je veux voir comment elle est.
— Dépêchons-nous, dit Petitjean.
L'archéologue s'arrêta.
— Je vous laisse, dit-il.
Angel revint en arrière. Il était debout devant Athanagore.
— Je vous demande pardon, dit-il. Je vous remercie.
— De quoi ? dit Athanagore, triste.
— De tout... dit Angel.
— Tout est de ma faute...
— Merci... dit Angel. A bientôt.
— Peut-être, dit l'archéologue.
— Allez, amenez votre viande ; au revoir, Atha ! cria Petitjean.
— Au revoir, l'abbé ! dit Athanagore.
Il les laissa s'éloigner et tourner dans la galerie, puis, il continua derrière eux. Anne attendait tout seul, le long du roc froid ; Angel et Petitjean passèrent et montèrent l'échelle d'argent, et Athanagore arriva, il s'agenouilla près d'Anne et le regarda, et puis sa tête se baissa sur sa poitrine ; il pensait à des choses anciennes, douces, avec un parfum presque évaporé. Anne ou Angel, pourquoi avait-il fallu choisir ?

IX

> *Aimer une femme intelligente est un plaisir de pédéraste.*
>
> BAUDELAIRE, *Fusées.*

Amadis entra dans la chambre d'Angel. Le garçon était assis sur son lit et, à côté de lui, explosait une des chemises du professeur Mangemanche. Amadis cligna des yeux, essaya de s'y faire, mais dut regarder ailleurs. Angel ne disait rien, il avait à peine tourné la tête au bruit de la porte, et il ne bougea pas lorsque Amadis s'assit sur la chaise.

— Savez-vous où est ma secrétaire ? demanda Amadis.

— Non, dit Angel. Je ne l'ai pas vue depuis hier.

— Elle a pris ça très mal, dit Amadis, et j'ai du courrier en retard. Vous auriez bien pu attendre jusqu'à aujourd'hui, avant de lui dire qu'Anne était mort.

— C'est Petitjean qui le lui a dit. Je n'y suis pour rien.

— Vous devriez aller près d'elle, et la consoler, et lui dire que seul le travail pourra la tirer de là.

— Comment pouvez-vous dire cela ? dit Angel. Vous savez bien que c'est un mensonge.

— C'est évident, dit Amadis. Le travail, puissant dérivatif, donne à l'homme la faculté de s'abstraire temporairement des inquiétudes et des charges de la vie quotidienne.

— Rien n'est plus quotidien... vous me faites marcher, dit Angel. Vous ne pouvez pas dire ça sans rire.

— Je ne peux plus rire depuis longtemps, dit Amadis. Je voudrais bien que Rochelle vienne prendre des lettres et que le 975 revienne.

— Envoyez le taxi, dit Angel.

— C'est fait, dit Amadis. Mais vous pensez comme je m'attends à le revoir.

— Vous seriez idiot, dit Angel.

— Vous allez me dire sans doute que je suis une sale tante, maintenant ?

— La barbe ! dit Angel.

— Vous ne voulez pas dire à Rochelle que j'ai du travail pour elle ?

— Je ne peux pas la voir maintenant, dit Angel. Rendez-vous compte ! Anne est mort hier après-midi.

— Je sais bien, dit Amadis. Avant d'avoir été payé. Je voudrais que vous alliez dire à Rochelle que mon courrier ne peut guère attendre.

— Je ne peux pas la déranger.

— Mais si, dit Amadis. Elle est dans sa chambre.

— Pourquoi me demandiez-vous où elle est ?

— Pour que vous soyez inquiet, dit Amadis.

— Je sais très bien qu'elle est dans sa chambre.

— Alors, ça n'a pas servi, dit Amadis. C'est tout.

— Je vais la chercher, dit Angel. Elle ne viendra pas.

— Mais si.

— Elle aimait Anne.

— Elle coucherait très bien avec vous. Elle me l'a dit. Hier.

— Vous êtes un salaud, dit Angel.

Amadis ne répondit pas. Il paraissait absolument indifférent.

— Elle aurait couché avec moi si Anne était encore vivant, dit Angel.

— Mais non. Même maintenant.

— Vous êtes un salaud, répéta Angel. Un sale pédéraste.

— Ça y est, dit Amadis. Vous l'avez dite, la généralité. Alors, vous allez y aller. Le général pousse au particulier.

— Oui, je vais y aller.

Il se leva et les ressorts du lit gémirent doucement.

— Son lit à elle ne fait pas de bruit, dit Amadis.

— Assez... murmura Angel.

— Je vous devais ça.

— Assez... Je ne peux pas vous supporter... Allez-vous-en...

— Tiens, dit Amadis. Vous savez ce que vous voulez, aujourd'hui ?

— Anne est mort...
— Alors, ça vous libère de quoi ?
— De moi, dit Angel. Je me réveille.
— Mais non, dit Amadis. Vous savez bien que vous allez vous suicider maintenant.
— J'ai pensé à ça, dit Angel.
— Allez d'abord chercher Rochelle.
— Je vais la chercher.
— Vous pouvez prendre votre temps, dit Amadis. Si vous voulez la consoler... ou autre chose. Mais ne la fatiguez pas trop. J'ai pas mal de courrier.

Angel passa devant Amadis sans le regarder. Le directeur resta assis sur la chaise et attendit que la porte se ferme.

Le couloir de l'hôtel donnait maintenant, d'un côté, directement sur le vide et Angel s'approcha du bord avant de se rendre chez Rochelle. La voie brillait au soleil entre les deux moitiés de l'hôtel, et, de l'autre côté, le couloir reprenait vers les chambres qui restaient. Entre les rails et les traverses, le ballast gris et propre accrochait des éclats de lumière aux pointes micacées de ses éléments.

Elle s'étendait à perte de vue, de part et d'autre des façades, et les tas de traverses et de rails, invisibles pour Angel, de l'endroit où il se trouvait, avaient presque disparu. Deux des conducteurs de camions finissaient d'assembler les pièces des voitures et de la locomotive qui reposait déjà sur les rails, et le chuintement de la poulie du petit engin de levage brodait sur le rouet régulier du moteur à mazout qui l'actionnait.

Angel se retourna et passa deux portes. Il s'arrêta devant la troisième et frappa.

La voix de Rochelle lui dit d'entrer.

Sa chambre avait le même ameublement que les autres, simple et nu. Rochelle était étendue sur son lit. Elle portait la robe de la veille et les couvertures n'étaient pas défaites.

— C'est moi... dit Angel.

Rochelle se redressa et le regarda. Ses yeux s'éteignaient dans sa figure marquée.

— Comment est-ce arrivé ? dit-elle.

— Je n'ai pas pu vous voir hier, dit Angel. Je pensais que Petitjean vous avait dit.

— Il est tombé dans le puits, dit Rochelle. Vous ne pouviez pas le retenir, parce qu'il était si lourd. Je sais comme il était lourd. Comment est-ce arrivé à Anne ?

— C'est ma faute, dit Angel.

— Mais non... Vous n'étiez pas assez fort pour le retenir.

— Je vous aimais énormément, dit Angel.

— Je sais, dit Rochelle. Vous m'aimez encore beaucoup.

— C'est pour ça qu'il est tombé, dit Angel. Il semble. Pour que je puisse vous aimer.

— Il est trop tard, dit Rochelle avec une sorte de coquetterie.

— Il était trop tard même avant.

— Alors, pourquoi est-il tombé ?

— Il n'a pas pu tomber, dit Angel. Pas Anne.

— Oh, dit Rochelle, c'est un accident.

— Vous n'avez pas dormi ?

— Je pensais qu'il ne fallait pas me coucher, dit-elle, parce que, tout de même, un mort, ça se respecte.

— Et vous vous êtes endormie... dit Angel.

— Oui, l'abbé Petitjean m'avait donné une chose que j'ai prise.

Elle lui tendit un flacon plein.

— J'ai pris cinq gouttes. J'ai très bien dormi.

— Vous avez de la veine, dit Angel.

— Ce n'est pas quand les gens sont morts qu'on y change quelque chose en se lamentant, dit Rochelle. Vous savez, ça m'a fait beaucoup de peine.

— Moi aussi, dit Angel. Je me demande comment nous pouvons vivre après cela.

— Vous croyez que ce n'est pas bien ?

— Je ne sais pas, dit Angel.

Il regarda le flacon.

— Si vous aviez pris la moitié de la bouteille, dit-il, vous ne vous seriez pas réveillée.

— J'ai fait de très beaux rêves, dit Rochelle. Il y avait deux hommes amoureux de moi, qui se battaient pour moi, c'était merveilleux. C'était très romanesque.

— Je vois ça, dit Angel.

— Peut-être qu'il n'est pas tellement trop tard, dit Rochelle.

— Vous avez vu Anne ?

— Non !... dit Rochelle. Ne me parlez pas de ça, ça me déplaît. Je ne veux pas penser à ça.

— Il était beau, dit Angel.

Rochelle le regardait avec inquiétude.

— Pourquoi me dites-vous ces choses-là ? dit-elle. J'étais calme, et vous venez me faire peur et m'impressionner. Je ne vous aime pas quand vous êtes comme ça. Vous êtes toujours triste. Il ne faut pas penser à ce qui est arrivé.

— Vous pouvez vous en empêcher ?

— Tout le monde peut s'en empêcher, dit Rochelle. Je suis vivante, moi. Vous aussi.

— J'ai honte de vivre... dit Angel.

— Dites, dit Rochelle, vous m'aimiez tant que ça !

— Oui, dit Angel. Tant que ça.

— Je vais être bientôt consolée, dit Rochelle. Je ne peux pas penser à une chose triste longtemps. Bien sûr, je vais me rappeler Anne souvent...

— Pas tant que moi, dit Angel.

— Oh ! vous n'êtes pas drôle, dit Rochelle. Nous sommes vivants tous les deux, après tout !

Elle s'étira.

— Amadis voulait que vous veniez pour le courrier, dit Angel, et il se mit à rire amèrement.

— Je n'ai pas envie, dit-elle. Je suis abrutie avec ces gouttes. Je vais me coucher pour de bon, je crois.

Angel se leva.

— Vous pouvez rester, dit-elle. Ça ne me gêne pas. Vous pensez ! Après une chose pareille ! On ne va pas faire des manières...

Elle commençait à défaire sa robe.

— J'avais peur que vous n'ayez pris une dose trop forte, dit Angel.

Il tenait toujours le flacon à la main.

— Pensez-vous ! L'abbé Petitjean m'avait bien dit de ne pas dépasser cinq gouttes.

— Si on dépasse la dose prescrite, dit Angel, vous savez ce qui arrive.

— On doit dormir très longtemps, dit Rochelle. Ça doit être dangereux. Peut-être qu'on meurt. Ce ne sont pas des trucs à faire.

Angel la regarda. Elle avait enlevé sa robe et son corps se dressait, épanoui et robuste, mais marqué, à tous les endroits fragiles, de rides et de cassures imperceptibles en apparence. Ses seins affaissés pesaient sur le tissu frêle du soutien-gorge blanc, et ses cuisses charnues laissaient transparaître des veines sinueuses et bleutées. Elle baissa la tête avec un sourire en rencontrant les yeux du garçon et se coula rapidement entre les draps.

— Asseyez-vous près de moi, dit-elle.

— Prendre chacun la moitié de la bouteille... murmura Angel.

Il s'assit près d'elle et continua.

— On doit pouvoir s'en tirer comme cela aussi.

— Se tirer de quoi ? dit Rochelle. La vie est bonne.

— Vous aimiez Anne...

— Mais oui, dit Rochelle. Ne recommencez pas. Est-ce que vous ne voyez pas que vous me faites de la peine quand vous me parlez de ces choses-là ?

— Je ne peux plus supporter ce désert où tout le monde vient crever.

Elle s'étendit sur l'oreiller.

— Pas tout le monde.

— Mais si... Mangemanche, Pippo, l'interne, Anne, l'inspecteur... vous et moi.

— Pas nous deux, dit Rochelle. Nous sommes vivants.

— Comme dans les romans, dit Angel. Mourir ensemble. L'un près de l'autre.

— Tendrement enlacés, dit Rochelle. C'est joli, comme image, vous ne trouvez pas ? Je l'ai lu.

— Comme ça, l'un après l'autre, dit Angel.

— C'est dans les romans, dit Rochelle... Ça n'existe pas.

— Ce serait bien... dit Angel.

Elle réfléchit et croisa ses bras sous sa tête.

— Ça serait aussi comme un film, dit-elle. Vous croyez qu'on peut mourir comme ça ?

— Peut-être pas, dit Angel. Malheureusement.

— Ce serait comme un film que j'ai vu, dit Rochelle. Ils mouraient d'amour l'un à côté de l'autre. Est-ce que vous pourriez mourir d'amour pour moi ?

— Je crois que j'aurais pu, dit Angel.

— Vous pourriez vraiment ? C'est drôle...

— Je ne crois pas qu'on puisse avec ça, dit Angel en débouchant le flacon.

— Non ? On dormirait seulement ?

— Probablement.

— Si on essayait, dit Rochelle. Cela serait si beau, s'endormir maintenant. Je voudrais faire encore ce rêve.

— Il y a des drogues, dit Angel, qui vous font faire des rêves comme ça tout le temps.

— C'est vrai, dit Rochelle. Peut-être cette drogue-là ?

— Probablement, dit Angel.

— J'ai envie... dit Rochelle. Je voudrais refaire ce rêve. Je ne peux pas dormir toute seule.

Elle lui glissa un regard inquisiteur. Il avait la tête baissée et regardait le flacon.

— On en prend un peu chacun ? dit-elle.

— On peut s'en tirer comme ça aussi, répéta Angel.

— C'est amusant, dit Rochelle en s'asseyant. J'aime bien ces choses-là. Être un peu ivre, ou prendre des drogues et ne plus savoir bien ce qu'on fait.

— Je pense que Petitjean a exagéré, dit Angel. Si on prend chacun la moitié de la bouteille, ça doit nous faire faire des rêves formidables.

— Alors, vous restez avec moi ? dit Rochelle.

— Mais... ça ne se fait pas... dit Angel.

Elle rit.

— Vous êtes idiot. Qui viendra ?

— Amadis vous attendait.

— Oh... dit Rochelle. Après la peine que j'ai eue, je ne vais pas travailler maintenant. Donnez le flacon.

— Attention, dit Angel. Tout, ça serait dangereux.

— On partage !... dit Rochelle.

Elle prit le flacon des mains d'Angel et le porta à ses lèvres. Elle s'arrêta au moment de boire.
— Vous restez avec moi ? dit-elle.
— Oui... dit Angel.
Il était blanc comme de la craie.
Rochelle but la moitié du flacon et le lui rendit.
— C'est mauvais, dit-elle. A vous...
Angel garda le flacon dans sa main. Il ne la quittait pas des yeux.
— Qu'est-ce que vous avez ? demanda-t-elle. Vous n'êtes pas bien ?
— Je pense à Anne... dit-il.
— Oh !... La barbe !... Encore !...
Il y eut un silence.
— Buvez, dit-elle, et venez près de moi. On est bien.
— Je vais le faire, dit Angel.
— Cela met longtemps, pour dormir ? demanda-t-elle.
— Pas très longtemps, dit Angel très bas.
— Venez, dit Rochelle. Tenez-moi.
Il s'assit à son chevet et glissa son bras derrière le dos de la jeune femme qui se redressa avec effort.
— Je ne peux plus bouger mes jambes, dit-elle. Mais cela ne fait pas mal. C'est agréable.
— Vous aimiez Anne ? dit Angel.
— Je l'aimais bien. Je vous aime bien aussi.
Elle remua faiblement.
— Je suis lourde.
— Non.
— J'aimais Anne... mais pas trop, murmura-t-elle. Je suis bête...
— Vous n'étiez pas bête, murmura Angel aussi doucement qu'elle.
— Assez bête... Vous allez boire bientôt ?
— Je vais boire...
— Tenez-moi... acheva-t-elle dans un souffle.
Elle laissa aller sa tête sur la poitrine d'Angel. Il voyait d'en haut ses cheveux fins et sombres, et la peau claire entre leurs mèches lourdes. Il posa la fiole qu'il tenait encore de la main

gauche et prit le menton de la jeune femme. Il lui releva la tête et retira sa main. Doucement, la tête retomba.

Il se dégagea avec effort et l'allongea sur le lit. Les yeux de Rochelle étaient fermés.

Il regarda, devant la fenêtre, une branche d'hépatrol chargée de fleurs d'oranges qui s'agitait sans bruit, faisant des taches dans le soleil de la chambre.

Angel prit la bouteille brune et resta debout près du lit. Il regardait le corps de Rochelle, la figure pleine d'horreur, et sentait, sur sa main droite, l'effort qu'il avait fait pour la soulever dans son lit. L'effort qu'il avait fait pour pousser Anne dans le vide.

Il n'entendit pas l'abbé Petitjean entrer, mais céda à la pression des doigts sur son épaule et le suivit dans le couloir.

X

Ils descendirent ce qui restait de l'escalier. Angel tenait encore le petit flacon brun et Petitjean marchait devant lui, sans rien dire. L'odeur des fleurs rouges remplissait la brèche entre les deux moitiés de l'hôtel. La dernière marche aboutissait maintenant au-dessus des rails, et ils trébuchèrent l'un après l'autre sur les cailloux tranchants. Angel s'efforça de marcher sur les traverses, dont la surface était lisse et plus commode. Puis, Petitjean sauta de la voie sur le sable des dunes et Angel le suivit. Il voyait tout avec toute sa tête et plus seulement ses yeux, et il allait se réveiller ; il sentait sa torpeur se concentrer à l'intérieur avant de se vider d'un coup, mais il fallait que quelqu'un crève la paroi et Petitjean venait le faire. Alors, il boirait la petite bouteille.

— Que comptiez-vous faire ? dit Petitjean.
— Vous allez m'expliquer... dit Angel.
— C'est à vous de trouver, dit Petitjean. Je veux bien confirmer ce que vous aurez trouvé, mais vous devez le trouver tout seul.

— Je ne peux pas le trouver en dormant, dit Angel. Maintenant, je dors. Comme Rochelle.
— Il ne peut pas mourir quelqu'un sans que vous éprouviez le besoin d'épiloguer, dit Petitjean.
— Quand j'y suis pour quelque chose, c'est normal.
— Vous croyez que vous y êtes pour quelque chose ?
— Certainement, dit Angel.
— Vous pouvez tuer quelqu'un et vous ne pouvez pas vous réveiller...
— Ce n'est pas pareil. Je les ai tués en dormant.
— Mais non, dit Petitjean. Vous le dites mal. Ils sont morts pour vous réveiller.
— Je sais, dit Angel. Je comprends. Il faut que je boive ce qui reste. Mais, maintenant, je suis tranquille.
Petitjean s'arrêta, se retourna vers Angel et le regarda bien droit entre les yeux.
— Vous avez dit ?
— Que je vais boire ce qui reste, dit Angel. J'aimais Anne et Rochelle et ils sont morts.
Petitjean regarda son poing droit, le ferma deux ou trois fois, releva sa manche et dit :
— Attention !...
Et Angel vit une masse noire lui arriver en plein dans le nez. Il chancela et tomba assis sur le sable. Sa tête sonnait clair comme une cloche d'argent. Du sang coulait de son nez.
— Mince !... dit-il avec une voix d'enrhumé.
— Ça va mieux ? demanda Petitjean. Vous permettez ?
Il prit son chapelet.
— Combien avez-vous vu d'étoiles ?
— Trois cent dix, dit Angel.
— Mettons... quatre, dit Petitjean.
Il égrena le chapelet quatre fois avec la virtuosité dont il faisait preuve en ces occasions-là.
— Où est ma bouteille ? dit brusquement Angel.
Le petit flacon brun s'était renversé sur le sable et une tache d'humidité s'allongeait sous le goulot. Le sable commençait à noircir à cet endroit et il montait une fumée cauteleuse.

Angel tenait sa tête avancée au-dessus de ses genoux écartés et son sang criblait le sol de points foncés.

— La paix ! dit Petitjean. Vous voulez que je recommence ?

— Ça m'est égal, dit Angel. Il y a d'autres façons de mourir.

— Oui, dit Petitjean. De taper sur le blair aussi, je vous préviens.

— Oh, dit Angel, vous ne resterez pas là tout le temps.

— Certainement pas. Ce sera inutile.

— Rochelle... murmura Angel.

— Vous avez l'air malin, dit Petitjean, à dire des noms de femme avec le nez qui pisse du sang. Rochelle, il n'y en a plus. C'est marre. Pourquoi est-ce que vous croyez que je lui ai donné le flacon ?

— Je ne sais pas, dit Angel. Alors, moi je n'y suis pour rien ? Encore une fois ?

— Ça vous embête, hein ?

Angel essayait de réfléchir. Des choses passaient dans sa tête pas tellement vite, mais en vibrant si serré qu'il ne pouvait pas les reconnaître.

— Pourquoi n'avez-vous pas bu tout de suite ?

— Je recommencerai... dit Angel.

— Allez-y. En voilà une autre.

L'abbé Petitjean fouilla dans sa poche et mit au jour un flacon brun exactement semblable au premier. Angel tendit la main et le prit. Puis, il le déboucha et versa quelques gouttes sur le sable. Cela fit une tache minuscule, et une fumée jaune déroula sa volute paresseuse dans l'air immobile.

Angel lâcha le bouchon et garda le flacon bien serré dans le poing. De sa manche, il s'essuya le nez, et regarda, dégoûté, la traînée sur son avant-bras. Son sang s'était arrêté de couler.

— Mouchez votre nez, dit Petitjean.

— Je n'ai pas de mouchoir, dit Angel.

— Vous avez sans doute raison, dit Petitjean. Vous n'êtes pas bon à grand-chose et vous ne voyez rien.

— Je vois ce sable, dit Angel. Ce chemin de fer... ce ballast... cet hôtel coupé en deux... Tout ce travail qui ne sert à rien...

— On peut le dire, dit Petitjean. C'est quelque chose que de le dire.

— Je vois. Je ne sais pas. Anne et Rochelle... Vous allez encore me taper sur le nez.

— Non, dit Petitjean... Qu'est-ce que vous voyez d'autre ?

La figure d'Angel paraissait s'éclairer peu à peu.

— Il y avait la mer, dit-il. En venant. Les deux gosses sur le pont. Les oiseaux.

— Rien que ce soleil, dit Petitjean, ça ne vous suffit pas ?

— C'est pas mal... dit Angel lentement. Il y a l'ermite et la négresse.

— Et la fille d'Athanagore...

— Laissez-moi chercher, dit Angel. Il y a des tas de choses à voir.

Il regarda le flacon.

— Mais on voit aussi Anne et Rochelle... murmura-t-il.

— On voit ce qu'on veut, dit Petitjean. Et puis voir, c'est bien, mais c'est pas suffisant.

— Peut-être qu'on peut faire des choses... dit Angel. Aider les gens...

Il ricana.

— On est tout de suite arrêté, dit-il. Vous comprenez, on peut aussi tuer Anne et Rochelle...

— Sans doute, dit Petitjean.

— Et faire des chemins de fer qui ne servent à rien.

— Bien sûr, dit Petitjean.

— Alors ?...

— Alors, c'est tout ce que vous voyez ?

Petitjean s'assit sur le sable à côté d'Angel.

— Alors, buvez, dit-il. Si vous n'avez pas plus d'imagination que cela...

Ils se turent tous les deux. Angel cherchait et sa figure était tirée.

— Je ne sais pas, dit-il. Je trouve des choses à voir, à sentir, mais pas encore à faire. Je ne peux pas ne pas savoir ce que j'ai déjà fait...

— Vous nous cassez les pieds, dit Petitjean. N'ergotez pas. Buvez.

Angel lâcha le flacon. Petitjean ne fit pas un geste pour le ramasser et il se vida rapidement. Angel était contracté et tendu, puis ses muscles se relâchèrent et ses mains pendirent inertes. Il releva la tête et renifla.

— Je ne sais pas... dit-il. Voir, ça me suffit pour commencer. On doit voir loin quand on n'a plus envie de rien.

— Vous êtes sûr que vous voyez ? dit Petitjean.

— Je vois des tas de choses, dit Angel. Il y a tellement de choses à voir...

— Quand on en a vu beaucoup, dit Petitjean, on sait ce qu'on doit faire.

— On sait ce qu'on doit faire... dit Angel.

— C'est simple... dit Petitjean.

Angel ne dit rien. Il tournait quelque chose dans sa tête.

— Le professeur Mangemanche est parti dans la zone noire, dit-il.

— C'est comme vous, si vous aviez bu, dit Petitjean. Vous voyez qu'on peut le faire aussi.

— Mais c'est mieux ? dit Angel.

— Moi, je trouve que c'est raté, dit Petitjean. Enfin, ça sert d'exemple. Il faut aussi des exemples de choses qui ratent.

Il se recueillit un instant.

— Une petite prière ? proposa-t-il. Je te tiens, tu me tiens par la barbichette...

— Le premier qui rira aura une tapette...

— Si tu ris, pan, pan. Amen, conclut l'abbé.

— C'est à Amadis qu'il faut chanter ça, dit Angel.

— Mon fils, dit Petitjean, vous êtes railleur et malintentionné.

Ils se levèrent. Devant eux, le train, presque terminé, s'allongeait sur les rails ; les conducteurs des camions cognaient à grands coups de marteaux sur les tôles de la chaudière et l'acier noir résonnait sous le soleil.

XI

> *Mais il me semblerait étrange que Boris, un garçon sérieux, ait eu en 1889 l'idée bizarre de copier de pareilles balivernes.*
>
> Ch. CHASSÉ, *Les Sources d'Ubu Roi*, Floury, p. 44.

Le directeur Dudu avait convoqué tout le personnel, et celui-ci se pressait sur le quai provisoire, érigé à la hâte par Marin et Carlo. Le train comportait deux wagons. Il y avait là Carlo, Marin et leurs familles respectives, ce salaud d'Arland, les trois conducteurs de camions dont l'un s'occupait déjà d'enfourner du charbon dans la chaudière, Amadis lui-même et Dupont, le serviteur nègre d'Athanagore, invité spécialement et qui paraissait inquiet, car Amadis lui avait fait réserver un compartiment spécial où ils se trouveraient en tête à tête. Il y eut un grand coup de sifflet et tout le monde se rua à l'assaut des marchepieds.

Angel et l'abbé Petitjean regardaient du haut de la dune. Athanagore et ses aides ne s'étaient pas dérangés, et l'ermite devait baiser la négresse.

Le directeur Dudu apparut à la portière du compartiment réservé, et sa main s'abaissa trois fois pour donner le signal du départ. Les freins crièrent, la vapeur pouffa, et le convoi s'ébranla peu à peu avec un bruit joyeux. Les mouchoirs s'agitaient aux fenêtres.

— Vous devriez y être, dit Petitjean.

— Je ne fais plus partie de la Société, dit Angel. Ce train me dégoûte.

— Je reconnais qu'il ne sert à rien, dit Petitjean.

Ils regardèrent la locomotive s'engager entre les deux morceaux de l'hôtel en ruine. Le soleil faisait briller la laque du toit des wagons, et les hépatrols piquetaient de rouge la façade démantelée.

— Pourquoi résonne-t-il comme ça, sur les rails ? dit Petitjean. On dirait que c'est creux.

— C'est le bruit que ça fait d'habitude sur le ballast, dit Angel.

Le train disparut, mais on voyait la fumée s'élever en l'air en balles de coton blanc.

— Il va revenir, expliqua Angel.

— Je le pensais, dit l'abbé.

Ils attendirent en silence, guettant la respiration pressée de la machine qui s'évanouit au loin. Puis le bruit se fit entendre de nouveau.

Au moment où, en marche arrière, la machine pénétrait de nouveau dans l'hôtel, il se fit une rumeur sourde. Le convoi parut chanceler sur les rails qui s'enfoncèrent d'un coup dans le sol. La locomotive disparut. Une craquelure immense s'étendit tout le long de la voie, gagnant de proche en proche, et les wagons semblèrent aspirés par le sable. Le sol s'effondrait dans un vacarme de blocs broyés, et la voie sombrait lentement comme un chemin recouvert par la marée. Le sable accumulé des deux côtés s'affaissait en nappes obliques, en vagues qui, nées au bas de la pente, semblaient gagner le sommet en remontant d'un coup le versant à mesure que les grains jaunes déroulaient le long du talus.

L'abbé Petitjean, frappé d'horreur, avait saisi le bras d'Angel, et les deux hommes virent le sable combler inexorablement la faille énorme née sous leurs yeux. Il y eut une dernière secousse à l'aplomb de l'hôtel et une gigantesque bouffée de vapeur et de fumée explosa sans bruit, tandis qu'une pluie de sable couvrait le bâtiment. La fumée s'effilocha devant le soleil en un instant, et les herbes vertes et pointues s'agitèrent légèrement au passage du courant d'air.

— Je le pensais, dit Angel. Je l'ai pensé l'autre jour... et je l'ai oublié.

— Ils ont construit juste au-dessus d'un trou, dit Petitjean.

— Au-dessus des fouilles d'Athanagore... dit Angel. C'était là... à deux mesures de l'arc du méridien... et puis, Rochelle est morte... et je l'ai oubliée...

— Nous ne pouvons rien faire, dit Petitjean. Espérons que l'archéologue s'en est tiré...
— C'est ma faute, dit Angel.
— Cessez de vous croire responsable du monde, dit Petitjean. Vous êtes partiellement responsable de vous et c'est suffisant. C'est leur faute comme la vôtre. C'est aussi la faute d'Amadis et celle de l'archéologue. Et celle d'Anne. Venez. Nous allons voir s'ils sont vivants.
Angel suivit Petitjean. Ses yeux étaient secs. Il paraissait reprendre des forces.
— Allons, dit-il. Allons jusqu'au bout.

XII

Angel attendait l'autobus 975. Il était par terre adossé au poteau d'arrêt et Petitjean, assis dans la même position, lui tournait le dos. Ils se parlaient sans se regarder. Angel avait sa valise à côté de lui et un gros paquet de lettres et de rapports retrouvés sur le bureau d'Amadis Dudu.
— Je regrette que l'archéologue n'ait pu m'accompagner, dit Angel.
— Il a beaucoup de travail, dit Petitjean. Son matériel a été amoché. C'est une veine qu'ils n'aient rien eu, ni lui ni ceux de son équipe.
— Je sais bien, dit Angel. Pourvu que l'autobus arrive !...
— Il ne passait plus ces derniers temps, dit Petitjean.
— Il va repasser, dit Angel. Ça correspondait, sans doute, au congé annuel du conducteur.
— C'est la saison... dit Petitjean.
Angel se racla la gorge. Il était ému.
— Je ne vais plus vous voir, dit-il. Je voulais vous remercier.
— Ce n'est rien, dit l'abbé. Vous reviendrez.
— Je peux vous poser une question ?

— Faites donc.
— Vous devez la connaître. Pourquoi est-ce que vous portez la soutane ?
L'abbé rit doucement.
— C'est bien ça que j'attendais... dit-il. Je vais vous dire. C'est la méthode moderne.
— Quelle méthode ?
— Il faut noyauter... répondit l'abbé Petitjean.
— Je vois... dit Angel.
Ils entendirent le moteur.
— Il arrive... dit Petitjean.
Il se leva. Angel en fit autant.
— Au revoir. A bientôt.
— Au revoir !... dit Angel.
L'abbé Petitjean lui serra la main et partit sans se retourner. Il sautait haut pour que sa robe prît à chaque retombée la forme d'une cloche. Il était tout noir sur le sable.
Angel tâta d'un doigt tremblant le col de sa chemise jaune et leva la main. Le 975 s'arrêta pile devant lui. Le receveur tournait sa boîte et une jolie musique s'en échappait.
Il n'y avait qu'un voyageur à l'intérieur, et il portait une petite serviette, marquée A. P., Antenne Pernot ; il était habillé comme pour se rendre à son bureau. Il parcourut le couloir, plein d'aisance, et sauta légèrement en bas de l'autobus. Il se trouva nez à nez avec le conducteur. Ce dernier venait de quitter son siège et s'approchait pour voir ce qui se passait. Il portait un bandeau noir sur l'œil.
— Bigre ! dit le conducteur. Un qui descend et un qui remonte !... Et mes pneus, alors ! J'ai pas le droit de prendre de la surcharge.
L'homme à la serviette le regarda, gêné, et profitant de ce que l'autre se remettait l'œil en place, avec son cure-pipe, s'enfuit à toutes jambes.
Le conducteur se toucha le front.
— Je commence à être habitué, dit-il. Ça fait le second.
Il regagna son siège.
Le receveur aida Angel à monter.
— Allons, allons ! dit-il. Ne nous bousculons pas !... Les numéros, s'il vous plaît !...

Angel monta. Il posa sa valise sur la plate-forme.
— A l'intérieur, les bagages!... dit le receveur. Ne gênez pas le service, s'il vous plaît!...
Il se pendit à la poignée qu'il agita plusieurs fois.
— Complet!... cria-t-il.
Le moteur ronfla et l'autobus partit. Angel posa sa valise sous une banquette et revint sur la plate-forme.
Le soleil brillait au-dessus du sable et des herbes. Des touffes de scrub spinifex marquaient le sol. A l'horizon, il apercevait confusément une bande noire et immobile.
Le receveur s'approcha de lui.
— Terminus!... dit Angel.
— Vole!... répondit le receveur en levant le doigt vers le ciel.

PASSAGE

Il y a eu, peu de temps après, une séance au Conseil d'administration ; sur l'insistance du président Ursus de Janpolent, qui a donné lecture d'une missive d'Antenne Pernot, ils ont décidé d'envoyer un corps de techniciens et d'agents d'exécution pour étudier la possibilité de réaliser, en Exopotamie, un chemin de fer à voie normale, à un emplacement différent du précédent, afin d'éviter l'incident fâcheux qui a marqué la fin des premiers travaux. Les membres présents se sont félicités de la somme de renseignements recueillis grâce aux efforts du regretté Amadis Dudu, dont le nouveau directeur, Antenne Pernot, tirera largement profit, ce qui permettra de réduire ses appointements dans de notables proportions. La composition de l'expédition sera donc la suivante : une secrétaire, deux ingénieurs, deux agents d'exécution, et trois conducteurs de camions. En raison des propriétés particulières que possède le soleil en Exopotamie, et étant donnée la nature du sol, il risque de se produire des phénomènes remarquables ; il faut tenir compte également du fait qu'en Exopotamie se trouvent déjà un archéologue et ses aides, un ermite et une négresse, et l'abbé Petitjean, qui a beaucoup d'ermites à inspecter. Les agents d'exécution partent avec leur famille. La complexité de l'ensemble fait que tout ce qui peut leur arriver est vraiment, malgré l'expérience acquise, impossible à prévoir, encore plus à imaginer. Il est inutile de tenter de le décrire, car on peut concevoir n'importe quelle solution.

AVANT DE RELIRE
« L'AUTOMNE À PÉKIN »

par

François Caradec

L'Automne à Pékin exige la relecture, non une relecture occasionnelle et tardive, mais immédiate. Cette postface devient ainsi la préface que la dernière phrase du roman de Boris Vian justifie, car, entre toutes les interprétations nouvelles qui apparaîtront aux yeux du lecteur, *on peut concevoir n'importe quelle solution.*

L'Automne à Pékin est un des rares romans de notre temps qui rende aux mots leur sens littéral, sans préjudice de tous les autres sens possibles. Raymond Queneau, en tête de l'édition originale de *l'Arrache-Cœur*, en 1953, qualifiait *l'Automne à Pékin* d'*œuvre difficile et méconnue*. En effet, non seulement les mots semblent y adopter, pour la première fois de leur existence dans le domaine romanesque, leur véritable sens, mais il leur arrive, avec la même désinvolture et la même obstination, de signifier tout autre chose que ce que nous en attendions.

— *Vous disiez que ce sont des élymes? demanda l'abbé Petitjean en désignant les herbes.*
— *Pas celles-là, observa l'archéologue. Il y a aussi des élymes.*
— *C'est sans aucun intérêt, remarqua l'abbé. A quoi bon connaître le nom si l'on sait ce qu'est la chose?*
— *C'est utile pour la conversation.*
— *Il suffirait de donner un autre nom à la chose.*
— *Naturellement, dit l'archéologue, mais on ne désignerait pas la même chose par le même nom, suivant l'interlocuteur avec lequel on serait en train de converser.*
— *Vous faites un solécisme, dit l'abbé. L'interlocuteur que l'on serait en train de convertir.*
— *Mais non, dit l'archéologue. D'abord, ce serait un bar-*

barisme, ensuite, ça ne veut absolument pas dire ce que je voulais dire.

Nous touchons ici au sens profond et souterrain de *l'Automne à Pékin* et de la plupart des romans de Boris Vian. Ce goût de la confusion sémantique n'a pas manqué d'entraîner de nombreuses erreurs (souvenons-nous des cafouillages de la critique devant les *Bâtisseurs d'Empire*). Ces nouvelles confusions ne pouvaient déplaire à Boris Vian : s'il en donnait parfois les clefs, c'était pour mieux confondre son lecteur.

Aussi devons-nous croire que les interprétations qui ont été données de *l'Automne à Pékin* sont toutes rigoureusement exactes, lors même qu'elles apparaissent contradictoires. On sait que depuis *Vercoquin et le Plancton*, écrit en 1943-44, Boris Vian affichait pour l'œuvre pataphysique d'Alfred Jarry une grande admiration : ici aussi tous les sens sont prévus, y compris ceux que le lecteur croit apporter lui-même.

Tel est le sens du dernier *Passage*.

L'Automne à Pékin n'est pas un roman à clefs. Si l'on y rencontre les noms de personnages bien réels, ceux-ci n'apportent pas à l'intrigue de prolongements nouveaux : ils ne sont là que pour la jubilation de l'auteur qui ne dédaigne pas de la faire partager au lecteur. Il en va de même des références ou d'allusions à certaines sources — d'alluvions, devrais-je écrire. Il serait vain de les signaler toutes, d'épargner au lecteur le plaisir de la découverte, comme de réduire le roman à un jeu d'énigmes analogue à celui des mots croisés. Boris Vian requérait la complicité de son lecteur. Aussi n'aimait-il pas le cinéma qui demande la mise en branle de moyens monstrueux pour l'accouchement prématuré d'œuvres éphémères d'où toute complicité, toute communication directe avec le spectateur ont disparu.

Cette « complicité » qu'il recherchait dans ses romans explique leur première « difficulté » à une époque où il était interdit au lecteur de jouer avec la serrure. On travaillait ferme alors dans l'humain et la tranche de vie, servie désossée, et, la plupart du temps, la clef était sous le paillasson.

Lors de la réédition en 1956 de *l'Automne à Pékin*, Noël Arnaud a brillamment et joyeusement développé les thèmes de la Quête alchimique qui traversent le roman de Boris Vian comme une lame de Tolède une motte de beurre. A elle seule, cette interprétation capitale impose une relecture : auparavant, l'apprenti devra s'initier aux arcanes du Grand Labeur.

Mais cette Quête ne nous suffit pas. Boris Vian, ingénieur E.C.P., a voulu encore écrire un roman technicien. L'inutilité de cette ligne de chemin de fer en plein désert n'est qu'apparente. Il n'est pas encore prouvé que les calculs qui amènent les ingénieurs à lui faire traverser la seule habitation humaine du désert d'Exopotamie aient été aussi absurdes qu'il peut paraître à première vue. Est-ce dérision suprême ou vision fugitive de l'absolu ? C'est à nous d'en juger. Si l'ingénieur Angel, en visitant les fouilles, n'avait l'esprit préoccupé par ce qui forme l'intrigue de ce roman (il sait mieux que nous qu'il s'agit d'un roman d'amour), sans doute, en technicien, n'oublierait-il pas de mettre les hommes en garde contre ce qui les menace, et de leur rappeler qu'il est imprudent de « construire sur le sable ». Certes, on nous l'avait déjà dit, mais on avait oublié de préciser que le danger réside dans ces « lignes de foi » souterraines, et que la coïncidence de deux lignes — ligne de chemin de fer et ligne de foi, travail humain et pensée profonde, conscient et subconscient, et cetera et ainsi de suite et le reste — est à l'origine de nombreuses catastrophes que le spiritualiste comme le matérialiste, le philosophe et le technicien se doivent de prévoir et d'éviter.

Nous y voilà. Angel, ai-je dit, est trop préoccupé de son amour pour agir à temps en technicien. Il semble bien que Boris Vian ait craint que le lecteur ne saisisse trop aisément cette double responsabilité d'Angel : la mort « accidentelle » d'Anne et l'accident mortel du chemin de fer. (Ne nous attardons pas à la mort de Rochelle et au suicide manqué d'Angel qui ne sont que les conséquences du premier accident.)

En effet, le chapitre VII du *Deuxième Mouvement* s'est vu amputé par Boris Vian, entre l'édition de 1947 et celle de 1956, d'un fragment significatif :

— Pour me résumer, dit Angel, je vais vous dire : les philosophes, avec de grands moyens, qu'ils ont, reconnaissons-le, perfectionnés bougrement, tant en forme qu'en manière, travaillent sur de vieux trucs démodés et ne se tiennent au courant de rien. Ils ne savent pas un mot de la Technique ou très peu. Ils pensent que l'humain est invariable et raisonnent sur l'homme, comme si l'homme, objectivement, ne résultait pas exactement et uniquement de l'état immédiat de la technique.
— Oh, la barbe ! dit Mangemanche. Parlez d'autre chose. Il y a trop d'adverbes.

Mangemanche a raison. Nous savons qu'avec Angel et Anne (*un nom de chien*) nous n'avons affaire qu'à nous-même, et que *le malheur veut que qui veut faire l'ange fait la bête*. Boris Vian, en feignant de nous offrir quelque nouvelle exégèse de Pascal, va bientôt retirer ses billes du jeu.

La dualité de ce héros unique va guider tout le roman. Le lecteur se souvient : ces deux amis sont les deux faces d'un même personnage. Ils possèdent tous deux une même culture, ils sortent de la même école et exercent la même profession d'ingénieur. Tandis qu'Anne est travailleur, Angel est paresseux ; l'un assume une direction technique chez un tourneur de verre pour verres de lampes, tandis que l'autre est attaché de direction commerciale d'un fabricant de cailloux. Mais tous deux se rejoignent en leur amour d'une même femme.

Cet amour est bien différent, l'un sensuel et satisfait, l'autre idéaliste et insatisfait, mais la nature même du nom minéral de Rochelle relie les deux professions qu'ils ont choisies, le verre et le caillou. Cette unité et cette dualité rendent clair comme eau de roche le règlement de comptes intérieur et le « choix » d'Angel-Anne, lorsque Angel se décide à pousser Anne dans le puits, le creuset alchimique d'Athanagore.

Les héros de Boris Vian — et ce ne sont jamais des poupées naturalistes ni des marionnettes psychologiques — sont fréquemment les diverses facettes d'un même personnage. On peut imaginer quel sera le sort d'Angel lorsqu'il quitte le désert d'Exopotamie après avoir vaincu la bête-Anne, en lisant cet argument de nouvelle retrouvé dans les papiers de Boris Vian :

> *Une nouvelle : Narcisse.*
> *Il aime à recevoir des lettres. Plein. Il n'en reçoit jamais. Un jour, il a l'idée de s'en envoyer. Il s'en envoie. L'idylle se noue. Le ton monte. Et il se donne rendez-vous sous l'horloge à trois heures. Il y va, bien habillé. Et à trois heures il se suicide.*

Au risque de lasser le lecteur, je pourrais continuer à explorer les strates successives de ce roman souterrain. Méfions-nous de ce qui se passe en surface. Le sol y est réduit à sa plus simple expression (un désert où il ferait bon pratiquer un examen de conscience, si celui-ci n'était qu'un *exo* où les rites de passage nous sont imposés). Tout ce qui se déroule en surface doit rater. Et les ratages ne manquent pas : l'hôtel construit de longue date sera coupé en deux, la ligne de chemin de fer engloutie. Élevons-nous, alors. L'air — ne parlons pas de cet élément où la folie de l'homme lance le « Ping » : c'est encore un échec. Seul l'archéologue, au cours de fouilles souterraines, découvrira une ligne de foi.

C'est en surface encore que nous découvrons la couleur de la mort en cet horizon noir d'où personne ne revient et que l'on interdit aux enfants d'approcher. L'ermite, en choisissant une forme de mortification propre à favoriser l'élévation de ses visiteurs mais dont l'abbé Petitjean nous convainc aisément qu'elle ne saurait être de tout repos, ne fréquente de la mort et des dangers de la quête alchimique qu'une vierge noire intérieurement doublée de rose.

Ici, les interprétations diffèrent. Souples et tendres, les femmes, chez Boris Vian, ne se laissent pas aisément saisir. Elles sont complémentaires ; elles sont vierges, aussi, avant de devenir la mère tyrannique de *l'Arrache-Cœur* où le mâle, pour la première fois (et la dernière, car *l'Arrache-Cœur* fut le dernier roman de Boris Vian, publié en 1953), devient victime de la mante.

Dans l'alchimie romanesque, Lavande, au nom végétal, figure l'Air, sans doute, comme Rochelle la Terre, et Cuivre, au nom métallique, le Feu qui brûle souterrainement dans les fouilles de l'alchimiste-archéologue. Quant à l'Eau, nous nous en passerions très bien sans la petite Olive : il nous suffit de songer que Boris Vian n'a certainement jamais voulu écrire un roman initiatique pour être pleinement rassuré.

Ces grands thèmes lumineux ne sont pas toujours aussi apparents dans l'œuvre de Boris Vian. Le lecteur peut alors se contenter de fouiner, au hasard de la lecture, dans le riche fumier d'un substratum verbal où il dénichera suffisamment de perles pour nourrir sa délectation, sans recourir aux hasards des explorations spéléologiques. Il cherchera les mots détournés de leur sens en cette flore et cette faune qui recèlent les « oiseaux ordinaires » connus du capitaine, des objets vivants qui, pris au pied, trébuchent sur la lettre ; ou encore ces comptines enfantines, ces « mots de passe » qui tiennent lieu de prières dans la religion de l'abbé Petitjean. Peut-être y reconnaîtra-t-il une référence discrète à la présentation d'Emmanuel Dieu au maître d'école :

— *Ecce corpus Domini...*
— *Domine, non sum dignus...*
— Je n'en ferai rien.
— Après vous, Monsieur (Alfred Jarry, *L'Amour absolu*).

Lorsque Athanagore, Cuivre et l'abbé sortent tous trois de la *tente obscure,* soupçonnera-t-il quelque allusion scatologique à l'Évêque marin Mensonger « allant à ses affaires » (Alfred Jarry, *Faustroll*, XXX) ?

Il ne devra pas s'en surprendre. Le patron de Claude Léon, monsieur Saknussem, porte un nom qui le prédestinait à pénétrer dans ce roman alchimique et souterrain : on sait qu'Arne Saknussem est l'alchimiste islandais du XVIe siècle, auteur du cryptogramme qui décidera le professeur Lidenbrock à entreprendre son *Voyage au centre de la Terre,* selon Jules Verne.

L'Automne à Pékin n'est pas sans rapport avec les autres œuvres de Boris Vian. Lorsque l'interne (*Premier Mouvement,* IV) fait remarquer au docteur qu'il est « un sale vieux bonhomme » :

— *C'est exprès, répondit Mangemanche. C'est pour me venger. C'est depuis que Chloé est morte.*

Il précise bien sa parfaite identité avec son homonyme de *l'Écume des Jours.*

Ainsi quelque lien secret unit *l'Écume des Jours* à *l'Automne à Pékin.* Angel, qui réapparaîtra dans le rôle du père de *l'Arrache-Cœur,* n'est pas non plus sans parenté avec le héros de *l'Herbe Rouge* qui s'écrie : « *Je m'use, vous m'entendez !* » Angel n'a-t-il pas assez reproché à Anne, son double, *d'user* Rochelle de son amour ?

Ce thème dramatique de *l'usure* humaine a lentement évolué à travers l'œuvre de Boris Vian. Si c'est la maladie qui nous use dans *l'Écume des Jours,* c'est bien Anne lui-même qui use Rochelle dans *l'Automne à Pékin,* mais Angel est seul à le comprendre. Et l'usure spirituelle du héros de *l'Herbe Rouge* deviendra bientôt l'usure de toute une famille de *Bâtisseurs d'Empire,* poursuivie par son Schmürz d'étage en étage, comme la souris elle-même avait été finalement chassée de *l'Écume des Jours.*

Inscrit entre le roman précédent et les œuvres suivantes, *l'Automne à Pékin* marque dans cette succession de tableaux de l'angoisse, des diverses formes et, pourrait-on dire, des diverses techniques de l'angoisse, un temps d'arrêt, un éclat de rire, d'autant plus déroutant qu'en un dernier *passage,* Boris Vian informe son lecteur qu'il n'y a rien entendu, que son interprétation, comme toute autre, est fausse et dérisoire — et que le roman, lu et relu, pris et repris, ne s'achèvera jamais.

En finirai-je moi-même ? Je ne le pense pas. Il me faut encore signaler au lecteur quelques petits faits vrais qui émaillent *l'Automne à Pékin.*

Boris Vian écrivit en 1943-44 son premier roman, *Vercoquin et le Plancton* qui devait voir le jour, grâce à Raymond Queneau, en janvier 1947. En avril de la même année était mis en vente *l'Écume des Jours.* Dans une notice biographique écrite pour le « prière d'insérer » de *Vercoquin et le Plancton,* Boris Vian notait :

Second roman, l'Écume des Jours *pour le Prix de la Pléiade. A cause de la mauvaise volonté du Pape qui soutenait Jean Paulhan et Marcel Arland pas de Prix de la Pléiade. C'est bien fait.*

Cette allusion aux petits remous littéraires de l'époque explique quelques présences insolites dans les pages de *l'Automne à Pékin*.

L'Automne à Pékin fut écrit peu de temps après ces vaguelettes. On comprend mieux la présence du baron Ursus de Janpolent (de l'Académie française) et du contremaître Arland, *un beau salaud,* précise régulièrement Boris Vian chaque fois qu'il le rencontre sous sa plume *.

Car Boris Vian reprochait à ces importants personnages des Lettres d'avoir voulu lui préférer « l'abbé » Jean Grosjean qui venait de publier en 1946 (dans la collection « Métamorphoses » dirigée par Jean Paulhan chez Gallimard) un recueil de poèmes en proses d'inspiration biblique, *Terre du Temps*.

Grosjean lui-même — qui donna naissance à cet étrange abbé Petitjean, inspecteur d'ermites — s'est ainsi présenté : « *Exerce divers métiers : civil par hasard, ecclésiastique par mégarde, militaire par farce* ».

Son œuvre poétique, de toute manière, ne saurait être confondue avec les comptines qui tiennent lieu de prières et de *mots de passe* dans l'intéressant rituel de l'abbé Petitjean.

Ces présences anecdotiques font simplement sourire. Elles avaient perdu toute signification aux yeux de Boris Vian au moment même qu'il écrivait. Par déférence, il donne à une avenue le nom du critique Jacques Lemarchand, et à l'ermite le nom de son ami Claude Léon et des pratiques agréables. Aux personnages fictifs se mêlent ainsi des personnages réels, de la même façon que les mots, dans l'univers poétique de Boris Vian, changent de sens, que l'on y chasse la lumette ou

---

* Dans les corrections que Boris Vian apportera en 1956 à la seconde édition de *l'Automne à Pékin, Arland* faillit devenir *Orland*. Mais Boris Vian, jugeant sans doute qu'il n'est meilleur pardon des injures que de les oublier, rétablit finalement l'orthographe primitive.

que l'on y cueille l'hépatrol sauvage. Rien ne nous interdit d'en rire.

Car si *l'Automne à Pékin* est le récit d'une Quête, c'est aussi celui d'une Quête pour Rire. Le titre du roman aurait dû nous mettre en éveil. Au verso de la couverture de la deuxième édition, en 1956, l'éditeur prenait soin d'avertir :

Cet ouvrage ne traite naturellement pas de l'Automne ni de la Chine. Tout rapprochement avec ces coordonnées spatiales et temporelles ne pourrait être que le fait de coïncidences involontaires.

Voire. Alphonse Allais écrivait en 1893 en tête d'un recueil de ses « Œuvres Anthumes » :

J'ai intitulé ce livre Le Parapluie de l'Escouade *pour deux raisons que je demande au lecteur la permission d'égrener devant lui.*

1° Il n'est sujet, dans ce volume, de parapluie d'aucune espèce ;

2° La question si importante de l'escouade, considérée comme unité de combat, n'y est même pas effleurée.

Dans ces conditions-là, toute hésitation eût constitué un acte de folie furieuse : aussi ne balançai-je point une seconde.
(...)

Boris Vian n'a pas été le seul à comprendre tout l'intérêt que l'on pouvait porter au raisonnement irréfutable du logicien de *Deux et Deux font Cinq* : si l'on veut bien y réfléchir, c'est du même esprit que procède le titre d'Alain Robbe-Grillet, *l'Année dernière à Marienbad,* puisque, en fin de compte, le spectateur ne saura jamais *quand* et *où* se situe l'action. Mieux qu'Alphonse Allais, mais après lui et avant Robbe-Grillet, Boris Vian a su rendre sensible la confusion humoristique et dramatique de l'espace et du temps.

Il faut noter que *l'Automne à Pékin* est le seul roman de Boris Vian dont il lui fut donné de revoir le texte, à dix ans d'intervalle, pour en établir une seconde édition. A cette occasion, l'éditeur notait dans le texte publicitaire imprimé au dos de la couverture à l'intention des lecteurs hésitants, qu'il pressentait que

« *l'Automne à Pékin pourrait bien devenir l'un des classiques d'une littérature qui, après avoir parcouru d'un mouvement uniformément accéléré tous les degrés du sinistre — du romantisme au naturalisme et du socialisme au mysticisme —, s'aperçoit tout à coup qu'elle débouche en plein désert d'Exopotamie : une littérature où il est enfin permis de rire* ».

Boris Vian qui avait écrit *l'Écume des Jours* en début 1946, écrivit *l'Automne à Pékin* en trois mois, de septembre à novembre 1946 (Éditions du Scorpion, 1947). Il en avait lui-même dessiné la couverture ; celle de l'édition de 1956 (Éditions de Minuit) est illustrée d'un dessin de Mose. Sur les pages de la première édition qu'il avait découpées et collées sur feuillets, Boris Vian n'apporta pas beaucoup de modifications, — hormis la correction d'innombrables coquilles et la suppression d'un fragment que j'ai signalée. Les petites corrections de détail sont aisément décelables, la seconde édition reproduisant presque page pour page l'édition originale. Profitons-en pour rassurer quelques exégètes qui se sont demandé pourquoi dans le *Deuxième Mouvement,* apparaît un chapitre XXIII entre les chapitres XI et XIII.

Primitivement, tous les chapitres de l'édition originale étaient numérotés de I à XXXVIII. En apportant ses corrections, Boris Vian, après le *Passage* de la page 158, a noté le sous-titre : *Deuxième Mouvement,* et numéroté les chapitres de I à XV ; puis le *Troisième Mouvement* et ses chapitres I à XII. Le fameux chapitre XXIII de l'actuel *Deuxième Mouvement,* au lieu d'être numéroté XII, porte tout simplement son numérotage primitif : comme c'est précisément en ce chapitre que le professeur Mangemanche s'enfonce délibérément dans la zone obscure, on n'a pas manqué de voir dans cette bévue une volonté secrète de l'auteur et, même, d'appeler à l'aide les lames du Tarot. Il est certain, selon le vœu qu'exprime le dernier *Passage,* que Boris Vian qui fut, il ne faut pas l'oublier, Satrape du Collège de Pataphysique, eût accueilli cette interprétation avec la plus intense satisfaction. Puisque le lecteur doit maintenant entreprendre la relecture de *l'Automne à Pékin,* comme le lui demande Boris Vian, cette postface doit prendre fin. Je souhaite avoir apporté au prospecteur amateur quelques repères, jalons et mires nécessaires à l'emploi de son niveau à bulles.

Brusquement disparu à trente-neuf ans, Boris Vian (1920-1959) eut le temps d'être, à la fois, ingénieur, inventeur, musicien et critique de jazz, poète, romancier, auteur dramatique, scénariste, traducteur, chroniqueur, parolier, interprète de ses propres chansons, acteur. En 1946, il termine *l'Écume des Jours* en mars, *J'irai cracher sur vos tombes,* sous le pseudonyme de Vernon Sullivan, en août, et *l'Automne à Pékin* en novembre. Il écrira d'autres romans ; mais *l'Herbe rouge,* imprimé en 1950, ne sera pas mis en vente ; *l'Arrache-Cœur,* en 1953, et la réédition de *l'Automne à Pékin,* aux Éditions de Minuit, en 1956, n'auront aucun succès. Il se tournera alors vers le théâtre, l'opéra, puis la chanson.

ACHEVÉ D'IMPRIMER
LE 20 JANVIER 1986
SUR LES PRESSES DE
L'IMPRIMERIE HÉRISSEY
À ÉVREUX (EURE)
POUR FRANCE LOISIRS
123, BD DE GRENELLE, PARIS

Numéro d'édition : 10990
Numéro d'impression : 38655
Dépôt légal : 1er trimestre 1986
Imprimé en France